パール・バックと日本

日本人が知らない
パール・バックとその世界

佐川陽子 著

国書刊行会

パール・バックと日本

――日本人が知らないパール・バックとその世界

目次

終章　知日家パール・バック　233

はじめに

パール・バック（Pearl S. Buck, 一八九二―一九七三）[1]は、アメリカ人女性として初の「ノーベル文学賞」を受賞し、多くの作品を世に送り出した世界的に有名な作家である。作品の中でも、バックが中国で暮らしていた頃に描いた小説『大地』は、アメリカで出版された一九三一年に一八一万一、五〇〇部が売れ、二十一ヵ月間ベストセラーを続け、「ピューリッツアー賞」を受賞。その後、ヨーロッパ、アジア、アフリカなど三十以上の言語に翻訳され、バックの知名度を確かなものにした作品である。その『大地』が日本で二〇一九年に全四作とも重版され、しかも、重版数が文庫本四巻すべて九十刷を越えていることが記憶に新しい。また他の翻訳者による『大地』をはじめとした作品群には、絶版になっていない作品も多い。今世紀に入ってから、伝記の決定版と言われる『パール・バック伝』、再訳本『つなみ』、新装版『母よ嘆くなかれ』、初訳本『神の火を制御せよ』、『私の見た日本人』、『隠れた花』、『終わりなき探求』の出版が相次ぎ、研究者による論文も国の内外を問わず脈々と続いており、バックの健在ぶりが確認できる。

日本人がバックの名前をはじめて知ったのは、小説『大地』の邦訳本が出版され、映画が上映された一九三〇年代半ばのことであるが、日本における映画『大地』の上映がアメリカの上映開始と大きな時間差が無かったことから、その盛況ぶりがうかがえるのである。新聞紙上では、小林秀雄がイナゴの大群襲来という特殊映像を評したことで、娯楽映画的な印象を与えたが、紙面の映画『大地』の広告には「見よ支那四億の民衆の現実生活！　之が本当の支那だ！」「四億の民衆の動向を正しく認識して明日に備えよ！」「支那農民を虐げる者は支那軍閥なのだ」という文言と共に、「南京政府のデマ工作　抗日映画を暴く」との、短編時局映画の宣伝文句も併記され、小説と映画の華やかな盛況ぶりとは裏腹な戦時色が漂っているのである。(2)このように、日本人がバックとはじめて出会ったのは、「満州国」樹立、南京陥落、日中戦争開戦という歴史の大きなうねりの最中だったのである。

バックが長年暮らした中国を去り、生地アメリカに帰国し永住したのは三四年で、アメリカでも未だ『大地』の評判が冷めやらぬ頃であったが、バックは日本軍が侵攻する中国本土の中国人救済と、日本の中国侵略に対する抗議活動を開始している。三九年にヨーロッパで第二次世界大戦が勃発するが、日本では、ニューヨークの日本人特派員によるバックへのインタビュー記事が写真入りの八段抜きで掲載され、バックが日本の軍部を批判する目的で描いた作品も日本では淡々と出版が続くのである。しかし、四一年十二月八日を境に様相は一変する。太平洋戦争に突入し、バックはその日から敵国の人となったのである。

その時、アメリカで暮らしていた日本人や日系アメリカ人の身に何が起きたであろうか。真珠湾攻撃の当日に即刻収容所に入れられた百人を超える人、日米両国在住の国民を帰国させる「日米交換船」で日本へ帰国した人、大統領令により家も土地も没収され、夏は灼熱地獄となる収容所に捕虜同然に入れられた人、ＦＢＩに行動を監視され厳しい尋問を受けた人など、身分がアメリカ人であったはずの日系人も含めた「日本人の血が流れる人」には、耐えがたい差別と試練が待ち受けていたのである。日本軍による「南京大虐殺」と「真珠湾攻撃」を通して、アメリカ人は日本人を残虐者と見なし、「日本人の血が流れる人」に対する差別や弾圧を、ほとんどのアメリカ人が見て見ぬふりをした。しかし、日本人に対して冷たい視線が注がれる中を、バックは当時のアメリカ人の意に反する行動に出る。バックは、すでに開始していた中国人救済に加え、それら「日本人の血が流れる人々」の救済運動も開始したのである。例えば、西海岸地域で日本人排斥運動が激しさを増すと、バックは東海岸のフィラデルフィアから駆けつけ、アメリカ人に向かって日本人排斥に対する抗議の演説を行い、バックと友人関係にあった在米の日本人達にも救いの手を差し伸べるのである。

バックが社会運動家として八面六臂《はちめんろっぴ》の活躍をしたこと、また日本人と接触したことと、知日家であったことを、我々日本人は意外と知らないことから、本書は「日本人が知らないパール・バック」を書くこと、そして日本人との交流の記録を史実として残すことを目的とする。

なお、本書では、建国前であっても「中国」として統一し、資料における呼称は原文のままとする。また、被爆女性と障がい者の呼称を資料原文のままとする。名前の敬称は省略し、作品名は邦訳本の題名に統一する。英文資料の邦訳は筆者による。

第一章

二つの祖国を持つパール・バック

バックが生きた八十年の生涯は、波乱に満ちたものであった。ピーター・コンが著わした伝記『パール・バック伝』の邦訳本が、分厚い単行本二巻という大作であること一つを取ってみても、バックがどれだけ多くの業績を残した女性であったのかが推察できる。コンは、伝記の題材としてのバックは次の条件を満たしていると主張している。「バックの生涯は波乱万丈で面白く、抜群の重要性をはらむ女性であり、あらゆる種類の社会問題や文化問題を提供してくれる」。またバックが設立した孤児施設「ウェルカム・ハウス」発足当時の理事であった作家のジェイムズ・ミシュナーも、言論の自由、宗教の自由、恵まれぬ子供達の里親探し、中国の将来、特に男女同権や教育運動などの例を挙げ「私のようにバックの足跡をたどれば、米国での、ほとんど大部分の歴史に残る、知的、社会的、政治的運動に突きあたるだろう」と述べているのである。

バックの生涯を俯瞰《ふかん》すると、彼女の人生が中国とアメリカで、ほぼ半々に分かれていることに気付く。幼少期から暮らした中国をあとにしてアメリカに永住目的で帰国した時、バックは十四歳と十歳の娘を持つ母親になっていた。バックは中国を出国する際、南京の自宅に多くの物を残している。何年か後に再び戻ってくるつもりで敢えてそのまま残したという(3)。当時、すでに両親は他界し中国に骨を埋めており、小さい頃に亡くなった四人の兄弟と両親の墓に花を手向けるために、バックはいつの日か中国を訪れる日が来ると信じていたのである。

1　パール・バックとは

バックに関して象徴的な点を挙げるならば、バックが一九〇〇年代前半には滅多に存在しない「中国とアメリカという二つの祖国を持つアメリカ人」ということである。その二つの世界が心の中に存在するという複雑な精神構造を持ち、近代中国の建設過程をつぶさに目撃した珍しい人物なのである。バックが中国で書き上げた小説『大地』が、アメリカで未曽有のベストセラーとなった理由は、当時全くと言って良いほど知られていなかった中国の国情と中国農民の生活を赤裸々に描いたことであり、世界中の人々に広く中国を知らしめることになったのである。

語学的才能に恵まれ、中国語と英語、両方の言語に高いリテラシーを兼ね備え、学習する労をいとわなかったバックは、幼少期の頃から中国人乳母や儒学者の家庭教師、宣教師であった父母から多くのことを学び吸収した。そのようにして蓄積したバックの英知が、後に多彩な顔を持つ女性として次々と花開くことになる。

実際にバックと会ったことのある日本人が語ったバックの印象を挙げてみる。「パール・バックの放つ特異な魅力をどう例えたら良いのでしょう。たった一目見るだけで彼女の中に西洋と東洋の美が内在していることが分かる、そんな人でした。彼女ほどエレガントな女性を私は他に知りません（近藤紘子）」「人が想像するような、神経の尖った気むずかしい作家ではなかった。おどろくほど親しみのあるおだやかな瞳が深く澄んで、ほおえみをたたえていた。人柄は、火のようにパッと燃え上がる激しさではない。深く水をたたえた流れが世の汚れを洗い清めつつ、緩やかに、永劫に一つの大きな力をもって大地を貫いてゆくように、静かに歩みつづける人である（石垣綾子）」「一度会った人の心に、はっきりした形を刻み付けていくような人。まるでアメリカの田舎にある農場のおかみさんとでも見られそうな、飾り気のない素朴な落ち着いたものごし（鶴見和子）」など、他にも多くの人が品の良さ、東洋的な雰囲気、物腰の柔らかさ、親しみやすさを挙げて、髪さえ黒くしたら日本のインテリ女性のようだと、語っているのである。特に、西洋人の顔をしたバックが東洋人のような雰囲気を醸し出している点が指摘されているが、バックが醸し出すこの雰囲気は、どのようにして培われたのであろうか。

(1) 中国で育ったパール・バック

バックは、一八九二年六月二十六日にアメリカのウェストバージニア州ヒルスバローで産声をあげた。生まれた家は、バックの母方の祖父母が建てた家である。バックの母方は、オランダから新天地を求めてアメリカへ移住してきた開拓民であった。七人兄弟の中で一人だけアメリカで生まれたバックは、生後四～五ヵ月の幼少期に中国に両親が買い物かごに入れて連れてきて以来、アメリカ留学などの期間を除いて、およそ四十年間中国で過ごした。バックだけがアメリカで生まれた理由を自伝に綴っている。「若い私の母は花嫁になって中国にいったころ、まだ二十三歳にしかなっていなかったが、矢継ぎ早に四人の子供を産み、当時予防法も治療法もわかっていなかった熱帯病で、その子供の三人を続けざまに失った。母がひどく傷心したので、医師たちは、かの女に二年間西ヴァージニアの実家につれていってもらうように命じた。私の生まれたのは、この長い休息の最後の二～三ヵ月頃だったのであって、おかげで私は、二世紀にわたる祖先からいっても、また、出生からいっても、アメリカの公民になったのである(4)」。

アメリカでの長期休暇中に妊娠した母ケアリーは、三人の子供を失った悲しみから「赤ん坊は米国で産むべきである」と頑固に言い張ったという。一刻も早く中国に戻り布教活動に専念したい夫に対する精一杯の抵抗であろう。バックは、生まれた時に「真珠」のように色が白くつやつやしていたのでPearl、そして、当時のケアリーにとって最大の「慰め」となったバックの誕生にComfortをミドルネームとして、パール・カムフォート・サイデンストリッカー（Pearl Comfort Sydenstricker）と命名された。

バックは、中国語しか話さない乳母に育てられ、乳母が料理する中華料理の味を覚え、中国人が通う小学校で学び、儒学と書道を教える家庭教師の孔先生の授業を中国語で理解した。また母が子供達のために用意した一流の古典文学を英文で読み、アメリカの南北戦争時代の生活を母から聞き、アメリカの開拓者精神を学んだ。そして、宣教師館に通ってくる人々からの悲喜こもごもの話にじっと耳を傾け、時には涙を流しながら彼らを優しく慰める母と、信念を貫く父の姿を見て育った。このようにバックは広大な中国の大地で豊かに育まれたのである。バックは次のように述べている。(5)「中国は私の一部、否、それ以上のものである。中国は私の胸、私の心、私の魂の中に生きている。私は中国の食物を食べ、中国の水を飲んで育った」。

(2) パール・バックの兄弟姉妹

バックが生まれる前に熱帯病で兄と二人の姉を次々に失い、バックが二歳の時に弟が生まれたが後に亡くなっている。バックの兄弟姉妹を整理しておきたい。

① 兄のエドガー

バックには十一歳年上の兄エドガーが居たが、両親が生後間もないバックをつれてアメリカから中国に帰任してから四年後、エドガーが十五歳になった時、将来大学に進学するためにアメリカの寄宿寮に入寮した。当時、未だ三、四歳だったバックには、エドガーの確かな記憶はなく、兄と妹としての付き合いはバックがアメリカの大学に入学してから始まった。バックが大学生活を過ごした四年間、週末をエドガーの家で過ごすことが多く、四年生の時には、エドガーが仕事で単身赴任することになり、バックが子供達の面倒を見るように頼まれ、バックはすっかり乗り気になっていた。しかし、母の急病の知らせにより、バックは大学卒業後、急遽《きゅうきょ》中国に戻ることになり、長くエドガーの子供達と関わることはできなかった。バックはアメリカに帰国後、家を購入した際、兄も小川の向こうに小さな石の家を買い、表に出ると丘を越えて互いに手を振り合うことができた。兄は病気の撲滅に統計学を利用する実験をした疫学研究における先駆者だったが、心臓病とアルコール中毒を抱え五十五歳で急逝した。バックは兄が暮らしたその家を兄が希望したように修繕し、自分のゲストハウスとして使用した。

② 亡くなった姉・兄・弟、そして妹の誕生

エドガーの下にモードという女の子、アーサーという男の子、エディスという女の子が生まれたが、伝染病などで次々と死亡したので、エドガーは九歳の時に一人になったが、両親と一緒にアメリカに長期休暇で帰国中にバックが生まれ、二人兄妹となった。バックが二歳の時にクライドという男の子が生まれたが、五歳になって直ぐにジフテリアに感染して死亡した。その時ケアリーは妊娠中で、クライドの死亡直後にフェイスが生まれた。バックと七歳違いのフェイスも上海の寄宿学校からアメリカの大学に留学し、ケアリーが死去する直前に急いで戻ってきた。フェイスは、後にジェシー・ヨーキーというアメリカ人宣教師と結婚し、中国内陸部の小さい村の宣教区に派遣された。

③ 姉の彩雲と子供達

ケアリーが養女として引き取った中国人孤児は、名前を彩雲といった(6)。養母となったケアリーは、彩雲に中国服

を着せ中国人が通う学校に入れて、中国人から切り離さないように配慮した。もちろん「纏足《てんそく》」はさせなかった。彩雲は十七歳の時に中国人男性と見合い結婚し、ケアリーは中国式の結婚式を挙げてやったという。彩雲はバックが生まれた頃には結婚しており同居した経験はない。しかし、バックがアメリカに一時帰国した時、教会で育てられていた孤児のジャニスを養女として迎えたことは、養子を迎え入れたケアリーを彷彿《ほうふつ》とさせるのである。彩雲が生んだ子供達がバックと同年代だったので、お互いの家を行き来してよく遊び、バックは、この子供達との想い出話を『お隣の中国の子どもたち』という絵本にして一九四二年に出版している。彩雲は女の子ばかり続けて六人生み、七人目にやっと男の子が生まれたとのことで「キリスト教の家では女の子しか生まれない」と、大騒ぎになったという。この絵本は入院中だったインドのマハトーマ・ガンジーにも、ネルーが読んで聞かせ「そんなことはインドにだって起こりかねないことだ」と言って大笑いしたというエピソードを、バックはインド人の友人から聞いた。

実は、バックの心の中には彩雲の子供達が作り出した重要な位置付けがある。バックは「二つの世界の中間には、私の家の養女になった中国人の姉の子供達がいた」として、バックが中国で過ごした二重の世界の中で「アメリカ人である自分の姉が産んだ中国人の子供達」が「中国とアメリカという二つの世界の中間」に位置付けられているのである。

《小括》

最終的にはバックの兄弟はエドガー、バック、フェイスの三人となった。バックは四歳になる頃まで兄と二人で過ごしたが、あまり記憶になく、バックが二歳から七歳になるまで一緒に過ごした弟は亡くなってしまった。従って、幼少期のバックは、一人で過ごしていた時間が長く、それだけに中国人乳母との絆は深まり、乳母から大きな影響を受けたのである。同じ環境で暮らしても、七人兄弟の内三人が生き延びることができたのは、彼らに強靭《きょうじん》な身体能力が備わっていたからである。バックは、中国人の子供達とよく遊び、彼らが口にする駄菓子もよく食べた。それらの駄菓子を食べることは、伝染病を恐れて家庭内では禁止されていたが、遊び友達や中国人の使用人が食べるので、こっそり隠れて食べたことで免疫のようなものができていたと、バックは述懐している。

（3）二重の世界で過ごした幼少期

アメリカ人の親に育てられながらも、多くの時間を中国人乳母と過ごし近隣の中国人の子供達と遊び、中国人が通う小学校で教育を受けたバックは、幼少期における不思議な体験を次のように述べている(7)。

アメリカ人の両親のつくる清潔な小さな長老派教会の小さな白人の世界と、やさしくて、ほがらかだが、あまりきれいでもない中国人の大きな世界の、二重の世界の中で大きくなったのだが、この二つの世界の間には全然交渉はなかった。私が中国人の世界にいるときは、私は中国人で中国語を話し、中国人のように行動し、中国人のようなものを食べて、かれらとおなじように考え感じた。アメリカの世界にいるときは、私は二つの世界の間の扉をしめてしまった。

バックが未だ八歳の頃、その「二つの世界がついに分裂してしまった」という大きな事件が起きた。「義和団の事変」である。一八九〇年代に、列強による侵略に対する怒りが爆発して暴動が頻繁に起こり、一九〇〇年に最高潮に達した。義和団という秘密結社は、知識人、農夫、失業者、さらに大きな婦人組織といった種々雑多な人々で構成されていた。彼らの攻撃目標は、宣教師とキリスト教へ改宗した中国人であったため、数ヵ月におよぶ暴動の間に多数の死者が出たのである。バックの両親は宣教師であり、まさしく標的にされた。その時のことを「私が人間生活のそもそも第一の不公正を感じたのは、この時のことだった」と述べ、それまでは自分を白人と感じることなく、中国人の友人達に溶け込み分け隔てなく遊んでいたが、バックが彼らと異なる白人であるということを自覚させられた、はじめての出来事となった。

後にアメリカの大学に留学したバックは、彼女を取り巻く新しい環境で完全に心地よく感じたことは決してなかった。バックは「自分自身の中へ引きこもった」と述べ、この精神的な「引きこもり」はバックに一生涯つきまとったという。バックはこの経験を小説『大地（四）』で主人公王龍の孫・王淵の孤独なアメリカ留学生活に投影している。このように、中国人の中で少数派の一人として暮らした経験は、後にあらゆる差別の撤廃運動を起こすバックの原動力の一つになったと思われる。

（４）パール・バックを育んだ中国人

バックの人生に大きな影響を与えた中国人として必ず挙げられるのは、乳母の王である。もう一人、家庭教師であった孔先生を加え、二人の中国人について述べる。

①中国人乳母の王

王は揚州の豊かな商人の家に生まれ、若い頃から美人であった。纏足を施した足のかかとから爪先まではわずか八センチしかない。(8)纏足にすると歩きにくく、お寺参りの他は家から外に出た経験がなかった。結婚後数年して未亡人となり、その後、あまりに悲しい出来事に遭遇して、町の片隅にうずくまって泣いていた王は、たまたま通りかかったケアリーに「死にたい」と訴えた。そんな王をケアリーは自宅に連れて帰り、子供達の面倒を見る子守兼家庭教師として雇うことにしたのだった。布教活動に追われていたバックの両親を助けるために、王は子供達を自分の子供のように世話をした。バックの人生ではじめて耳にした中国語も美味しい中華料理の味覚も王から教えられたものである。バックの生い立ちが書かれた文献に必ず登場する「生まれてはじめて話した言葉は両親が話しかけた英語ではなく中国語であった」というエピソードは、バックの言語能力の高さとアメリカ人に稀有《けう》な中国通であることを強調するために語り継がれた逸話であろうが、王の存在を知れば、まったく不自然な話ではないのである。

王は文盲《もんもう》だったが人間的な奥深い心を持ち、母のように気丈で、中国民衆の中に伝統的に育まれた温かさと知恵を備えた優れた女性だった。バックの中国語のリテラシーの高さは、明らかに幼少期に王から受けた影響が大きい。バックがアメリカに帰国する直前の四年半を費やして『水滸伝』の世界初の英訳を完成させたことを見ても、それは明らかである。王はバックに中国語の日常会話を教えたばかりでなく、バックを膝に抱き、中国のお伽話をよく聞かせていた。しかも王が知っていたその種の物語の数は、無尽蔵だったとバックは述べている。中国語をどんどん吸収していくバックのことを、王は「お嬢ちゃまのお腹には漢字がうんと詰まってる」といって自慢していたという。また王は中国人が営む日常生活についてもバックに学ぶ機会を与えた。バックは王と一緒に街を何時間も散歩しながら、人々のおしゃべりに耳を傾け、床屋、漢方医、食べ物の行商人、大工、奴隷たちなどが精を出して働くのを眺めた。お小遣いの銅貨で、三角袋に入ったピーナッツや薩摩芋や西瓜を買うこともあったのである。

国内の争乱が起き外国人の身に危険が迫った時に、王はケアリーに緊急事態を伝えた。早めに王から情報を得たケアリーはアンドリュが不在の自宅で、暴徒達に対して冷静沈着な態度で応じ、家族に犠牲者を一人も出さずに難を逃れた。また、子供達が次々と病気にかかった時も、王は発熱している子を休みなくうちわで扇ぎ、危篤状態に陥れば医者を呼びに走り、薬屋へ行って特効薬をもらい、子供が死んでしまうと小さな棺を買いに行った。普段から不在がちなアンドリュは、ケアリーが憔悴《しょうすい》しきっている様子を知らないので、王はアンドリュに「奥様のために何とかして上げないと、それもすぐにして上げないと、奥様も死んでしまいます」と訴えた。医者の勧めもあったが、王からの訴えが功を奏し、ケアリーとアンドリュは十年に一度与えられる長期休暇を過ごすため、アメリカに一時帰国することができて、その休暇中にバックが誕生したのである。

王と同じ屋根の下で暮らしたバックは、王の纏足も目にしており、纏足がどういうものであるのかを幼少期から理解していたと思われる。王は、家族の一員として忠誠を尽くし、老いて動けなくなるまで生涯サイデンストリッカー家に仕えた。王が老衰のため死去したのは、バックがアメリカ留学中のことであった。

② 家庭教師の孔先生

バックに儒学を教えたのが孔先生で、バックの人生に大きな影響を及ぼしていることは、バックの言説から明らかである。日本で言う中学生の年齢に達した頃に孔先生から指導を受けた生活について、次のように述べている。

私は午前中、アメリカの学校の教科書をよみ、それから母から割りあてられた学課を勉強し、午後になると、全くちがった孔先生の指導をうけて勉強した。二時間の間私どもは本を読み、先生は、本に書いてある過去のことだけではなく、遠くはなれておぼろげになった過去と現在との関係や未来に対する関係までも説明してくれた。このようにして、私が人間生活の第一原理、すなわち、すべての出来事にはその原因があり、なにごとも、そよ吹く風さえも、偶然だったり原因がなかったりするものではないという原理を学んだのは、実に、私の幼いその時代のこの先生からだったのだ。

孔先生から学んだ原理をバックが「人間生活の第一原理」と位置付けているところに注目したい。このように述べたのはバックが六十代前半であり、孔先生に教わった「人間生活の第一原理」をバック自身の持つ思想の一つとして幼い頃に取り込んだのであろう。孔先生はバックが十三歳の時にコレラで死去した。それからのことを「その後の時代における私の生活はことごとくこの先生なしにやってゆかねばならなかった」「私は、孔先生から習ったほど多くのものを習ったことはもう二度となかった」と述べており、バックにとって孔先生の存在の大きさが垣間見える。孔先生による個人授業は午後四時には終わり、その後の自由な時間は家に居るか、西洋人や中国人の友達と遊ぶという楽しいひと時だった。

2　血筋と育った環境

後に社会運動家として八面六臂の活躍をするバックであるが、それは、到底一人の人間が成せる技とは思えないような活躍ぶりである。どこにそのような原動力があったのか。バックの血筋を探ると、バックと類似の人物に遭遇し、祖先の中には、バックの作品に登場する人物と二重写しになる強者が存在するのである。

(1) ヨーロッパからアメリカに渡ってきた祖先

バックの祖先は、父方はドイツ、母方はオランダから渡ってきた移民であり、母方の祖母がフランス人だったこともあり、バックは、戦後に生まれた混血児に「私も、あなたと同じ混血です」と励ますのである。

① 父方の祖先 (Sydenstricker family)

父の祖先は、ある有名なドイツの学者の三人の息子達の一人で、宗教と学問の自由を得るためにアメリカに行くことを決心し、合衆国独立前の一七六〇年にやって来た開拓民である。父方の祖父は、なかなか個性の強かった人物のようで「あごの角ばった、横暴な地主で、土地に対して非常な執着をもっていた。次から次へと土地を買うので、家計はいつも苦しかった。体格のがっしりした横暴な雷おやじで、朝晩、大声で聖書を読んで聞かせ『父と母をうやまえ』と命令した。彼はいばり散らしているわりには、とても陽気だった。彼にはユーモアがあったのだ。強情といえば、この家族は、みんな強情だった」と、父の伝記小説に綴っている。小説『大地』の主人公は、土地に対して執着が強く、お金が手に入ると土地を次々に買い足していく農民である。主人公の息子の一人は体格が大きく横暴な兵士となり、部下に激しく命令を下すが、優しさと気の弱さのある人物として描かれており、父方の祖父は重要なモデルであったことが推測される。また強情という点では、バックは自身のことを「強情だ」と述べている。

②母方の祖先（Stulting family）

バックの曽祖父は、信教の自由を求めた新教徒達三百人のリーダーとして、オランダからヴァージニア州へ渡ってきた人物である。その息子であるバックの祖父は、数ヵ国語を話す語学的才能、美しい歌声と音感、絵を描く才能など、多彩な人物だったようだ。その祖父が若かりし頃、アメリカへの移住が決まった時に、オランダで巡り合ったフランス娘に情熱的なプロポーズをした。そのパリ生まれの小柄なフランス娘がバックの祖母であるが、祖母は、どんな困難に出会っても明朗さを失わず、家事仕事を迅速にこなし、小屋の中はいつも整然として清潔だったという。その祖母には逸話が残されている。南北戦争中に息子が徴兵されそうになった時に、馬に縛り付けられた息子の脚にしがみついて、息子が連れて行かれないように抗議し続け一マイル（一・六キロメートル）も一緒に走り、半ば引きずられたが、とうとう祖母の執念に負けて、下士官は息子を馬から降ろして徴兵を諦めたという。バックは母方の祖父母を心から称賛し、特に、この強者のフランス人の祖母がバックの母へ与えた影響を見出しているのである。

（2）パール・バックの両親

父のアンドリュと母のケアリーは共に宣教師である。二人は神学校出身で、未開の異教徒の国へ伝道に行くことを夢見る若者だったが、二人を待ち受けていた中国での生活は波乱に満ちたもので、動乱や相次ぐ子供達の死など、筆舌に尽くし難い困難に見舞われるのである。しかし、そのような生活の中にあっても、二人は子供達に大切なことを教えた。それは、人種や宗教によらず、人物と知性によって人を見るということであり、バックは、それを幼い頃から学んだことに対し両親に感謝の意を表している。また、バックが多くの中国人と交わることができたのは、両親が整えた環境に他ならない。当時、宣教師を含む多くの西洋人は、街の一角の居留区に集団で暮らし、中国語をまったく話さない人も居たが、バックの両親は、決してそのような西洋人コミュニティーに埋もれることなく、中国人が暮らす住宅地を宣教館の場所と定めたのである。そこには、多国籍の人々が出入りし、バックは、多様な文化を持つ人々の姿を幼少期から目にしたのである。

バックの両親は、中国の地に葬った四人の子供達と共に、中国の大地で静かに眠っている。二人の墓地は別々の場所にある。そのことをバックは父について描いた伝記小説の最後に、両親の夫婦としての関係を象徴的に記している。

人生とは計りしれない皮肉なものである。すみきった高い山が好きで、山のうえに住みたいとあんなに願っていたケアリーが、中国の町の真ん中で、二、三の外国人の眠っている、壁をめぐらした小さな暑くて暗い場所に永久に埋められてしまう。人々を求めたアンドリュは、山のうえで、淋しく、自由に眠っている。生きていたときと同じように、死んでからもケアリーから遠く離れて。

①父のアンドリュ（Andrew Absalom Sydenstricker 一八五二〜一九三一）

アンドリュはバックが幼少の頃は伝道の仕事で不在が多く、ときたま在宅し子供達の相手をする時も、難しい言葉で正義や神の道を説くばかりで退屈だったと、バックは回想している。また、父が亡くなってから、子供達は父のことを思い出そうとして顔を見合わせたが、さっぱり思い出せなかったという。それほど、アンドリュは子供達と疎遠であったことがうかがえるのである。一方、アンドリュの優れた語学的才能に関しては、多くのエピソードが語られている。「彼は、中国語を本当に熱心に、そして楽しんで習得した。彼は、実際言語においては天才だった。だから、中国語が複雑なのをかえって喜んだ」「彼は勉強にも、チュートン民族(9)の祖先からうけついだ、この徹底ぶりを示したのだ。語根までも掘り起し、二百十四の語根と単語の口調を、気音か無気音かということまで覚えた。文法はすっかり分かってしまって、慣用語にも精通した。論語などの古典も勉強し始めたので、はじめから教養のある言葉で教養のある話し方をすることができた」「彼ほど感情をこめて、正確に中国語を話す白人はほとんど居なかったろう。しまいには、英語よりもっとうまくなってしまった。彼ほど正確に中国語を話す中国人も少なかったろう。というのは、中国人の中でも、彼ほど中国語を言語学的に知っている者は居なかったからである。彼は中国語に詳しすぎて、演説が文学的になりすぎる嫌いがあった。だから時々、普通の人には解りにくいことさえあった」とアンドリュの持つ天才的な能力を称賛している。その高い能力は、聖書の中国語訳にも向けられた。アンドリュは、正確な中国語を用いて聖書を翻訳し直さなければならないという使命感に燃えていたようで、実際に、新約聖書をギリシャ語から、旧約聖書をヘブライ語から、それぞれ中国語に翻訳し、中国人と協力しながら全く新しい中国語の聖書を完成させた(10)。当時使用されていた中国語版の聖書は、英語に翻訳された聖書を中国語に翻訳したため、アンドリュの信条の潔癖さからは、受け入れられなかったのである。

また、身体能力は高く、アンドリュの病気の話はバックの作品に滅多に登場しない。「身体に関しては、まるで自分自身が自分の主治医であるみたいに厳しかった」「彼は疲れたり飽きたりすると、いつでも静かにぐっすり眠り、しばらくするとすっかり元気を取り戻し、すこぶる上機嫌になることで、健康を保持する上でも重要な役目を果たした」と、アンドリュの身体能力の高さを、他にも多くのエピソードを通して語っているのである。一九二一年にケアリーが死去した後は、バックが引き取り、妹と一緒に面倒を見て、アンドリュは一九三一年に八十年の人生を終えた(11)。思えばバックも死去した年齢が八十歳であり、父と同じく強靭な身体能力の持ち主であった。

②母のケアリー（Caroline Carie Sydenstricker 一八五七〜一九二一）

ケアリーは、十九世紀半ば生まれの女性としては稀な神学校出身で、教養豊かで才気煥発。明るく意志の強い女性だった。若い頃、神の道を説くアンドリュに出会い、家族の反対を押し切って中国まで夫について来た情熱的な女性である。ケアリーについては、伝記小説『母の肖像』に詳細に記されているので、ここでは、バックに与えた影響について記したい。

バックが伝記で描いた母親像には、ケアリーの優しく献身的な人柄を表わす言葉が数多く並び、教会におけるケアリーの姿も「小さなオルガンを弾き、美しい声で賛美歌をリードし、父の説教のあとで、この変わった教えがどういうものなのかを聞きにくる女たちに説明してやった。彼女たちにとって本当の福音になったのは、彼女たちの悲しい話にすぐに共感を覚え、心から同情する母の人柄だった。そういう話を聞くと、母はいつも『何かして上げたい』と思うのだった。やがてみんなは母を『善行を施すアメリカ人』と呼ぶようになった。そして多くの女性達が、母の家を訪れるようになった」と、いきいきとしたタッチで描かれているのである。では、このように、バックの脳裏に焼き付けられたケアリーの姿は、バックにとって、いつ頃の記憶なのであろうか。バックは、十五歳になると上海の高校に進学し寮に入っており、その後は、アメリカの大学に留学したので、二十二歳になるまでの期間は、ケアリーから離れて暮らしている。しかも、大学を卒業後、急遽アメリカから中国に戻った理由がケアリーの急病の知らせであったことを考えると、バックが見た健康的なケアリーの姿は、幼少期から高校入学前の期間であったと考えられる。

バックが見た母親像とは、バックが小さかった頃は、自作の楽しい替え歌を口ずさんで子供達を大笑いさせる明るい母であり、家庭教師のように子供達に勉強と読書の楽しさを教え、家庭にアメリカの生活様式を取り入れて子供達にアメリカを教えた母であった。また「女児の間引き」「纏足」など中国で続く旧習に対して怒りを込めて語り、実際に何人もの少女を纏足から救い、アヘンの常用者を不眠不休の救済活動により更生させ、「正義」「清潔」を強く訴えた。また当時宣教師館に通っていた中国人女性から、イギリス系の混血児として生まれた彼女の子供達の悩みを打ち明けられ、美しい容貌に育ったその混血娘からも相談を受けると、ケアリーは親子の苦しみに耳を傾け、バックには、その混血児達が白人からも中国人からも相手にされない根無し草のような淋しい存在であることを伝えた。しかし、夫に対する忍従を強いられ根気強く耐え抜いたが、宣教師でありながら神から距離を置いたケアリーの姿もバックは見逃しておらず、その経験を後に活かしている。

ケアリーが死去の直前に何度も繰り返した言葉がある。(12)「もう一度人生をやり直すことができたら、アメリカのために生きたい。ニューヨークや、外国人が移住して来る場所に行って、一生かかって、アメリカをつくってゆくにはどうしなければならないか、アメリカ人であるとはどういうことなのかを語りたい」。ケアリーが、バックに影響を与えた女性として、乳母の王と共に名前が挙げられ、ケアリーはバックにアメリカを、王はバックに中国を教えたと、二人の女性は称えられているのである。バックが、アメリカの大地で縦横無尽に闘った姿は、あたかも、ケアリーの代わりに社会運動家としての活動を務めているかのようであり、また、ケアリーがバックの背中を押しているかのようでもある。ケアリーはバックに多大な影響を与えた偉大な母であった。

(3) パール・バックの性格

バックは、子供の頃の自分の性格や母から受けた躾《しつけ》について「強情で、情熱的で、母が気が付いていたかどうかはわからないが、彼女にとてもよく似た、非常に気むずかしい子供だった。日課をやらせるのは容易なことではなかった。ひどく反抗的である。それも調子に乗って反抗するのだ」と述べている。そして、自分のことを「母親の欠点をそのまま受け継いでいた。気が短く強情で、美しいものと音楽を愛することでは敏感だった。これらの性質をなんとか克服しようと、どんなに苦労したかわからないのに、なんとこの背の高い強情な娘の中にそれがそのまま受け継がれているではないか」と、バックは母の血筋を強く受け継いだことを自認している。父母から一世代遡《さかのぼ》ってみても「強情といえば、この家族は、みんな強情だった」という父方の祖先や、知識欲が旺盛だった母方の祖父や、祖母がてきぱきと家事仕事をこなし、底抜けに明るかった姿も思い浮かぶ。血は争えないというが、後に八面六臂の活躍をするバックは祖先から良い血を受け継いだということができる。

（4）教育環境

小学校は、中国人が経営する学校へ入学し中国人の子供達と共に学んでいる。日本でいう中学生の年齢では、母から与えられた課題を自習し、十三歳までは孔先生から儒学と書道を学んだ。高校は上海のミッションスクールに入学し、その時、ボランティアとして出向いた貧困女性が入所する施設で、手芸を教える経験を積み、その女性達から上海の裏の世界のことを耳にしている。その環境は良くないと判断したケアリーは、バックを上海から鎮江に戻した。その後、アメリカの「ランドルフ・メイコン女子大学（Randolph- Macon Women's College）」に留学し優秀な成績を修めた。

幼少期に、母から受けた教育は、音楽、絵画、毎週書く長い作文、体操など、幅広く、子供達の姿勢を直し健康に留意させた。またケアリーは、子供達のために英語で書かれた古典文学作品を用意し、読書の習慣を身に着けさせた。バックは七歳の頃からディケンズを読み始め、一流作品以外には興味を感じない習慣がついたという(13)。多忙な伝道活動の合間を縫って、ケアリーは子供達への教育にも余念が無かったことがうかがえる。

そして、バックはよく勉強した。それは、中国の学校では教わらないアメリカの学校の勉強で、アメリカ史、アメリカ文学、イギリス、ヨーロッパ、ギリシャ・ローマの歴史と文学などだった。バックは「私は勉強しなければならなかった」と述べているが、一方で「ひとりぼっちの子供は勉強がすぐできるものだから、私は一日の大部分を自由に遊んだり夢想したりして過ごした。大人はみんな、都合のいいことに、せわしなくてわれわれにかまっていられなかったから、大人に監視されることもなく、われわれは幾時間もおもしろく遊んだ。仕合せな子供だった」[14]と、自由に遊び学んで過ごすことができた幼少期を回想している。

（５）家庭環境

幼少期に暮らしたのは、鎮江の町の谷から上がった所で、低くて白い塗料を塗った大きな煉瓦《れんが》の家で、中国人が住む黒っぽい瓦屋根が魚のうろこのように続いているのが見える場所だった。この家は、蜂の巣のようにバックが好きな場所がいくつもあったというくらい、部屋数が多く大きな家だったようだ。そこには、ケアリーが努めてアメリカ風に整えた家具調度品のある部屋と、バックがたびたびケアリーの目を盗んで食事の前に中華料理を食べた乳母の部屋もあった。ケアリーが丹精を込めてアメリカ風に造った庭は、普段は中国人の庭師が手入れをしていた。そこに、アメリカで暮らす母方の伯父からオルガンが送られてきて、ケアリーは大喜びで、オルガンを弾きながら美しい声で賛美歌を歌ったという。その他に、ミシンやストーブも置かれていて、ケアリーは館に集った中国の婦人達が好きなように見られるようにしていた。地下室ではキジを飼い、雛《ひな》が卵の殻をつつき破って出ようとしているのをバックはじっと見つめていたといい、広い家でのびのび育った様子が想像できる。

両親が子供達に話しかける言語は英語であり、食事のマナーは厳しかった。うそをつくことは許されず、バックがうそをついた時には、アンドリュが鞭《むち》で打ってお仕置きをした。両親が宣教師という立場上、自宅は信者が集う場所でもあり、面倒見の良いケアリーのもとには悩み事を持った中国人達が多数来訪し、常に人が出入りする館だった。住み込みで暮らす乳母や出入りする信者、近隣や使用人の中国人など、バックが育った環境は、まさしくアメリカと中国が交わった環境であった。それに加え、谷を隔てた向かい側の山腹で暮らすイギリス人と国際結婚をした着物を着た日本人女性もケアリーのもとに通って来ていて、バックにとっては彼女が「日本人の第一号」であった。また、かかりつけの医者はインド人であり、友人にはフィリピン人、タイ人、インドネシア人、ビルマ人、朝鮮人が居た。

バックは、中国を中心とする一つの世界、つまり、中国の周りにこれらの外国人達がいて、みんな仲良く、みんな関心をもち合い、喜んで訪問を受けるという一つの世界を幼い頃に考えていたようで、家庭環境そのものが世界の縮図となり、人種差別の無い平和な世界を描いていたのである。

3　結婚と二人の娘達

バックは、中国で出会ったアメリカ人農学者のロッシング・バックと一九一七年に結婚して、直ぐに夫の赴任地である宿州という中国奥地の農村地帯で生活を始めた。ロッシングのアメリカの農業技術を農民に教える仕事は上手く行かず撤収することになったが、折よく金陵大学農学院で教壇に立つ話が舞い込み、ロッシングは農業経済を、バックは国立中央大学で英文学を講義することになった。その間、バックは、母の看病に鎮江まで通いながら、二〇年にキャロルを出産するが、出産後に子宮の良性腫瘍が見つかり、ニューヨークで手術を受けた結果、子供はこれ以上産めない身体になった。南京に移住した二一年の秋、長らく闘病していた母が死去した。このように、結婚してからの四年間は、非常に慌ただしかったことがうかがえる。母が死去した直後に、母の伝記小説を書き上げて保管し、その後も評論や短編小説を書き、事実上の執筆活動を開始するが、その頃から、三歳になったキャロルの成長に疑問を抱き始めるのである。

（1）ロッシング・バックとの結婚

中国で出会ったアメリカ人の青年、ロッシングと結婚したのはバックが二十五歳の時である。バックの親友だった澤田美喜は、バックと二人だけで会話を交わしていた時に、次のようなことを耳にし、強く印象に残ったという。[15]「私は中国育ち、しかも奥地の生活で一人のアメリカ人にも会わなかった。最初に出会った米国生まれの青年を両親が私の気持ちを何も聞かずにきめて結婚してしまった。私には青春が無かった」とバックが語ったというのだ。バックの両親が決めた結婚だったことは、今のところ文献には見当たらない。またコンが「バックの両親は、ロッシングを娘の結婚相手としては歓迎していなかった[16]」としていることと矛盾する。このアメリカ人農学者との結婚について、コンは、バックが結婚後すぐ心の奥底で聞いた「この結婚は間違いである。きっと後悔するだろう」という警戒信号を指摘しているが、当時のバックはとても結婚をしたがっていたという点にも触れている。なぜならば、バックが留学先から中国に戻ってきた時、幼な友達のほとんどが結婚していて、多くは子持ちだったことに焦りを感じ、さらに、両親の家から逃げ出したかったという。また、ロッシングが適齢、未婚、感じの良いアメリカ人、年齢が近かった、というバックの結婚条件を満たしていたことも、コンは確認している。結局のところ、アンドリュに酷似した結婚相手を選んでしまったことが、ケアリーの血を強く受け継いだバックの大きな過ちであったと考えられる。その点については、コンが「ロッシングはアンドリュに異様なほど良く似ていた[17]」と述べたほどである。

ただし、ロッシングとの生活の中で、バックが得た重要なことを記しておきたい。その一つは、宿州という白人が居ない農村地帯で暮らしたことであり、もう一つはキャロルが生まれたことである。まず、宿州は、現地を訪問したコンによると「特色のない乾燥した景観が四方に地平線まで広がり、郊外に散在する墓と小さな村落が、ところどころ視界を遮っている。砂ほこりは、乾燥した平原を絶え間なく吹き抜け、いたるところに降りかかって、町やそこの住民をどんよりした茶一色に変えてしまう。鎮江よりはるかに小さな居留地で、厳しい気候や不便な生活、さらに強盗や略奪兵士に翻弄される土地だった(18)」といい、バックがそれまでに経験したことのない世界だったようだ。バックがロッシングの実家に送った怒りに満ちた手紙には、宿州で暮らす中国人の間で頻繁に行われていた「女児の間引き」や「纏足」のことが批判的に書かれ、弁髪をしている人、西太后の死を知らない人も居た。バックが内陸部を旅する時には、椅子に座り担がれて移動したが、行く先々の住人にとっては、はじめて見る外国人とあって、人だかりができたほどであった。これらの旧習が残る地域で暮らした経験は、バックに決定的なインパクトを与え、小説『大地』の舞台背景を提供したのは、この宿州であり、素朴で貧しい生活をする農民と、そこに広がる農村地帯の風景である。

次に、キャロルの誕生である。妊娠中のバックの健康状態は極めて良好で、一二〇年三月に健康そうで美しいキャロルが誕生した。ところが、キャロルは不治の脳障がいを抱えていることが数年後に判明する。キャロルの障がいに対するロッシングの態度は冷たく「彼は、あんな子に、もともとかまってやる価値などないと思っているのです」と、バックは、友人への手紙で夫を非難し、ロッシングが、キャロルのための医療費や病院への交通費を払ってくれないことも明かしている。

（2）キャロル

バックについて語る時、キャロルのことに触れておく必要がある。なぜならば、脳に先天的な障がいを持って生まれたキャロルの存在が、後に離婚原因の一つとなり、バックの人生を変える大きな要因となったからである。

バックは、『大地』がアメリカでベストセラーとなった時、出版社から経歴を送るように依頼があったが固辞している。自身のプライバシーとキャロルを民衆の容赦ない好奇心から守りたかったのである。当時、キャロルは未だ十二歳位の少女だったが、バックはキャロルが三十歳になった頃、意を決して小説『母よ嘆くなかれ』を出版し、キャロルについて全容を明かした。この小説の冒頭でバックは、「私は、この物語を書こうと決心するまでにはずい分長い間かかりました。私は、とうとうこの話を書くべき時が来たと決心しました」と述べ、キャロルのことを公開するまでの長かった道のりを示唆している。この小説の表紙を開けると直ぐに目に飛び込むのは、次の文言である。「この話によって得られる収益はすべてニュージャージー州ヴァインランドのトレイニング・スクールの子供たちに捧げられます」。このトレイニング・スクールとは、キャロルが九歳の時に入所した障がい者施設である。バックからの寄付金によって、施設には二階建ての黄色いレンガのコテージが一棟建てられ、キャロルはその独立した家で友人と暮らし生涯を過ごした。晩年には病を発症し療養した後、キャロルは一九九二年に穏やかに眠るように亡くなった。享年七十二。死因は、バックと同じ肺癌であった。キャロルは、人生のほとんどを過ごした施設の庭に安らかに眠っている。

（3）養女のジャニス

心配していたキャロルの障がいが現実となり、バックは、その悲しみから逃れたい一心だったのか、アメリカの小さな教会が経営する孤児院で保護されていた生後三ヵ月のジャニスを養女として引き取った。それは、一九二四年のことである。ロッシングの休暇を利用して、家族三人で渡米し、ロッシングがコーネル大学で教鞭《きょうべん》を取り、バックは修士研究の傍ら、キャロルの施設探しを開始した年である。それから二十年の間に、バックは合計七人の養子を引き取ったので、ジャニスは養子の中の一番上となった。バックは、ケアリーが引き取った養女の彩雲とその子供達と親しく付き合っており、もともと養女を迎えることに抵抗は無かったのではないかと思われる。アメリカで、キャロルの障がいが宣告されたことが、キャロルと同じ女の子を養女として迎える動機となったのであろう。戦前からニューヨークで暮らし、バックと親しい付き合いがあった石垣綾子は「わが子がいても母としての喜びを奪われた思いだったバックは、母の愛情に飢えて泣くこの赤ん坊にひきつけられ、わが娘としてもらい受けた」と、その時のバックの衝動について述べている。十歳になるまで中国で育ったジャニスは、バックと共にアメリカへ帰国し、学校の成績が「オールA＋」というバックの自慢の娘で、大学卒業後は作業療法士として従事した。バックから、キャロルの法的後見人を託され、施設の理事を引き受け、キャロルの家族としての役割を果たした。ジャニスは、もう一つ大きな役割を果たしている。バックが離婚した頃、十一歳になっていたジャニスは、母の離婚と再婚など、母の良き理解者であったと思われるが、バックが禁止していた「父との再会」を、バック亡き後に果たしたのである。ロッシングと再会した時、ジャニスは、幼いキャロルとジャニスが二人で楽しそうに遊んでいる写真を渡されたが、おそらく、これはジャニスにとって衝撃的なことだったに違いない。なぜなら、バックが離婚する際、家族写真を全て返すようにロッシングに要求したことをジャニスは知っていたからである。その時はじめてジャニスは、ロッシングが、どれだけ娘二人を失って寂しく思っていたかを知り、父に最後の親孝行をすることができたのである。その後、再会する機会はないまま、ロッシングは七五年に死去した。ジャニスは「キャロルのことを、両親が二人で心配していた」として、ロッシングとバックが二人とも同じようにキャロルの成長が遅いことを気にかけていた様子も読者に伝え、バックが書かなかったロッシングに関する貴重な情報を残したのである。[19]ジャニスは、バックが育てた養子達の一番上の姉として、まとめ役も果たし、生涯独身を貫き、晩年には「パール・バック国際財団」の理事長としても尽力し、敷地内の池や多年草の美しい庭の整備も行った。ジャニスは、二〇一六年に死去した。享年九十。母に献身的だったジャニスは、バックが眠るグリーン・ヒルズ農園に眠っている。

4　アメリカへの帰国と永住

一九二七年に起きた「南京事件」[20]は、中国在住の西洋人の命を脅かし、それに加え、中国東北部に満州国を築き中国の侵略を開始した日本軍は新たな脅威となった。三二年に日本軍の軍艦が揚子江に現れ、蒋介石が居を構えた首都・南京から、わずか二、三キロの場所に数週間居留まった。その軍艦は一時的に去ったものの、市の緊張は依然高まったままとなり、蒋介石が行動を起こさないことに不満が募るという結果をもたらし、日本軍の侵略に対抗するという公約を掲げる共産党は、新たな党員を増やしていったという。当時、南京で暮らしていたバックは、家族と共に北京で避難生活を数ヵ月間過ごしたが、身の安全を確保するため、また、キャロルと面会するため、アメリカに一時帰国することを決めた。しかし、この一時帰国が、バックの人生を大きく変えることになる。その二年後、バックは中国を去り、アメリカに永住することになる。帰国の翌年には離婚、再婚へと人生の歩を進めるのである。

（1）帰国の複合的要因

バックがアメリカでの永住を決めた決定的な要因は、何であったのであろうか。未だ九歳のキャロルを一九二九年にアメリカの施設に入所させたことは、どんなに割り切ってもバックには気がかりなことであったに違いない。日本で言えば未だ小学校三年生の小さな女の子である。その子が、たった一人で見知らぬ人々に囲まれて過ごすアメリカは、バックが暮らす中国からは、あまりに遠い。アメリカへの帰国を決断させるような出来事が、三一年の小説『大地』出版前後に相次ぐ。

①キャロルのために

キャロルの高額な施設費用を捻出するために猛然と小説を書き始めたバックの前に、バックの作品を扱うアメリカの出版社「ジョン・デイ社」が現れたことが、運命的な出来事となる。この出版社は、一九二九年の世界大恐慌のあおりを受けて業績が悪化していたが、バックが「ジョン・デイ社」を救うことにもなった。この出版社との契約により、キャロルが入所している施設の近くで暮らすことが、バックにとって現実的な生活として捉えられるようになり、「海を越えて、私の子供からさらに悪い便りが届き、ついに私は決心した。祖先の土地に戻って別の生活を送ろう」と、決断を下したのである。

②父の死

小説『大地』が出版された一九三一年に、アンドリュが八十歳で死去し中国の大地に骨を埋めた。ケアリー亡き後、自宅に一人残された父をバックが説得して引き取り十年間同居したが、その生活に終止符が打たれると同時に、宣教師の娘として過ごした四十年の日々から完全に解放され、バックは自由を手に入れたのである。

③リチャード・ウォルシュとの出会い

「ジョン・デイ社」の主筆リチャード・ウォルシュがバックのマネージャー兼代弁者の役割も担うようになり、バックが隠したかったキャロルに関する情報について、メディア関係者の管理を上手にこなした。ウォルシュは、バックにとって、なくてはならない存在となり、仕事上のパートナーから愛情へと変化していった。バックの方からというよりは、ウォルシュからの猛アタックにより、互いの離婚と再婚への道が開かれて行った。

④日本軍の侵攻

中国東北部の満州を占領した日本軍が南下し侵攻を進めた。蒋介石が南京に政府を置いたため、バック一家が暮らしていた南京が日本軍の標的となった。

⑤離婚の申し出

一九三二年のアメリカへの一時帰国が、ロッシングとバック、またウォルシュ夫妻にとって、人生の大きな分岐点となる。アメリカからの帰路ヨーロッパ経由で中国に向かっていたバック夫妻はフランスのニースに立ち寄り、バックは結婚生活がもう破綻していることをロッシングに告げ離婚を申し出た。

これだけの条件が揃い、もはや中国に居留まる理由が失われたバックはアメリカへ帰国し永住する。(21)バックの結婚生活の再出発は、彼女の人生を大きく変えることになった。

（2）帰国の決断

アメリカ帰国直前にバックは北京で過ごしたが、その時の感慨を次のように述べている。

手を出すことも防止することもできない争乱の中で暮らすことを望むのでなければ、私は自分の国と、自分の世界を変えなければならない破目に陥らざるを得なかった。私は変えることをおそれた。深く中国を愛していたからで、中国の民衆は私にとっては、自国の民といってよかった。立派な国立図書館で午前の仕事を終えると、街をさまよい、過去の知識を新たにすることに費やした。私が中国を去るべきかどうかをきめるのにはよい場所だった。中国ほど大きな国はないし、北京ほど美しさにあふれているところはなかった。

「私は変えることをおそれた」と、バックがアメリカへの移住に対する恐れについて述べていることに着目する。帰国するアメリカは、バックにとっては異国である。「ノーベル文学賞」を受賞した時、バックはすでにアメリカで暮らしていたが、その一報が入った時に出た言葉は英語ではなく「本当かしら?」という中国語であった。メディアを意識した受け狙いであったとしても、バックが幼少期から暮らした中国がバックの心の中に大きく存在していたことは確かである。当時は中国からの帰国後四年しか経っておらず、無理もないことであろう。アメリカでの生活を開始した後の「国を変える」ことについて、その後のバックの発言には明るい兆しが見える。「国を変えるのは、圧倒的な経験であるかもしれない。私は中国を去ってから、何年かの間にそれをなしとげた」[22]と述べているのである。尊敬できる理想的な伴侶と共に新生活を歩み始めたのであり、アメリカ社会へ適応しようと努めるバックを、ウォルシュが後押ししたであろうことは、想像に難くないのである。

（3）再婚劇

バックが繰り広げた再婚劇が日本の新聞でも報じられた。[23]

バックは、夫との離婚訴訟に勝つや、二、三時間の後に出版業者ウォルシュと結婚式を挙げた。ウォルシュの前夫人で同時に夫との離婚訴訟に勝ったルース・アボット・ウォルシュは、バックとは親しい友達として前夫とバックとの結婚式に列席した。二人の女性は各自の夫に対して離婚訴訟を提起した時に、同一の弁護士に依頼し、その訴訟が片づく六週間の間、二人は風光明媚《ふうこうめいび》なタホ湖畔のバンガロウで睦ましく一緒に暮らし、将来も二人の友情を変わりなく続けて行こうと誓った。

この記事を執筆した新居格《にいいたる》は、小説『大地』の翻訳者である。新居が入手したのは、おそらく「ニューヨーク・タイムズ」の情報であろう。(24) 邦訳本が出版された年の記事なので、日本の読者がこの記事に注目したことが想像できる。バック自身もこのネバダ州レノという小さな町での出来事を次のように語っている。(25)

わが生涯の中で最も奇妙な六週間の滞在をした。私は、自分の強制された滞在を楽しもう、私の国の西部の片隅について出来るだけ学ぼうと決心した。すばらしい日だった。それまで何年も、私たちは離婚をおそろしいことだと確信し、そして避けてきた。離婚の手続が終ったあと、私たちは姑の待っている牧師館の裏庭へまっすぐにいった。そこで夫と静かな結婚式をあげた。これ以来、私の離婚に対する考え方は幾分変っていった。

バックは、再婚後に旧友に手紙を送り「今、人生で初めて本当に幸せです。私の望み通りすべてがここに揃いました」と伝えた。また、バックの友人、ヘレン・フォスター・スノウ(26)は「二人は米国文学史上、最も成功した『著者と出版社のおしどりチーム』を作り上げた」と述べている。バックは新たな人生を歩み始め、自身の才能を開花させ、作家としての人生を歩む道が確保された点において、この再婚は大成功であったと言える。

しかし、保守的階層のアメリカ人は、この再婚劇を見過ごさなかった。スキャンダルとみなしたのだ。長老派教会の信者が教会の指導者たちに激しく抗議し、それに従い、海外宣教委員会幹部がロッシングに「文学的才能が、彼女の堕落につながった」という慰め状を送った。また、大学からの名誉文学博士号の授与式にバックが欠席したことに安堵した大学総長も居たという。特に「バックの小説は人に隠れて読むような卑猥本だ」と訴えたE・B・マクカン夫人からの苦情により、カンザス市の教育委員長は、小説『大地』を推薦図書リストから外し、発刊禁止措置を実施した。このような批判はバックの想像の範囲であり、再婚前から予定されていた大学での講演会に対して自らキャンセルを申し出るなど、冷静沈着な対応を心がけた。バックからのキャンセル申し出にも拘わらず、ヴァージニア大学は講演会を挙行したという。

第二章

作家パール・バックの誕生

バックが作家としての人生を歩み始めたのは、中国で暮らしていた頃で、表向きには小説『東の風、西の風』を出版した一九三〇年となるが、実は、そのおよそ九年前に長編の小説を仕上げている。バック自身も「それは私の発表した書物では七番目であったが、実は、私がはじめて書いた書物なのであった」と、初作品であることを認めているのである。それは、ケアリーに関する伝記小説である。バックは、母亡き後の喪失感を拭い去るため、また、キャロルが生まれて間もない頃であり、祖母の存命中のことを覚えていないため、大きくなったら一緒に読もうと「懐かしい家族の思い出の書」として書き上げ、箱に入れ封印して、南京の自宅の高い壁の中にある押し入れに保管しておいたのである。二七年に北伐軍による「南京事件」で暴徒に家を荒らされ、家財や書きかけの原稿など、ほとんどすべてが失われた時に、残された財産がこの原稿であり、他の書物と共に学生達によって無事に保管され、日本に避難したバック家族が中国に戻って来るのを待っていたのである。その原稿はバックが三四年にアメリカに帰国した際、太平洋を渡り、アメリカの自宅でも保管されたままになっていたという。帰国当時、キャロルはすでに施設に入所し、次女ジャニスは十歳で、ケアリーの伝記は未だ読める年齢ではなかったので、バックは、その原稿を家の中にしまい込んだのである。それが『母の肖像』という伝記小説として三六年に出版され、後に「ノーベル文学賞」受賞の対象作品の一つとなった。

1　作家への道

バックは、『母の肖像』を短期間で仕上げ、封印してしまったのではないかと想像する。ケアリーの葬儀が営まれたのは、金と銀に輝く菊の花が咲いていた一九二一年十月であったが、長文の母の伝記を書き上げた後、翌年の夏には「中国でも」と題するエッセイをアメリカの雑誌に投稿している。バックは書くのが速く、それが多作を残すことができた要因と言われており、当時、すでにその才能が芽を出し始めていたのかもしれない。ここでは、バックが作家人生を開始するまでの道のりを大学生だった頃に遡って見てみたい。

(1) ランドルフ・メイコン女子大学にて(一九一〇~一四)

海外で暮らすアメリカ人が母国の大学に入学することを留学と呼ぶのだろうか。当時のバックにとって、アメリカは単なる出生地に過ぎず、幼少期から過ごした中国が、それまでのバックを育んできたので、留学という方がふさわしい。バックが一九三八年にアメリカの雑誌「ニューヨーク・タイムズ」のインタビューで語ったところによると、バックは、留学当初から学生達の生活スタイルや友人関係などに対して違和感を持ち、学生達からは「中国語を話す変わり者」として好奇の的にされ、感情を表に出すのが怖くて自分自身の中に引きこもったという。しかし、時は経ち、インタビューを受けたバックは、「その学生時代の経験が、目新しい国に行った外国人の気持ちを容易に理解できるようにさせてくれた」とも語っているのである。[27] そのような、好奇の眼にさらされた大学生活ではあったが、バックは優秀な成績を収め、三年生の時に級長に任命され、論文が二度表彰されている。これは、十七歳まで中国で教育を受けたバックが、アメリカの女子大生と対等に競争ができる実力を備えていた証である。当時のアメリカの女子大学では、女子の知的能力を男子と等しくということが絶えず喚起されていたというから、バックは、それまで過ごした中国という国とバックの家庭の両方に根強く存在した家父長制度から一旦抜け出し、多くの選択肢の中から、自分で選択することが許される自由な世界に身を置くことができたのである。また、「厳格な学究的態度を育み、かつ社会へ出た時に、市民としてより多くの責任を負うことができるような女性の成長を促す」との方針を持つ大学の教授陣は、言語学や文学などの科目において、バックに特訓を行い、その成果として執筆した論文が二度にわたって受賞したことは、バックにアメリカ人と競争ができるという自信を与え、後に社会運動家として活躍するバックの基礎を創り上げたということができる。

留学中のエピソードを一点、記しておきたい。学外で開催されるＹＷＣＡの総会にバックが大学代表として出席することになった際に、学友達が用意したプレゼントにまつわる話である。バックは、それがコルセットであることを知ると、受け取りを拒否した。コルセットは女性の身体を強く締め付けることで身体変形を生み出し、中国の纏足と同類の「女性を抑圧する代物」であると、バックは認識していたのであり、後にバックは、中国の纏足を小説に取り入れ、批判的に書くのである。例えば、日本の女子大生が、学友からのプレゼントを、内容物によって受け取りを拒否することがあるだろうか。おそらく、苦笑いしながらも取り敢えず受け取り、お礼の言葉を述べるであろう。この時すでに、バックには、自分の意思を言葉と態度で表す勇気、すなわち、将来アメリカで社会運動家として活躍する素養が備わっていたことが垣間見える。

(2) 宿州から南京へ（一九一七～二三）

バックは、一九一七年に結婚すると、夫が赴任地として暮らしていた宿州という農業地帯で新婚生活を始める。バックは一九年に長老会派の宣教師としての地位に就き、二〇年に生まれたキャロルの子育てをしながら、ケアリーの看病にも通ったが、二一年にケアリーが亡くなり、バックは、母が残した偉業を形に残そうと、『母の肖像』の原型となる長文の伝記小説を書いた。その後、論文「中国でも」を投稿したところ、アメリカの雑誌「アトランティック」二三年一月号に掲載されたのである。この頃のバックに関して指摘しておきたいことが、もう一つある。それは、海外に送り出された宣教師の行動に関し断続的に批判を始めたことである。当時、無名だったバックは、中国で暮らす一人のアメリカ人に過ぎなかったが、他の中国在住アメリカ人と異なる点は、宣教師の地位に就いたことである。責任感と正義感が強いバックは、自らが宣教師であるが故に、身近に見聞する海外伝道師の行いに対する不満が高まっていく。執筆活動としては、アメリカで出版されている雑誌にエッセイを送る程度に留まっているが、二〇年代半ばに入ると、その批判の鋭さ、辛辣さ、深刻さが増していったといい(28)、後には、講演の場で公然と批判の声を上げるようになるのである。

母の死去を境目として、結婚、出産を経験し、宿州から南京へ移住したこの頃が、作家への助走を開始する時期となっている。また、キャロルが三歳になる頃、バックは徐々にキャロルの成長に不安を感じ始め、年齢の近い子供を持つ親達に相談を持ちかけ、住まいから遠くの医師のところへキャロルを連れて行き診察を受けさせたのも、この時期である。

(3) アメリカへの一時帰国(一九二四〜二五)

ロッシングに与えられた休暇を利用して渡米し、一九二四年からロッシングは大学で教壇に立ち、バックも修士研究を行った。バックは、コーネル大学とイエール大学で英文学を研究し二五年にコーネル大学で修士号を取得した。その修士論文「中国と西洋」は、高い評価を受け、二百五十ドルの奨学金を含む「ローラ・メッセンジャー記念賞」を獲得している。バックは、合間を縫ってエッセイも書き、「中国人学生の物の考え方」は雑誌「ネイション」に、もう一つの長いエッセイ「中国の美」は雑誌「フォーラム」に、一年に一作のペースで掲載された。また、渡米の船の中で書いた「中国婦人かく語りき」を雑誌「アジア」へ投稿したところ、二六年に掲載され、後の小説『東の風、西の風』として生まれ変わる礎となった。「アジア」の編集担当であったウォルシュが、「アジア」の編集部を「ジョン・デイ社」に置いていたことが、後に、バックに大きな幸運をもたらすのである。

この一時帰国には、もう一つの目的があった。それは、キャロルの知能の成長が同年齢の子供達よりも遅いことに関する原因と治療法を追究し、奇跡を探し求めることであった。修士研究の傍ら、バックは、キャロルを連れて何ヵ所も病院を訪ねた結果、「最後の審判」とバックがいう診断が、ある日、ドイツ人医師から下された。それは、「不治の脳障がい」であった。バックは、その医師からの助言に従い、アメリカ滞在中にキャロルのための施設探しを開始した。

（4）キャロルが変えたパール・バックの人生

キャロルが施設に入所した一九二九年、バックにとって大きな契機となる出来事があった。それは、ニューヨークの出版社「ジョン・デイ社」と、その社の社長兼発行人のウォルシュが、バックの前に現れたことである。

そこに行き着くまでのバックの努力は、上海の書店で見つけた古本の業界雑誌に載っていた広告から始まる。バックは、その広告に載っていたアメリカの著作権代理人に手紙を送った。その結果、デイヴィッド・ロイドという代理人との契約にこぎつけることができたのである。バックは、他の代理人からは「中国のことなど誰も関心がない」として断られたが、諦めずに他の代理人に手紙を送り続けた結果である。バックと契約したロイドが約一年の時間をかけて、ニューヨークじゅうの出版社に『東の風、西の風』の原稿を根気よく持ち回ったところ、最後だった「ジョン・デイ社」が出版を承諾したのである。その電報が中国に送られ、キャロルの施設入所のためにアメリカに一時帰国中だったバックのもとに中国から転送されてきたことも奇遇である。

早速、「ジョン・デイ社」から、三〇年に『東の風、西の風』を冒険的に出版したところ好評を博し、契約は途切れることなく三一年に『大地』、三二年に『大地』の第二部『息子たち』、三三年に『水滸伝』の世界初の英訳『人間みな兄弟』と、三四年のバックのアメリカへの帰国を経て、その後も同社から毎年のように出版が続くこと

出典：『大地』（1931）原書

出典：『息子たち』（1932）原書

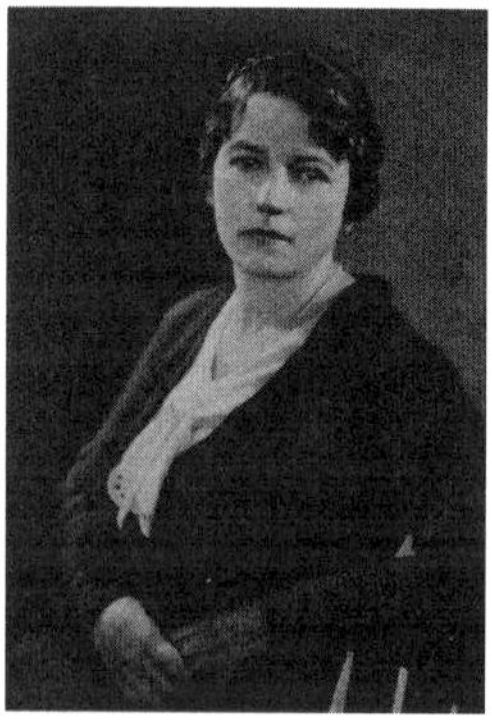

日本人がはじめて見たパール・バック
出典：『大地』(1935)

になる。
バックから次々と湧き出るように書かれたこれらの作品について、バックの次女ジャニスが語ったことを、ここに記しておきたい。娘の視点から書いた母の回想録である。(29)

キャロルを養わなければならないという、この窮地を救うかもしれないこととして、母が知っていたのは、書きたいという望みと、書くことができる能力だけでした。母が見かけた人々、すなわち、生活と夢を満たすために、もがいていた人々についての物語を書こうとして、母の心からどっと溢れ始めたのです。その物語が、ゆっくりと、でも、着実に現実のものとなっていったのです。

また、ジャニスは、キャロルの誕生がバックの人生そのものを変えたことも、その回想録で明確に指摘したのである。
バックは、キャロルの施設を決めた時、手元には十分なお金が無かった。ロッシングが承知していたかどうかは不明だが、バックは、長老派布教理事会から二千ドルを借金し、年額千ドル（当時の換算で三十六万円）の費用を二年分前払いしたのである。中国での生活では、ロッシングが家計を握っており、夫婦二人が得た収入の多くをロッシングの調査研究費に費やし、バックは月々彼から受け取る生活費でやりくりしていたが、キャロルの診察のための費用は出してもらえない状況にあった。従って、バックは、キャロルのための全費用を自分が生み出す以外に方法が無いことを悟り、百も承知でアメリカの優良施設への入所を断行したのである。当時はアメリカの雑誌に投稿記事が載る程度の無名な作家であったが、著作権代理人との契約が成立し、出版社が現れたことを機に、それから数年の内にバックは「キャロルを養わなければならない窮地」を救うことになる。キャロルを入所させて南京に戻ったバックは、猛然と作品の執筆を始めた。全ては、キャロルのために。

2　中国を書く

暮らしていた中国の国情が不安定な時期に始まったバックの作家人生であるが、当時、バックが中国の歴史に残る「新文学革命」の渦中に居たことに触れておこう。バックは、世界的な文芸上の変革が起き、同時に中国でも起きた歴史的な「新文学革命」を体験した稀有なアメリカ人作家なのである。

バックが作家として歩み始めたのは、ちょうど世界中で文芸上の嵐が吹き荒れていた時期で、二十世紀初頭は、中国でも西洋諸国でも驚くほどの文学上、芸術上の転換が連鎖反応のように進行し、欧米では、絵画、詩歌、小説、建築、音楽の分野で根本的な変化が起きた時期であったという。(30) また、二十世紀は、フェミニズムやウーマン・リブ運動に影響された「女性文学のルネサンス」(31)が起き、「女らしさ」という概念で浸透していた文化的、社会的なジェンダーを意識した文学が生み出された時代でもある。(32) その時代背景により、女性作家が活躍した世紀であり、「あまりにも多くの女性作家がきら星のように並び、名作、秀作の群が輝いているので、今さらのように驚くとともに、大きな感動を禁じえない」(33)と日本の文学者が表現するほどである。バックは、その頃のことを「素晴らしき時代」と呼んでいる。バックがそうであったように、当時の女性達が自分の持てる才能を開花させ、自ら人生の選択を行い、表舞台に出始めたのである。

(1) 中国における変革と胡適

世界的な変革と同じ時期に起きた中国の「新文学革命」は、全国的規模で爆発的に展開し、その拠点は北京大学であったという。指導的な立場にあったのは、陳独秀、胡適、蔡元培などの著名な学者達であった。その一人、胡適は、バックがアメリカに留学したのと同じ一九一〇年に同国に留学し、最初はコーネル大学、次いでコロンビア大学で学び、「大衆が読み書きできるようにならない限り、彼等は中国の社会進歩発展について来ようとはしないだろう」と主張した。一七年に中国に帰国した胡適は、北京大学の教授となり、文学革命を指導し、口語運動を唱導した。口語運動とは、古典文ではなく、口語文を基礎とする標準語が国民国家を創出するという文化戦略で、胡適は、陳独秀、蔡元培、魯迅らと共に文学革命の旗手となり、文芸、学術、教育の刷新に奔走したのである。

中国で暮らしていた頃のバックは、当時のエリート知識人であった胡適のエッセイ「文学改良論」を特別重視しており、中国小説の大ファンでもあったため、胡適の生き生きとした議論を心から歓迎した。中国の従来の学者達が小説のことを、「小さな取るに足りない話」と蔑み、「小説は俗悪である」と決めつける傾向があったので、中国の文学革命はバックに絶好のチャンスを与えたのである。

バックには、胡適など中国の知識階層が執筆する中国語の文献を解読し習得する能力が備わっていたこと、また、その重要な時期を逃さない勘の良さが、後のバックの作家人生を実り大きなものにしたということができる。バックは、中国に関する小説を書く時は「まず中国語で小説の筋を考えて、それから英語に訳す」と述べている点が興味深い。

バックが「ノーベル文学賞」を受賞し、スウェーデン学術会議において受賞記念講演を行った際のテーマは、「中国の小説」であった。バックは、欧米人がほとんど知らないテーマを選び、中国の伝統的古典を欧米の読者に紹介し多大な効果をもたらしたという。バックがアメリカの文学史上、極めてユニークな存在であり、当時の米国文筆家たちの中でバックほど中国の文学活動に没頭した経験を持つ作家は、他に誰も居なかった。

在米大使としてアメリカに駐在していた胡適は、四一年に「翡翠《ひすい》の勲章」をバックに贈った。これは、バックが「中国救済連合（UCR）」の議長となり、日本軍の攻撃により被害を受けた中国人を救済するための資金集めの功績に対して、胡適大使がバックに授与したものである。胡適は「東西協会」の講演者としても名を連ね、バックがアメリカで居を構えたペンシルヴェニアの自宅にも訪問しており、帰国後の四六年には北京大学の総長に就任している。

（2）文学革命を通して描いた中国の旧習

バックは、この機を捉えて小説の中に中国の悪しき旧習を神妙に、面白おかしく、批判的に描いている。文学革命は、小説という新たなジャンルを創出したばかりでなく、当時、根強く残っていた中国の悪い旧習も小説に取り入れて公然と批判したのである。

例えば小説『大地』を読む時に、物語に取り入れられた次のような旧習を意識すると、バックが文学革命から受けた影響を見出すことができる。

①纏足

主人公王龍の妻阿蘭は纏足をしていないので、普通の健康な足で家事仕事や野良仕事を難なくこなし、子どもをたくさん産み一家が栄えて行く。一方、王龍が茶館から連れて来て同じ敷地に住まわせた蓮華は纏足をしている。(34)バックはこの二人の女性を対比させながら、文学革命時に行われた「纏足廃止運動」に基づき描いている。

蓮華は家にこもったまま滅多に外出しない。なぜならば、纏足を施した足では歩くことが困難であり、しかも纏足をした女性達には「他の男性たちと接触しない」「教育を受けない」という習慣が内面化しているからである。蓮華は若い頃から部屋にこもり、甘いお菓子ばかり食べているので、しだいに肥満していき、老年になると、とうとう自力歩行ができなくなり、両側を付き人に抱えられて移動をする女性として描かれているのである。

革命政府によって纏足が禁止されていたにもかかわらず、バックがロッシングと暮らした宿州では纏足の習慣が残っていたため、纏足を施される際の女児達の泣き叫ぶ声や足の痛みを、バックは身近に見聞したと思われる。バックは、ケアリーが纏足に反対していた姿を幼少期から見て育っており、纏足が男尊女卑の側面を持っていることも認識していたのである。

②女児の間引き

王龍の妻阿蘭は、飢饉《ききん》の真っただ中に女児を出産するが、貧しさに耐え切れず女児を出産後、直ぐに絞殺してしまう。バックが暮らしていた宣教師館に通ってきて、女児の間引きを実行したことをケアリーに打ち明ける中国人女性達の話をバックは幼少期から聞いており、野原で遊んでいた時もその死骸を見かけている。宿州でバックが出会った中国女性の十人中九人が、生後間もない女児を少なくとも一人は殺した経験があり、多くの母親は何人も殺していたことを、バックは中国からロッシングの両親に送った手紙で告白している。

③ 男尊女卑

阿蘭の口数の少なさの理由は、幼少期から奴隷として育ち、教育を受ける機会がなかったことが要因であるとして、阿蘭が黙々と牛馬のごとく働くシーンが終始描かれている。一番上の女の子をたった一人で出産し、へその緒を切ると直ぐに野良仕事に戻り、自分の身体を犠牲にしてでも働くという義務感も強い。また、焼けるほどの痛みが腹部にあっても耐え抜き、治療費がもったいないと言って高価な薬を拒否し「そのお金で土地が買える」と主張して死んでいく。農家の女性が、夫によって家畜のように使われ、息子によっても使用人としてこき使われている現状も、バックはロッシングの両親宛の手紙に書き綴った。

④ 隷属からの自立

第三部『分裂した家』では、王龍の孫世代が描かれ、孫の王淵が上海と思しき大都会で暮らす場面では、男女関係は平等が重んじられている。夫と別居して子供と二人で暮らす王虎の妻、王淵を遊びに誘う義理の妹、自ら積極的に愛の告白をする同級生の女子学生など、時代を先取りした「新しい女」が登場する。特に義理の妹は、親が決めた見ず知らずの人と結婚することを「馬鹿な真似」と言い「人生は自分のものだから、結婚は自分が決めるもの」と主張する。バック自身の結婚観も根底にあると思われるが、文学革命期の中国における女性の意識変革を「親が決める結婚相手」という旧習を通して描いているのである。

⑤妾の囲い込み

王淵の義理の妹の発言からは、妾についての考え方が読み取れる。「自分達、新しい女は決して妾にはならない。第二夫人は大きらい。もし、既に妻のいる人と一緒になるなら、その妻を離縁させてから結婚する。自分がたった一人の妻でなければ承知しない」と言うのである。この作品は、バックが再婚した年にアメリカで出版されているため、読者は新聞で報じられたバックの再婚劇と重ね合わせたかもしれない。

(3)「チャイニーズ　サガ」

二十世紀の女性文学の特徴として興味深い指摘がある。「長編大河小説の伝統と大家族の分裂」である。これは、アイスランドに起源のある大河小説の伝統を創った「サガ」という文学形態のことで、女性作家で、これに匹敵するサガを書いたのは、アメリカのパール・バックやマーガレット・ミッチェルであるとされ、バックの小説『大地』三部作が事例として挙げられている[35]。小説『大地』は、親子三代にわたる三部構成の長編大河小説であり、結婚と成功、洪水と干ばつなどの災害、貧困と飢餓、家の隆盛、中国の内紛という歴史的事件との遭遇、一家の分裂など、多くの要素が盛り込まれており、「サガ」の文学形態を確認することができる。従って『大地』は、アメリカ人によって描かれた「チャイニーズ　サガ」ということができるのである。

（4）アメリカ文学史上のパール・バック

バックが中国で生活しながら、中国で起きた「新文学革命」の影響を受容して書き上げた『大地』であったが、アメリカの大恐慌下で求められた女性像について、バックの『大地』とスタインベックの『怒りの葡萄』の二作品が重要な作品として位置付けられている。それは、第一次世界大戦後に続いた好況時代が終わり、三〇年代のアメリカ文学に迫られた「過酷な現実をどう乗り切るか」という課題であり、女性を取り上げる場合にも「美しいもの」というよりは、「現実を克服してくれる力」が求められたという。また、アメリカで活躍した女流作家達が、アメリカ文化の担い手となったばかりでなく、女性の立場を代弁する役割を果たすようになったとして、その時期を「パール・バックあたりから、つまり戦中から戦後にかけて」と、バックを名指しでアメリカの文学史上の転換期が解説されているのである。[36] 先述の「サガ」でもバックはマーガレット・ミッチェルと共に論じられており、二十世紀のアメリカ文学が語られる場では、バックは何かと名前が挙がる作家なのである。中国で起きた文学界の革命が世界的な変革と時を同じくしていたことは、当時、中国で暮らしていたバックにとって幸運な出来事であったということができる。

しかし、中国で暮らしていた頃からバックが手許にあったディケンズの全集を通読していたという習慣が、裏目に出るという結果をもたらした事例がある。それは、アメリカ文学者の渡辺利雄が指摘していることで、二十世紀末の時点でアメリカ文学界におけるバックの存在が軽視されていることに注目し、バックが小説を発表した一九三〇年代以降の英米文学が、モダニズムの時代へと移行し、当時バックが用いた「十九世紀の伝統的な小説技法」によって書かれた小説は、二十世紀の小説として評価されなくなったとしているのである。バックと同じ時代に活躍したスタインベック等については「彼らは彼等なりに独自の新しい技法と文体を持っていた」と述べ、バックが文体を変えようとせず、新しい技法を導入しなかった作家であったことが、バックの評価が後半生に下降した理由であるとしているのである。

コンも太平洋戦争後にバックの評価が著しく下落した点を指摘し、バックが新しい巧妙な執筆スタイルを駆使する作家ではなく、型にはまった表現形式を好む傾向があり「ニューヨークの中心の巨大な文壇の心臓部から、彼女は『お呼び』ではなかった」と述べている。

渡辺は「アメリカ文学にアジア人の声を持ち込んだのは彼女が最初だ」と、中国系アメリカ人作家が認めている事例と「アメリカのアジア研究者の大半は、彼女の小説を資料に中国研究をしていた」という事例を挙げ、バックが決して『大地』三部作のみで記憶される小説家ではないと評価している。また、バックが文学史上で果たした役割についてはその成果を認め、バックの『大地』を含む多数の著作が、世界の百四十五の言語に翻訳されていて、全世界に計りしれない影響を及ぼしていることに言及している(37)。

3　「ノーベル文学賞」受賞

バックが後半生を過ごすアメリカに帰国してから未だ四年しか経っていなかった一九三八年、バックにとって予期せぬ出来事が起こる。「ノーベル文学賞」の受賞である(38)。この受賞は、アメリカの生活に馴染《なじ》もうとする途上にあったバックに、どのような影響を与えたのであろうか。

（１）「よそ者」意識

アメリカに帰国後のバックは、アメリカの文壇では自分が「よそ者」であるような感情を抱いていたという。それは、幼少期に刷り込まれた疎外感であった。未だ八歳だった頃に一時帰国したバックは、子供なりに楽しく過ごすことができたアメリカで、誰も中国に関心を持たないことを知って失望した経験がある。この失望は、バックの一生を通じて続くことになったといい、自分がアメリカでは異邦人であり、はっきりとアウトサイダーであることを八歳にして知ったという。その後、アメリカに留学したが、卒業後に中国に戻ったバックは、四十代になるまで中国で過ごし、中国人知識階層に知人も居て文学革命期には彼らから影響を受けている。中国で書いた作品は、ベストセラーとなり、「ピューリッツアー賞」も受け、中国在住アメリカ婦人達の組織からも講演の依頼を受け、称賛されたこともあり、中国で暮らしていた頃のバックは、作家として自信を失うような場面に遭遇しなかったであろう。従って、アメリカで新生活を始めたバックが、アメリカ文学界の重鎮達から無視され軽くあしらわれたことにより、プライドが傷付けられたことは想像に難くない。そのような精神状態にあったバックは「ノーベル賞」を受けられるような並外れた功績を認められる価値は自分にはないと、自身を過小評価していたようである。そこに予期せぬ一報が入るのである。

（２）受賞の一報と波紋

バックは、スウェーデン・アカデミーの公式の通達を国際電話で受ける前に、早くもバックのニューヨークの事

「ノーベル賞」授与式
出典：国際写真新聞 (1939)

務所に詰めかけた報道陣から「ノーベル文学賞」受賞の吉報を伝えられて、あまりの不意にひどく驚いてしまい、何かの間違いか、あるいは、彼女への悪ふざけだと受け止めたようだ。充分に納得ができるような確かな通知が来るまでは、ドレイサーが受賞するであろうと疑っていなかったのである。それだけに、バックが正式に受賞の知らせを聞いた時は、危く卒倒するところだったといい、その驚きを英語よりも先に中国語で「本当かしら？」、次に英語で「なんですって？　ドレイサーがもらうはずじゃなかったのかしら」と言った。このコメントが、新聞やラジオのニュースで全米および世界中に報道されたのである。バックは当時のことを次のように述懐している(39)。

ノーベル賞を受取ったとき、私はそれを必要としていた。ちょうど私の作家生活にとって難しい時に直面していたし、アメリカ国内では作品に対する讃辞も激しい代りに批判もきびしかった。石を投げつけるような荒っぽい批評で、私は自信を壊されていた。

「作品に対する讃辞も激しい」とある通り、小説『大地』は、アメリカでは二十一ヵ月もの長い間ベストセラーとなり、映画『大地』も欧州とアメリカで桁外れの興行成績を収めており、授与式の写真入りの日本の新聞報道から受ける華やかな印象からも、バックが「自信を壊されていた」とは、誰にも想像がつかなかったであろう。しかも、その「厳しい批判」は、作品ばかりではなく受賞者として選考されたことにも向けられた。一報を受けたバックがドレイサーという他の作家の名前を発したことからも分かるように、この受賞は、想定外な出来事であったことを、バック自身が明かしている。

まったく思いがけず私がノーベル賞を受けた時には、女が、しかも、ほとんど中国で暮らしていた女がアメリカ人として賞を授与されることに怒りの波が湧きあがった。ロバート・フロストあの人でさえ、こう言ったのだ。「もし彼女がノーベル賞をもらえるなら、誰だってもらえるさ」。セオドア・ドレイサーは、私と親しく手紙をやりとりしていたのに、ぷっつりと便りをくれなくなった。当時「土曜文芸評論」の編集長だったヘンリー・キャンビーは、非難の論文を書いた。そのほか、書き尽くせぬほどのことがあった。

これは、晩年に書いた『ケネディ家の女性たち』の中で、ケネディ家を襲った相次ぐ悲劇について、アメリカ人が抱いた一家に対する称賛と妬みに触れつつ、「ほんの小さなことだが」と遠慮がちに切り出して、自身の苦い経験を暴露した一節である。ここに実名を挙げられた人物は、この時点でみな逝去しており、バックは時を見計らって積年の思いを吐露したようである。

また、バックの選考に関する報告が、スウェーデン人のシェル・ストレムベリイにより残されている。ストレムベリイは、元パリ駐在スウェーデン大使館文化参事官を務め、「ノーベル賞」全般の候補者や選考経過に詳しい人物であるが、次のようにコメントしているのである。(40)

パール・バックへのノーベル賞授与は、かなり意外な感じを巻き起こした。じっさい、広大な国アメリカで、（バックの名前は）ベストセラーズの目録にはたしかによく載っていた。しかし、このアメリカの女流小説家の名前が、文学的に誉れ高い優れたものという評価のある賞に関係を持とうなどとは、だれ一人思ってもいなかった。この時、ノーベル文学賞をめぐる討論にもまた、政治的考慮が一翼を演じたことは当然であろう。しかも、これはノーベル賞の歴史の中で極めて稀なケースだが、何らの序奏的段階や本命という前触れの評判もなしに、ノーベル賞を獲得したのだった。

ストレムベリイは、「スウェーデン・アカデミーが、各方面からの良い助言や推薦に対し、耳を傾けないふりをした」というエピソードや、第二次世界大戦に対する脅威などを背景に、「ノーベル賞」の委員会における討議が、かなり紛糾した状態で行われたこと、また三十人ほどの候補者の中から、最後の段階で、ついにバックが「ノーベル賞」をさらってしまったことを解説したのである。バックが受賞した意外性ばかりが強調されたが、四〇年から四三年までの「文学賞」授与が中止されたという戦時の非常事態を思えば、バックの受賞は幸運であったということができる。

ここで、アルフレッド・ノーベルが賞を与えるにふさわしいと考えた文学作品について振り返ってみたい。遺言に明記されたのは「理想主義的傾向のもっとも注目すべき文学作品」で、それが「人類に対する善行とみなしうる人道主義的、建設的性格の作品」(41)である限り、当時のバックが選ばれたことは不自然ではない。「ノーベル文学賞」の意図が、文学的価値の絶対的決定をすることではない点を、批判の嵐が吹き荒れると動揺してしまう我々は、今一度認識する必要がある。アカデミーの審査における決定的な要素が、中国で宣教師をしていた両親の見事な伝記『母の肖像』と『戦える天使』に対する高い評価であり、さらに、「中国の農民生活を扱った小説において、西欧の読者には未知の近付き難い地域が、真実性、克明なディテール、卓越した洞察力によって描かれ、己が地位を確保した」と評されたのである。

また「ノーベル賞」に付き物の批判に関して、一九〇〇年の委員会発足時にエサイアス・テグネールが行った委員長就任演説において、アカデミーの姿勢が次のように明瞭に説明された(42)。

正直なところ、アカデミーは、たとえ一度といえども批判を受けずに賞の授与を行うことができるなどといった甘い考えは持っておりません。それどころか、そうした批判の方が妥当な場合がしばしば出てくるものと覚悟しているくらいです。せめてもの慰めは、こうした嫌な目に会わないで済むような同種の組織など世界中どこにも無いということです。

発足以来、時間の経過と共に攻撃の矢面に立つことに慣れ、どんな試練にも動揺しないことがアカデミーの強みになったというから、バックが受賞した頃のアカデミーは、すでに強みを発揮していたわけである。

日本では小説家で英文学者の阿部知二が「バックの受賞は『支那事変』に結び付けて考えぬわけには行かぬ。彼女の支那民衆への愛情が、何かしらノーベル賞問題に作用し、そこに欧米人の、今日のゼスチャーが含まれているとは言えぬだろうか」と、バックの受賞報道と同日付で鋭い所感を述べ(43)、また、カリフォルニア大学教授のロバート・A・ウィギンスは「このノーベル賞は、何のために授与されたかというと、バック個人にでもアメリカ文学に対する間接の賞賛のためにでもなかった。世界の人々の目から見て、これまで本質的に中国を世界に紹介してきた業績を持つ一人の作家の作品と活動全体に対する褒章だった」と、バックの受賞を称賛した(44)。

今世紀に入ってからも、日本の新聞で「過去の失敗」との、バックが名指しされた記事がある。アカデミーにおける「過去の失敗」と言われる様々な出来事は公表されており、百年以上の歴史を通して、すでに選考規則の改定が行われたにも拘わらず、この種の「アカデミーが自慢できない情報」をメディアに流すノーベル委員会の姿勢の方が、余程罪深いことを明記しなくてはならない。また、この記事に『大地』がベストセラーになったことによってバックが「ノーベル賞」を受賞したかのように書かれたことで、多くの日本人がバックの受賞理由を誤解した可能性も危惧される(45)。ノーベルの遺言を念頭に置き、今後も続くであろうこの種の記事を、冷静に傍観することの重要性を痛感する。バックには全く罪が無いのだから。

授与式の前に、不穏な空気が漂う中を、バックの親友で受賞経験のあるシンクレア・ルイス（Harry Sinclair Lewis 一八八五～一九五一）が、温かくも力強い激励の言葉を贈ってくれたことで、バックは、かろうじてスウェーデンに旅立つことができたという。ルイスは、「あなたが賞を受けることを、誰にも軽く見られるようなことがあってはいけない。それは、もっとも大きな事件であり、作家の生涯にとっても、もっとも素晴らしいことです。授与式はずっと楽しく過ごしなさい。それは、あなたのもっともよい思い出となるものですから」とバックを激励したのである。

（3）受賞の意義

スウェーデンにおける授与式に参列したバックは、「受賞演説」において、「我が母国アメリカ合衆国のためにもお受けいたします」「アメリカの全作家が励まされ、元気づけられました」「私達すべてのアメリカ人がこの光栄に浴したからであります」と述べ、アメリカ人としての受賞者である自身の立場を強く再認識し、公の場で「アメリカ」を連呼したのである。

当時のバックにとって何よりも救いになったのは、スウェーデンの授与式に臨むために、バックの作品と受賞に対する「石を投げつけるような荒っぽい批評」が渦巻いていたアメリカを一旦離れられたことであったに違いない。スウェーデンから帰国したバックは心機一転、アメリカに深く根を下ろすことを心に誓うことができたのである。その決意により、バックはこの頃から、有力な発言者としての地位を確立していく。この点において、「ノーベル賞」受賞は、バックの人生に大きな意義を与え、受賞によってこそ二十世紀を代表する作家であり、また、二十世紀でもっとも著作が翻訳された作家としての地位を築くことになったのは明らかである。

（4）デンマークにて

バックの歯に衣着せぬ発言が報道された出来事を記しておきたい。それは、スウェーデンの授与式に出席する途中で立ち寄ったデンマークでのメディア取材に対する発言である。

バックがドイツからの招待を拒否したことについて、デンマークのメディア関係者に問われ、翌朝のコペンハーゲンの新聞がバックの発言を次のように報じた。

私はこのデンマークでのように、自由に物を考え話すことが許されない国を訪問することは望まない。ある点では、私はドイツ人がどんな風に暮らしているのかを知りたいと思う。しかし、彼らは私を歓迎しないであろう。私は個人主義者であり、民主主義者ですから。

引き続き中国に関する質問を受けると、「当分の間、中国には平和は来ない。蒋介石に強力な中央政府が作れるとは思わない。中国の一般の人たちは、これまで通り貧乏である」と明快に答えたのである。しかし、その言動はスウェーデン駐在の中国当局者を怒らせてしまい、中国側代表が授与式の出席を取りやめる事態となった。実は、この時すでに、映画『大地』の上映が中国の一部の都市で中止になるほど、中国国内ではバックへの批判は高まりつつあったことが、日本の新聞で報じられている。(46)その理由は、『大地』などの作品で、バックが赤裸々に描いた農村地帯の情景と貧しい農民の生活が「中国の恥辱」と見なされ、海外留学から帰国した中国知識人やアメリカ在住の中国人から嫌悪され、中国当局からは、名誉棄損という観点でバックは誹謗中傷されたのである。しかし、「このような世界の危機の時には、実際を偽って話をすることは間違ったことだと考えたからだ」と、バックは当時の発言姿勢を肯定しており、アメリカで自信を喪失していたバックの姿は、授与式の前の段階において影を潜めていたことになる。また、バックが授与式当日に行った受賞演説においても、「この賞が一人の女性に与えられたことの意味が重要であります」と、世界で四人目の、アメリカでは初の女性受賞者であることを強調し、あたかも、アメリカ男性作家達からの男尊女卑に対して、反撃しているかのように映るのである。

（5）ボブ・ディランの受賞メッセージ

「ノーベル賞」作家としてのバックの地位が、現在でも揺るぎないものである証を記したい。二〇一六年に「ノーベル文学賞」を受賞したアメリカ人歌手のボブ・ディランは、授与式に欠席したため、在スウェーデンのアメリカ大使がディランのメッセージを授与式後の晩餐会の席で代読した。そのメッセージの中にバックの名前が挙げられたのだ。ディランはそのメッセージで歴代の文学賞受賞者の中でも、若い頃から作品に親しんできた受賞者の名前を挙げ「（彼等の）作品に慣れ親しみ吸収してきた。それらの名前に自らが今、列せられることは言語に絶することです」[47]と述べたのである。

ディランが「若い頃から慣れ親しみ吸収してきた」と述べたことに関連付けて、文学書の盛衰についてコンが引用した言葉をここに挙げる[48]。

かつて、広く読まれた、あるいは影響力を持った文芸作品は、今日の文芸上の価値観による評価いかんにかかわらず、我々の文学史観の中にしかるべき地位を確保すべきである、という主張を公理として我々は採用すべきである。

ディランが受賞メッセージにバックの名前を盛り込んだことも、多くの研究者による論文にバックの作品について書き続けられていることも、バックが文学史観の中にしかるべき地位を確保すべき作家であることの証である。

第三章

社会運動家パール・バックの誕生

バックは、「ノーベル賞」授与式で訪れたスウェーデンで一連の祝賀行事を終えると、クリスマスを子供達と共に過ごすために急いで帰国した。当時の子供達は、施設で暮らす十八歳のキャロルを筆頭に、十四歳のジャニス、二歳のリチャードとジョン、一歳のエドガーとジーンの合計六人のにぎやかさで、バックは、スウェーデンから子供達に一枚ずつ絵葉書を送る優しい母だった。しかし、「ノーベル賞」受賞作家となり、知名度をなお一層上げたバックには、子育てと家事仕事だけに専念する生活とは、かけ離れた生活が待ち受けていた。受賞の翌年一九三九年に、ヨーロッパで第二次世界大戦が勃発すると、バックは、中国で暮らしていた頃から募らせていた日本軍の中国大陸侵攻に対する抗議を物語に込めて書き、集会場では壇上に上がり、ありとあらゆる差別に対する抗議の演説を行う闘士となったのである。

1　世論の代弁者

『大地』が爆発的に売れた一九三〇年代前半、中国に居ながらにして有名になったバックを、中国在住アメリカ人達は放っておかなかった。バックに、講演の依頼が来るようになったのである。ここで、大勢の聴衆に向かって講演を行うという経験を期せずして重ねることになったが、この貴重な経験は、遠からず活かされることになる。その頃の講演のテーマは、「東洋と西洋とその小説」といった文化的な範囲を越えていなかったが、世界情勢の変化と共に、時事問題に関するテーマへと変化していくのである。講演でのスピーチ、各種メディアからのインタビュー、ラジオ、小説の執筆という場において、世論の代弁者としての活動が始まる。

（1）発言者として

バックに講演を依頼したのは、「米国婦人クラブ」や、上海の「米国大学協会　婦人合同会議」などであった。それは、『大地』がアメリカでベストセラーとなった一九三一年のことである。バックは、今までに見たこともないような女性の大集団に恐怖を感じたようだが、講演におけるバックの言動が、世の中で一目置かれるようになるという経験を楽しんだという。アジアと西洋、すなわち、東西の架け橋になろうとするバックの活動が、これから四十年にわたり続けられることになるのであり、発言者としての行動が、まさにこの時、中国で始まったということができる。その後展開されるバックの講演は、多岐にわたっており、ほぼ全ての社会運動に講演が付いてまわるため、ここでは、物議をかもした講演や、中国の将来を予言した発言などを記す。

①物議をかもす

一九三二年十一月　「外国で布教する必要はない」

バックがアメリカに帰国し永住する直前の三二年に、政情不安な中国から一時帰国している。それは、中国東北部に満州国が建国され、バックが暮らしていた南京でも日本軍からの砲撃があり、外国人に避難勧告が出た年である。従って、次に記す講演は、バックが未だアメリカで暮らしていなかった頃に行ったものであるが、バックは、中国から嵐を運んできたようである。

米国長老教会海外伝道局婦人委員会から依頼があり、バックからの条件「教会指導者を百人呼ぶこと」をもとに、一九三二年十一月ニューヨークのホテルで二千名の聴衆を前に、バックは「外国伝道に大義はあるのか？」というテーマで講演を行った。なぜ、百人もの教会指導者を出席させる条件を付けたのか。バックは、この一時帰国中に多くの講演依頼を断ったにもかかわらず、この講演を引き受けたのには理由があった。海外に宣教師を送り出している教会指導者に対し、バックが中国で長年接した宣教師達の状況を詳しく報告し、世界に派遣されている海外伝道師の実態を理解させ、彼らを送り出している教会指導者の責任を追及するという目的があったのである。バックは、この講演の約一ヵ月前に出版された書籍『伝道再考』に目を通した上で、講演当日の数日前に出版された雑誌「クリスチャンの世紀」にその書評を投稿し、万全の準備を整えて臨んでいる。この『伝道再考』は、ロックフェラー財団の資金提供によって三〇年からインド、ビルマ、日本、中国を調査地として大々的に実施された「平信徒による海外伝道調査」と、その報告書に基づく研究を総括したものである。バックは、調査には関わっていないが、調査報告の内容を心から歓迎し、ほぼ全面的に同意する書評を書いたのである。その講演において、アメリカ人キリスト教徒が持つ無関心さ、狭量な精神、人種差別について批判し、外国で布教する必要はないことをバックは訴えた。その結果、アメリカでは賛否両論の議論が渦巻き、バックが作家としてすでに知名度が高かったため、一躍アメリカで最も著名な伝道活動の批判者と位置付けられ、宗教論争が新聞の一面を飾るようになり、国際的な宗教論争へと発展し、各国で新聞の記事ネタにされたという(49)。

また、この騒動が尾を引くアメリカで、バックが三三年五月に宣教師の身分を辞任した理由は、この騒ぎを終息させるためではなかった。バックが、大学で行った講演で「孔子は自分にとってイエスと同様の存在だ」と述べたことに対し、伝道局理事会から「イエスの神性を否定するに等しい」として発言の撤回を求められ、拒否したバックは自ら宣教師を辞任したという経緯があったのである。コンは、バックが行った宣教師批判の一因として、父から長年にわたり冷たく疎外されてきたこと、また、父の全生涯が「伝道活動を破滅に導く越権行為」と「思い違い」の典型的な例として娘の目に写っていたことを指摘している。

一九五〇年十二月

「中国の伍代表の演説には相当多くの真実が含まれていると思う」
「米国リーダーの朝鮮問題への対応は、まるで十五歳の少年並み」

朝鮮戦争の勃発から間もない時期に、全米に大きな波紋を生み、バックが、多くのアメリカ人から「国家に対する裏切り者」として批判の的となった発言である。ことの発端は、日本人ジャーナリストの芝均平がニューヨークから十二月二十一日付で東京に英文で送った記事「パール・バック会見記」であった。その経緯は次の通りである。芝はニューヨークの「ジョン・デイ社」を訪問し、バックへのインタビューを行ったが、質問事項に考えを巡らせた結果、バックが中国通であることに思い至り「朝鮮問題」について尋ねてみることにした。すると、バックは「私は米国を非難します」と明快に答えたのである。意外な返答に面食らった芝が理由を聞くと、前月に開催された国際連合安全保障理事会における中国の伍修権代表の演説に関して、バックは「真実が含まれている」として伍代表の演説に賛同し、アメリカのリーダーを「十五歳の少年並み」と辛辣に批判したのである。インタビューを終えた芝は、早速、自分が編集局長を務めている日本の英字新聞「ニッポン・タイムス」に向けて、ニューヨークからバックのコメントを英文で送ったのだが、問題は、芝が取ったその行動ではない。騒動の発端は、その記事が、そのまま電報で日本からアメリカに打ち返されたことなのである。その、たった一本の記事が、折しも反共運動の真只中であった全米に大騒動を起こし、バックに対する批判記事がアメリカの新聞をにぎわす事態を招いたのである。

問題の、国連安全保障理事会は、芝のバックへのインタビュー前の十一月下旬に開催されたもので、アメリカ代表が中国側代表に対し猛烈な非難を行い、アメリカの世論が政府の方針を支持している模様を傍聴していた芝は、その目で確かめていたため、バックのアメリカ批判に面食らったのである。建国間もない中国から伍代表がはじめて招待されるということで、会場は好奇心と興奮が渦巻いていたといい、演壇に登った伍代表は、中国語で長時間の演説を行い、その長さは、翌日全文を掲載した「ニューヨーク・タイムズ」の記事が三ページにわたるほどであった。伍代表の演説は、台湾問題を中心としつつ、米軍による朝鮮半島への侵攻を非難し、国連に対しアメリカへの制裁を求めるものであった。伍代表の「米国政府による朝鮮内乱の創造」「朝鮮戦争が非常に拡大されたのは、米国が同時に台湾に対して侵略を行ったからである」「米国政府による台湾の軍事的侵略及び占領は、中国への内政干渉であり、中国領土の軍事的占領である」との激しい論調は、朝鮮半島と台湾における、難しい課題の象徴である。バックは伍代表の演説の全文を通読し、米軍による朝鮮半島への侵攻が中国を挑発し、北朝鮮側を救援するために中国が軍隊を送り込むという結果を生んだことに対し、その指揮官のGHQ総司令官マッカーサーと占領政策、また共産主義の侵攻を助長したアメリカの政策を非難したのである(50)。芝はインタビューでバックが語った言葉を振り返り「長い中国の文化史や国民性からバックが学び取った経験を基礎にして、米国の若さ、経験の未熟さについて、一つの深い、真面目な忠告を与えた」と評価し、芝の記事が招いた全米の騒動については「バックに対して誠にお気の毒な次第であったと言わざるを得ない」とコメントしている。

この論争で伍代表から出た「中国への内政干渉」という言葉は、現在でも中国政府報道官からの話として、我々は、たびたびニュース番組で耳にしており、芝のインタビューから七十年以上の時を経て、現在でも続く中国に関わる論争の根の深さを思い知らされるのである。

②中国の将来を預言

講演録『私が見た中国』

本書は、バックの講演録を中心に収録し、出版に向けた最終章をバックが加え合計十八の章を設け、アメリカへの一時帰国中の一九三三年に行った二つの講演から、太平洋戦争と中華人民共和国の建国を経て「シカゴ外交問題委員会」で講演を行った五一年までの、長期間の資料を編集して七〇年に出版された。三〇年代前半は中国の文化と歴史が中心テーマであったが、日中戦争、第二次世界大戦が勃発する頃には、国際的な時事問題へとテーマは移り、中国人擁護と日本軍への批判が増し、終戦直前の言葉の端々には、日本の敗戦が見え隠れするのである。

軍国主義日本と日本人に関する話題は多く、「アメリカ人が日本に軍需物資を売り続けた結果、それが中国の戦場で使用された」「中国人がのんきだとすれば、日本人は世界中でいちばん規律正しい国民だ。それも先天的に几帳面なのである」など、多くの箇所に登場するのである。講演録や論文が発表された年には、日本にも情報はもたらされており、バックの論文が日本の新聞で報じられた事例がある。(51)その中の一つでは「日本が日中戦争に勝利した後の教育をどう刷新していくのか」を討議する座談会の模様が報じられ、銀行の頭取、文部省の役人、国立大学の教授等、総勢十三人が出席している。ある出席者は、「支那人は理屈なしに日本人が嫌いだ。支那人と日本人を調和して行くということは殆ど不可能に近い」と、バックが三八年に書いた論文を引用した上で「こういう支那人を抱擁して行かなければならぬ日本の立場」について意見を述べている。また他の出席者達からは「内地の国民に大陸への進出の勇気を鼓舞すること」「大陸発展への猛志を喚起すること」「日満支三国の融和」が提案されているのである。三八年頃の日本人が、中国大陸が将来日本の領土になると信じて疑っていなかったことが垣間見られる記事であるが、三二年に中国東北部に樹立された傀儡《かいらい》政権・満州国に、日本人が移住し始め、三七年に日本軍が首都南京を陥落させた勢いに乗っている様子が伝わってくると共に、バックが日本人の間で中国通として一目置かれている様子もうかがえるのである。

また、本書の中に、中国の将来を予言した発言がある。まず、三三年に「中国と西洋」と題し、フィラデルフィアの「アメリカ政治学会」で行われた講演で、バックは「よかれあしかれ、中国は、今後百年、否、おそらくは五十年以内に、世界の進展に疑いもなく影響を及ぼすことになると思う」と予測し、孔子の「四海の民は皆同胞なり」を引用して、「国とか人種とかいったことは念頭に置かず、われわれはみな、共通のホームである地球上に住む人間なのだ、ということだけを記憶しようではありませんか」と、聴衆に提言しているのである。折しも『水滸伝』のバックによる世界初の英訳『人間みな兄弟』が出版された年であり、バック自身が思いを込めて案出した英語の表題を吐露したのであろう。次に、中国の戦場に出征するアメリカの兵士達に向けて四二年に行った講話では、中国人の生活習慣や宗教観を紹介し、中国を大いに宣揚すると共に、中国がアメリカの同盟国であることを強調し、話が中国のゲリラ軍に及ぶと、バックは「この戦争が終われば、第二政党が、必ず伸長するだろうと思います。第二政党とは、この戦争中を通して、ゲリラとしてめざましく戦ってきた共産主義グループのことです」と予測し、「きっと将来は、中国が私たちを必要としている以上に、私たちが中国を必要とするようになると思います」と結んでいるのである。その他、イギリスと日本を「小さな島国」、アメリカと中国を「広い大陸」として、小さな島国は、他の領土が欲しくなるという類似性を指摘した講演など、興味深い話題は多い。

最後に、本書がアメリカで出版された七〇年に関して記しておきたい。「パール・バック財団」の内部スキャンダルにより、六九年にペンシルヴェニア州社会福祉局から財団に対し「業務の一時停止命令」が下された。バックはスキャンダルを起こした人物を擁護したため、財団幹部の反感を買い、財団の所在地であった住まいを去り、メリーランド州の別荘経由でバーモント州に移住し、そこを終《つい》の住処《すみか》とした。情報通であったバックは、米中関係の雪解けを察知し、本書出版の頃合いを狙っていたのではないだろうか。なぜならば、毛沢東が「ニクソン訪中を歓迎する」と発言したのが七〇年だからである。世界の関心が中国に集まっていた当時、中国は文化大革命の真只中であり、中国に関する情報の入手が困難であったとすれば、本書は貴重な情報源となる。日本でも七一年に出版され、翌年には第五刷が出ていることから、中国通であったバックの二十年間にわたる発言を通して、本書が中国の文化、中国人の生活習慣や国民性などを知るための参考書という役目を果たしたことは明らかである。中国に関する情報がアメリカから、それもバックからもたらされたことに注目したい。バックは、当時七十八歳という高齢で、過去の出版の全てを担っていた夫のウォルシュ亡き後であるが、出版の機会を逸していないことは、バーモント州に移住した後のバックが健在であった証として見ることができる。

（2）作家として

ヨーロッパの第二次世界大戦開始までに出版されたバックの作品は、ほとんどが中国と中国農民を主題とした作品であった。「ジョン・デイ社」が、小説『東の風、西の風』以来、読者の動向を注意深く探りながら、バックの知名度が上がるのを待って、慎重に次の作品を出すようにしていたが、第二次世界大戦が開戦すると、そのような計画的な出版はできなくなる。「ノーベル賞」作家となったバックは、日本軍に対する抗議を物語に込め、健筆を振るい始めるのである。一九四一年に太平洋戦争に突入すると、徹底して中国擁護の姿勢を貫き、南京大虐殺を取り入れた物語によって真珠湾に奇襲を行った日本軍の残虐性を訴えた。日本が敗戦すると、日本軍に対する抗議は姿を消すが、社会問題を主題に取り入れる小説の書き方は踏襲され、世の代弁者として書き続けるのである。ここでは、それらの作品例を挙げる。作品名は邦訳本の題名を記す。

①日本軍に対する抗議

中国の内戦と、激化の一途を辿る日中戦争を背景にして、それまでは幸せだった日本人女性と中国人男性との結婚生活に亀裂が生じ、夫婦関係が破滅していく小説『日中にかける橋』を、かなり詳細な史実に基づいて書き上げている。また、南京大虐殺を盛り込んだ『ドラゴン・シード』を、真珠湾攻撃の翌年に出版し、四四年に映画化され、日本軍の残虐性をアメリカ人に知らしめた。南京は、バックがアメリカ帰国直前まで十年以上暮らした都市であり、アメリカへ帰国後も南京在住の友人達と手紙のやり取りを続け、日本軍による蛮行の詳細情報を入手していたのである。『ドラゴン・シード』は、日本でもGHQ占領下の五〇年に出版され、九五年の再訳版では翻訳者が「『大地』を凌《しの》ぐのではないか」と、作品を称賛した。

② 混血児問題

『大地』の第三部『崩壊した家』に、二人の登場人物が、街で見かけた白人系混血男性について言い合う場面が描かれている。『隠れた花』では日米混血、『北京からの便り』では米中混血、『マタイ、マルコ、ルカ、ヨハネ』と『新年』では米韓混血の登場人物を描いている。すべての作品の底流にあるのは、バックの「人間みな兄弟」という理念であり、当時アメリカの州ごとに制定されていた「白人の非白人との結婚の禁止」という理不尽な法律、人間が持つ差別意識、そして戦争を批判している。

③ 核兵器反対運動

戯曲『ある砂漠の出来事』をブロードウェーで公演し、小説『神の火を制御せよ』では、原爆を製造した科学者達の苦悩と、原爆投下の決断が下されていく過程を赤裸々に描いた。製造過程で起きた被ばく事故も描き、被ばくの恐ろしさを伝えている。バックは、核兵器について数々の科学書および政治学書を読み「マンハッタン計画」に参加した科学者達に紹介状を書いてもらえるよう、アーサー・コンプトン博士に依頼するために中部ミズーリ州まで赴いている。(52) 物語で描かれたジェーン・アールは、架空の女性科学者とされてきたが、二〇〇八年になって「マンハッタン計画」に参加した数少ない女性科学者の一人、ジョアン・ヒントン（Joan Chase Hinton 一九二一―二〇一〇）という実在の科学者であったことが、来日した際の本人の証言により、ほぼ明らかになり、バックが機密情報を知っていた可能性が浮上したのである。詳しくは第五章で述べる。

④　中国

『私の見た日本』の原書には、日本の対中国貿易と沖縄問題に言及する中で「中国」を「赤い中国」と数ヵ所に書いている。『梁夫人の三人娘』では文化大革命の残忍さを描き、毛沢東亡き後の新リーダー出現を匂わせ、『まんだら』でチベット侵略を描き、両作品を通して公然と当時の中国共産党を批判した。また『私の見た中国』では、所々に蒋介石と妻の宋美齢や毛沢東に対する批判が見られ、将来の中国を語る文脈では「毛沢東の死後（それは今から余り遠い時期ともおもわれないが）…」と、皮肉混じりの表現が目に付くのである。

⑤　韓国の占領時代

『生きる葦』は、多くの勢力による長期間にわたる占領に耐え抜いた韓国の歴史について、太平洋戦争終結までの物語として描いた長編小説である。日本軍が犯した罪悪も史実に基づいて赤裸々に描かれているため、日本人にとっても重要な一書となっている。

2　東西間の文化交流

バックとウォルシュは、アメリカ人にアジアに対する理解を深めてもらおうと、文化交流を促し啓蒙するための組織「東西協会」を一九四一年に設立し、廃刊寸前の雑誌「アジア」を同年に買収し出版の継続を決めた。バックと交流したニューヨーク在住の日本人も「東西協会」の活動に参加している。

（1）雑誌「アジア」の買収

雑誌「アジア」は、一九一七年に北京駐在アメリカ領事だった元外交官によって創刊された雑誌である。創刊者亡き後は、創刊者の未亡人と再婚相手の男性に受け継がれたが、四一年に廃刊予定であったものをバック夫妻が買収した。買収を決めた大きな理由は、当時、この雑誌がアジアに関して正しい情報を伝える唯一の雑誌であったことである。また、バックが二五年に原稿を送ったことがきっかけとなり、後に『東の風、西の風』として作家人生が始まった思い出の雑誌が「アジア」であり、バックは、その記念すべき雑誌が廃刊になることを阻止する衝動にかられたという。バックは「私にとって、それは伝道者のような衝動、是が非でもやらねばならぬという野望に燃えて」と表現している。各号のフロントページは、ウォルシュが担当し、その卓越したエッセイは広い範囲のアジア圏を網羅し、中東における英国の政策、中国の合作運動、モンゴルの軍事情勢、日本の株価変動などのトピックスが取り上げられた。また、アジア人作家による記事や物語を掲載し、多くの著名人が投稿している。例えば、ネール首相、魯迅、毛沢東、タゴール、孫文の未亡人の宋慶齢、在米中国大使の胡適など、そうそうたる顔ぶれである。投稿者には、日本の新しいローマ字システムについて解説した日本人の学者も含まれ、テーマは多様性に富んでいた。

（2）「東西協会」の設立

バックとウォルシュは「アジア」以外の手段で、アメリカ人にアジアを紹介する方法を話し合い、教育と文化に焦点を絞った組織「東西協会」を設立することにした。バックは、アメリカ人の傾向性を「かれらは読むことよりも、聞くことから、またなによりも、見ることから、より多く学ぶ」と分析し、日中戦争中にアメリカ人のアジアに対する関心が増大していく状況を見て、アジアとの文化交流を図るための様々な活動の必要性を感じていた。一般のアメリカ人がアジア人のことを正しく評価でき、アメリカ人の好奇心がかき立てられ、理解するようになることにバックは期待を寄せたのである。その活動には日本人も参加している。戦前からニューヨークで暮らし、太平洋戦争中もバックと交流を続けた松本亨、石垣綾子らが、日本の軍国主義に反対する抗議活動を行ったが、特に石垣は「東西協会」の講演部に所属し、戦後から他のアジア系女性と共に果敢な講演活動を行った。また、一九四九年に日本から渡米した同志社大学教授の松井七郎が「東西協会」の事務所でニューヨーク・タイムズ、AF、UPなどの一流新聞や通信社の記者達と交流し、翌日に、松本も参加した講演会で「日本の民主化の現状と将来」と題して講演を行っている。また「改造社」の山本俊太社長が「東西協会」から「日本の文化や出版界の事情をききたい」との招待を受け、五〇年三月に現地の出版界の視察を兼ねて渡米した。

《小括》

「アジア」の記事執筆者が「東西協会」の会合に出席したり、その逆のケースもあり、また並行して行っていた中国人救済活動の宣伝も「アジア」の広告欄を使い、バックが参画した諸活動と融合していたようである。太平洋戦争終結と共に、アメリカ人のアジアに対する関心が薄れ、雑誌「アジア」は役割を全うして一九四六年に廃刊した。一方の「東西協会」は、戦後に吹き荒れたアメリカの反共産主義勢力からの圧力により、活動がままならない状況に追い込まれていく。バックが日頃から中国人と接触し、彼らの救済に尽力したこと、戦前から敵国の日本人と共に活動し交流したこと、また、蔣介石夫妻を非難したことも「共産主義者である」と、こじつけられ、どんな仔細な要因でさえ漏らさず批判のターゲットとされたのである。例えば、カリフォルニア州の上院議員が「ニューヨーク・サン」という新聞に「共産主義に友好的な者」という多数の人名を一面に掲載し、バックの名前が、チャールズ・チャップリンやフランク・シナトラ達と共に並べられ「長期間にわたり顕著に共産党に追従し友好的であった者」と中傷されたことがあったが、これは、当時の嵐のような批判の中の氷山の一角であった。コンは、当時のアメリカの状況を「愚かさが全米を席巻した」「全米的なヒステリーの時期」と述べている。批判の的にされたバックは、アメリカ人がアジア人を通してアジアの一端を理解し、アジア人もアメリカ人を理解してくれたことに満足し、活動が果たした役割を認め「東西協会」を五〇年に閉鎖したのである。

3　差別の撤廃

あらゆる差別の撤廃運動は、バックが多くの時間とエネルギーを費やした運動である。差別を行う者に対する熱い抗議運動は、ルーズベルト大統領とエレノア夫人、子息のセオドール・ルーズベルト二世、黒人運動家など、数えきれないほどの公人や知識人を巻き込んで挑んだ運動であった。

（1）人種差別撤廃運動

アメリカにおける人種差別問題の根深さは、最近になっても、我々は思い知らされている。アメリカで起きた事件で、白人警察官による黒人に対する暴力や射殺、コロナ禍に起きたアジア系住民に対する暴力は未だ記憶に新しい。日本でもヘイトスピーチが行われており、人種差別は決して他人事ではないのである。二十世紀はじめに中国で紛争が起きた時、バックは白人であることを理由に命が危ぶまれた経験があり、バックの心の中には、差別に対する怒りの炎が燃えていたであろう。バックは、特にアメリカ人が行っている非白人に対する差別、すなわち、有色人種への差別や理不尽な法律に対する抗議運動を開始するのである。

①移民制限法によるアジア人排除に抗議

アジアの国に対するアメリカの移民制限法は、アメリカ西部諸州が主導し一八八二年に制定された「中国人移民制限法」から始まっている(53)。ゴールドラッシュによる大陸横断鉄道の工事人としての仕事を得ようと、一八六〇年代から多数の中国人がアメリカに渡り、彼らがアメリカへ移住した最初のアジア人移民であった。しかし、一八七〇年代のアメリカの不況期に中国人労働者が低賃金で長時間働くことが、白人にとって脅威となり、人種的にも中国人を劣等とみなしたアメリカは、中国人の渡米を禁止する法律を制定したのである。このように、アメリカが制定した移民法の背景には、自国の労働者の仕事場が移民に収奪されることに対する恐怖と人種差別感情があり、特に、第一次大戦後の世界に幻滅したアメリカ人には、アメリカを外国の影響から守りたいという排外感情が生まれ、移民制限という政策へと進展したのである。一九二四年に制定された移民法は、一八九〇年の国勢調査における出身国別人口の二パーセントの移民を許可するという割当制度である。これは、排除したい国の出身者が少ない年を基準にすることで、当時、移民を制限したかった南欧・東欧諸国からの移民排除が可能となったのである。しかし、西欧・北欧系の移民を優先した割当制度を採用したため、もともとアジア系移民は枠外であり、帰化不能の国民として完全に渡米禁止となり、当時、日本人を対象とした「排日移民法」も、その例外ではない。

「中国人移民制限法」は、バックが社会運動を開始した時点で、すでに半世紀以上も続いており、バックは、人種平等と太平洋戦争の米中共闘に基づいて運動を展開した。その方法として、雑誌にエッセイを発表し「この政策は、米国と連合して戦争する中国側への侮辱である」と、政府を攻撃すると同時に、中国人の若者達を同伴してワシントンに出向き、下院の移民法委員会に出頭して証言も行った。ラジオ出演と雑誌のインタビューにおいて、中国がアメリカの同盟国であることを強調し、中国人の不公正な扱いの廃止を訴えた。当時、中国人には適用されていなかった割当制度が適用された場合、中国人の移民は、百五名が許可されることになるが、連邦議会では、賛否両論の活発な議論が行われた。「このような少ない人数は、単なる象徴的なものでしかなく、効果のない数字」「日本と戦う同盟国として、現法律を撤廃の上、割当制度を適用し、たとえ百五名であっても入国可能にすべき」「アジアの中で中国人だけを優遇することは、他のアジア諸国の国民感情を傷付けるので賛成できない」「戦後判断すべきであって、戦時中は議論すべきではない」など、多数の意見が交わされた。その中でも、注目すべき議論は、「この法律の廃止は、日本によって歪曲されたプロパガンダを沈黙させることができる」というもので、廃止運動の渦中にあったバックは、新聞でも次のように主張している。(54)「日本人は、中国における彼らのプロパガンダの方策としてこの法律を利用し、『見ろよ、アメリカは本当にお前たちの味方なのか？　お前たちは、アメリカから差別されているじゃないか』と中国人に向かって言うことで、中国人を挑発しているのです」。

もう一つ、世論が親中に拍車をかけた出来事は、四三年初めの蒋介石夫人である宋美齢のアメリカ親善訪問であったという。対中援助をアメリカに訴える目的で渡米した彼女は、アメリカの上下両院で演説を行い、日中戦争ですでに五年間も戦い続けている中国への同情を誘い、アメリカの同盟国として中国が世界の平和のためにも戦う決意を表明し、多くのアメリカ人を親中へ促す結果をもたらしたのである。引き続き、バックは、ウォルシュと共に、中国で暮らした経験のある親中派のアメリカ知識人達と、同年五月に「中国人移民制限法撤廃市民委員会」を設立し、ルーズベルト大統領夫妻に理解を求めるなど、運動を活発化させ、同年末に同法は撤廃されたのである。それ以来、中国人は移民割り当て制度に基づいて移民する資格を得られるようになり、アメリカ市民になることが可能となった。ルーズベルト大統領は、議会で「この中国人移民制限法撤廃議案は、戦争の勝利と戦後の安定的な平和の保証に重要な鍵を握っている」と発言した。この発言が、終戦の二年も前であることに注目したい。またバックが「アメリカ在住の中国人が、共産党治下の中国に強制送還されるのを救う運動に、私の努力は捧げられている」と、あくまでも中国人を擁護する立場を貫いていることも指摘したい。「ノーベル賞」授与式に中国側代表が欠席する事態になろうと、中国において映画『大地』の上映が中止になろうとも、バックの中国人に対する深い愛情は、そのような出来事を超越しているのである。

②黒人差別に抗議

アメリカで起きていた黒人差別について、バックが意識を持ち始めたきっかけは、中国で暮らしていた頃に、ケアリーが涙ながらに語った体験談だったのではないだろうか。中国に渡る前、ケアリーがアメリカで暮らしていた頃、白人から黒人に対して行われた理不尽な行為を目の当たりにした経験があった。ケアリーの父親が畑を耕すために黒人を雇っており、同じ敷地内のあばら家で暮らす黒人達が、あからさまな差別を受けている辛酸な姿を、ケアリーは幼少期から見ていたのである。一方、バックが暮らした中国では、白人が少数派であったので、バックは、八歳の時に中国人暴徒に家を襲われ、三十代の大人になってからも「南京事件」に巻き込まれ、命が危ぶまれた経験を通して、人種、肌の色、外見の違いが、どれだけ大きな意味を持つのかを、差別を受けた当事者として嫌というほど味わったのである。

海外伝道師について物議をかもした講演を行った三二年の秋、バックはアメリカの黒人組織のリーダーやジャーナリスト達と接触し、カンザス市で開催された討論会に招待されて講演を行った。その講演で、バックは、「アメリカの白人の振る舞いを見ると、自分には白人の血が一滴も流れていないことを願いたくなる」と話し、全世界の人口の中で、白人は少数民族に過ぎないことを訴え、黒人達に「アメリカ人であること、かつアメリカ人として果たしてきた業績にプライドを持つべき」と、激励の言葉を贈っている。この討論会の出席者からは「肌の色や人種に対して白人が持つ偏見に一撃を加えた」と評され、この時からバックの「黒人と女性の公民権獲得運動」との長い関わりが始まったのである。

当時、アメリカで黒人が受けた差別は、バックが行った抗議活動の内容から詳細を解き明かすことができる。その内容からは、法律で規制しなければリンチがまかり通ってしまうのかと、驚愕《きょうがく》するものも目に付くのである。「米国市民の自由を守る連合」は一九四二年四月に全国規模の人種差別撤廃委員会を設立し、バックは議長に就任した。そこで推進した運動は多岐にわたっている。例えば、議会や政府に対する請願運動として、雇用の機会均等、リンチを禁止する連邦法の制定、投票税の撤廃、軍機関における人種差別の撤廃等であり、バックは「きわめて粘り強い白人活動家の一人」だったという。当時、軍事産業から締め出された黒人は「雇用に関する機会均等令」が発布されても、全軍事産業職の五二%、北部ミシガン州では八二%が「黒人お断り」であり、差別は全国的に蔓延《まんえん》していたのである。また、制服の黒人将兵たちは、黒人だけの部隊に配属され、白人将兵達との同席を許されず、黒人達は、戦闘に参加する権利を確保するためには、法廷闘争によってのみ黒人飛行士用の訓練学校を開設することが可能だった。差別の中には米国赤十字社による「黒人からの献血拒否」もあった。これは、政治家からの圧力によるもので、国防長官でさえ赤十字社の決定には干渉しなかったという。

バックは、あらゆる機会を捉えてキャンペーンを推し進め「米国の黒人差別は、日本の反米プロパガンダの格好の材料になっていますからご注意ください」と、千七百名の参会者が集った文学界の昼食会で演説を行い「もし、われわれ米国白人たちが黒人たちを差別し続けるならば、我々は、この戦争でヒトラーと同様、間違った側で戦っていることになります」と述べ大反響を呼び起こした。

黒人の市民権獲得運動を破壊活動とみなしていたFBIは、バックのこのような果敢な行動を監視し、三七年から死去するまで「パール・バックに関するFBIファイル」が編集されたという。三百ページにも及ぶこのファイルは、バックを監視し続けた調査報告書を収録したもので、大部分は人種差別に反対する抗議活動に関するものだった。コンは、FBIに情報開示を求め、入手した資料に基づいて長編の伝記小説を執筆したのである。

③日系アメリカ市民の収容所送りと財産没収に抗議

一九四二年に大統領令九〇六六号にルーズベルト大統領が署名し「米国に謀反《むほん》を起こす可能性のあるグループを米軍の留置所に監禁せよ」という国防長官宛の指令を出した。この指令には「日本人および日系アメリカ人が対象である」という文言は特に記載されていないにも拘わらず、数千名に及ぶ日系アメリカ人が各地から狩りだされ、コロラド州、ニューメキシコ州などの西部十州に設置された軍の収容所に捕虜同様に監禁された。

バックは、イタリア系、ドイツ系アメリカ人は収容されていないことを指摘し、日系アメリカ人を黄色人種として差別する不条理な収容所送りに激しく抗議し、解除を求める運動を開始した。その結果、大統領令から二年後の四四年に日系アメリカ人は収容所から解放され、戦後は損害補償を受けられることになったのである。

バックは、この抗議行動を起こした数少ない米国市民の一人であり、米国の大衆は日系人の収容所送りに沈黙を守り、大多数の人々は政策を是認していたという。従って、バックが、日系アメリカ人を救う運動を起こしたことに対し、当時のアメリカ大衆からは、白い眼で見られたであろうことは想像に難くない。しかも、日本軍に対する抗議を目的として五作もの小説を出版したバックの抗議運動と矛盾が生じるのである。また、中国人救済の募金運動は「日本軍の侵略により被害を受けた中国人の医療費」という具体的な目的を掲げての運動なのである。このようにバックは「日本軍に対する抗議」と「中国人の救済」そして「日系アメリカ人救済」との板挟みになりながらも、それらの運動を全て同時進行させた。その原動力は、何といっても祖先から脈々と受け継がれた情熱的な血筋と、「人間みな兄弟」という強い平等意識であったに違いない。

④ 植民地主義撤廃の訴え

一九四二年の後半に入ると、欧州戦線およびアジア戦線とも、連合国側の戦況に好転が見え始めると同時に、バックは、英国による植民地主義に対する批判を強めて行く。

その一つとして、バックはインドの独立を叫び、当時のルーズベルト大統領がチャーチルに対し説得に当たってくれるよう、エレノア・ルーズベルト大統領夫人に何度も手紙を送っている。その手紙でバックは、アメリカが世界の軍事上の指導者ばかりでなく、倫理上の指導者としての役割も果たしてくれるよう要請した。実際に、ルーズベルト大統領は、何度かチャーチルにインドの独立を約束するよう迫ったが、チャーチルはその提案を拒んだ。その状況を見たバックは、もう黙ってはいられない。四二年九月末、「米国インド人連盟」主催のニューヨーク集会で二千人の聴衆を前に基調講演を行い、その模様を翌日の「ニューヨーク・タイムズ」紙が「『インドへ自治を！』という叫びが会場一杯にこだました」と報じた。その様子から「インドの独立を支持するいちばん有力なスポークスマンとなったのは、パール自身だった」と、コンは述べているのである。

また、終戦後に起こりうる英米協力に対して、バックは四三年にエッセイ『戦後の中国と米国』の中で、「チャーチルは米国を再び大英帝国の一部として歓迎しようとしている」と指摘し、「アメリカ合衆国は独立国として、引き続き英国とは別行動を取るべきである。少数（白人）による多数（有色人）の支配、すなわち人種の優劣を我々が信じていることを意味する結果になります」と訴えた。この種のバックの訴えは、日本の新聞でも次のように報じられた。[55]

米英両国が特殊の同盟を結ぶという案には全く反対だ。かかる同盟は両国民衆を両国内のファシストに引き渡すことになろう。特殊同盟案を主張するのは英国の没落が必至だという事実を知らない人だ。

⑤特殊児童達の里親斡旋施設「ウェルカム・ハウス」の開設

この施設は一九四九年、バックがすでに五十代後半に達している時に設立された。それは、バックが述べた「五十歳にもなって、アメリカで養子の世話をする斡旋所《あっせんじょ》を開こうなどとは思いもよらなかった」出来事となった。きっかけは、引き取り手の無い、一人のインド系アメリカ人の混血児をバックの家で引き取ることになったことだった。時間をおかず、次にやってきたのが中国系アメリカ人の混血児だった。この子供達の出現は「アジアの血が入った混血児を引き取る施設が無く、個人の引き取り手もアメリカには居ない」という厳しい人種差別を象徴していた。家族会議の結果、バックとウォルシュの家で、引き取り手が現れるまでの間、面倒を見ることになった。「ここに二人居るのなら、他にも沢山居るに違いない」との懸念からバックが調べてみると、アジア系の混血児は、黒人の子供以上に大きな問題であることが判明したのである。バックは考えを巡らせ「私達よりも若い両親を見つけてやって、そこで育ててやろう。私達は祖父母になればよいのではなかろうか。私達の社会には、寛大で親切な人達がたくさん居るはずだ。多分、かれらが手伝ってくれるだろう」との考えに至るのである。そして、町の人々とも協議の上で里親斡旋を開始することになった。これが特殊児童救済施設「ウェルカム・ハウス」の始まりである。[56]

バックが先述の通り「思いもよらなかった」と述べた施設の開設であったが、バックがこのような施設を運営する運命にあったと思わせる出来事を記したい。まず、バックが生まれる前にケアリーが中国人養女を引き取り、自分の子供として育て上げたという事実である。バックは、姉と、その子供達とも仲良く付き合っている。次に、バックが七歳の時から読んだディケンズの『オリバー・ツイスト』の主人公オリバーは孤児であった。そして、『大地』の第三部『分裂する家』に、バックは混血児や孤児を登場させている。王龍の孫の王猛が混血の男性と街で出会った時に、陰で彼らに対する差別的な言葉を吐き捨て、別の場

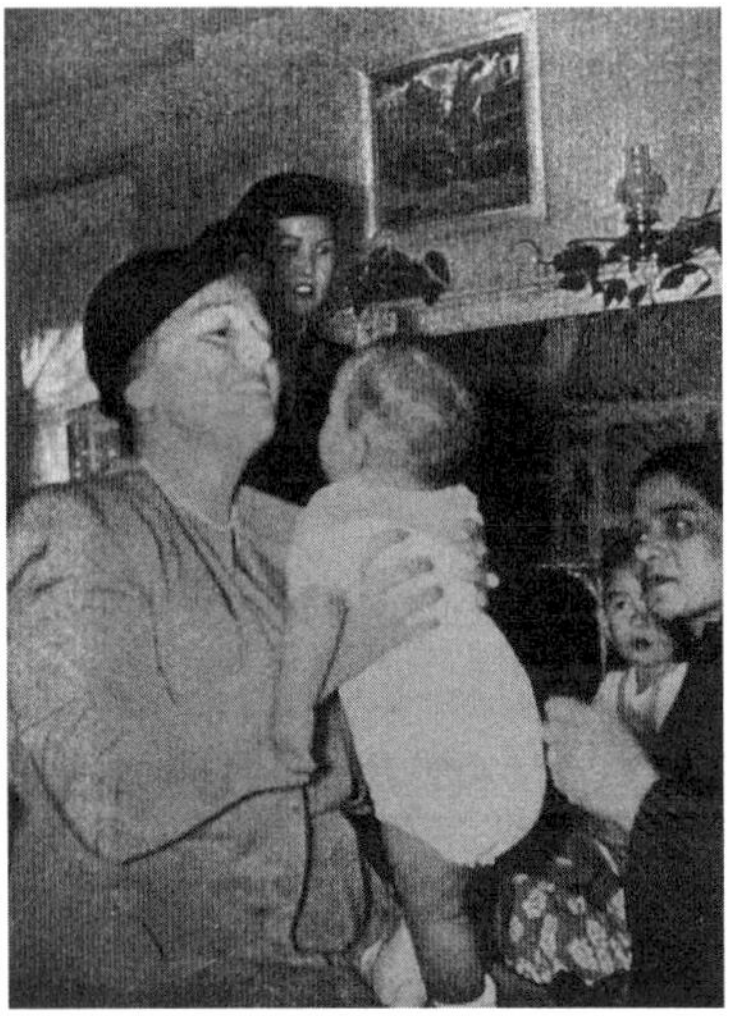

孤児とパール・バック
出典：『神の人々』(1952)

中央にバック、その左後ろに山口、左端が石垣　出典：『二十五年目の日本』(1951)

面では、王龍の三男の嫁を、孤児施設の経営者として描いている。彼女は、家の前に置き去りにされた女の赤ちゃんをその施設で引き取り、毎日通っては二十人ほどの孤児の面倒を見ているのである。また『黙ってはいられない』という作品でも、アメリカにおける私生児問題と、彼らを引き取る孤児院や寮の問題などについて、黒人女性と対談している。そして何よりも、当時のバック自身が複数の孤児を受け入れて、養子として育てていた経験が「ウェルカム・ハウス」運営に活かされたに違いない。

「ウェルカム・ハウス」を通して生まれた日本人との交友もある。一人は、偶然同じような施設「エリザベス・サンダース・ホーム」を日本に設立した澤田美喜であり、もう一人は、「ウェルカム・ハウス」の募金活動として開催されたファッションショーと文化交流会（写真参照）に出席した女優の山口淑子である。二人については、後で詳しく述べる。

「ウェルカム・ハウス」の運営において、バックは福祉官僚やソーシャル・ワーカーと衝突したという。理由は彼らが生物学的な両親という定義、人種の違い、宗教の違いを指摘して、これらの子供達の養い親としての適性に難くせをつけ、古臭い杓子定規な対応しかしなかったからである。バックは「親の真価は、子供を本当に愛するかどうかによって評価されるべきである。単に子供と血が繋がっているかとか、宗教とか人種が類似しているか否かは、親としての適性にはまったく無関係の問題である」と主張した。

「ウェルカム・ハウス」設立から十年後に、バックは日本の新聞に手記を寄せ「アメリカ人の東洋系混血児に対する意識が変わった」として、『『ウェルカム・ハウス』がアメリカ市民の物の見方を変える助けになっているといっても過言ではない」と述べている。[57]バックは、強い意志と信念によって、生前、引き取った子供達全員の養子先を見つけ、発足してから四十五年間に五千人以上の子供達にアメリカ国内での里親先を斡旋した。[58]その「ウェルカム・ハウス」は、バック亡き後、「パール・バック財団」と合併し、九四年に「パール・バック国際財団」と改称の上、状況の変化に応じて現在でも国際的なレベルで救援活動を行っている。

(2) 女性の自立と男女同権の訴え

男女の性差別に対するバックの意識は、バックが両親と暮らした頃からの生育環境において芽生えたのではないだろうか。バックは、ケアリーが夫に対する忍従と義務感という鎖につながれた姿を見て育った。しかも、バックが大学に進学する時でさえも、父からは「本当は、お前の大学教育のためにお金を注ぎ込むよりも、私自身の伝道事業へ金を使った方がずっとましなのだ」と、釘を刺され、男性としての父からの女性に対する言動や日頃からの態度によって心に傷跡を残したようだが、バックは留学を諦めることはなかった。また、ケアリーのもとに心を打ち明けに通ってくる中国人女性達からは、女児間引きの話がバックの耳にも入り、乳母の王は纏足をしていた。これは、子供の命に係わる差別と、女性の足を変形させ歩きにくくさせるという肉体的な差別として、思春期までの間にバックが目の当たりにしてきた現実だったのである。加えて、上海の高校に入学した時、「希望の扉」という中国人女性保護施設にボランティアで出向き、心と身体が傷ついた多くの女性と接触したことが、男女の性差別に対する意識を高める一因となったであろう。バックは、母から教わった手芸を教えながら、彼女達の受けた残忍な仕打ちについて耳を傾け、女性であるが故に受けた被害を垣間見る機会を得たのである。この時、バックは流暢《りゅうちょう》な中国語を活かして彼女達と会話を交わしている。幼少期から培ったバックの語学力は、アメリカに帰国後も中国人と交わる時、また、国連の場などで中国語で演説が行われる時も、通訳者、翻訳者を介さずに、他のアメリカ人よりも早く内容を理解することが可能であり、バックの社会運動の大きな力になっているのである。

その後入学したアメリカのランドルフ・メイコン女子大学では、バックは「アメリカの同輩たちとも対等に競争し得る」という自信を得た。また、大学の先進的な教育方針により、教授陣はバックに対し「男女の区別なく、才能ある者に機会が与えられれば成功するという事を再認識せよ」と励まし、また「目標を高く掲げよ」と促した。彼等は女性の知的能力の高さを信じてくれたのであった。ランドルフ・メイコン女子大学は当時、婦人参政権に関する活発な討論の場にもなっており、学内に「婦人参政権クラブ」があったほどである。この大学生活が、バックの心に芽生えたフェミニズムを育てたことは明らかであろう。

一九三二年の一時帰国の際、女性のための運動にも参加している。産児制限法を推進するための会合が三三年にワシントンで開かれ、バックが講演を行った。その中で、バックは、中国で見てきた経験から、人口過剰が国家と女性達にもたらす恐ろしい損失と犠牲を訴え、この問題に尽力しているマーガレット・サンガーの功績を称賛した。その後、二十年間にわたり、バックは、何十回と産児制限を支援する講演を行い、サンガーとも深い友情で結ばれたのである。

アメリカに帰国後のバックは、離婚、再婚、「ノーベル賞」受賞という経験を経て、四一年に『男とは女とは』を出版し、九つのエッセイを通して男女同権と女性の自立について書いた。その中で、中国とアメリカの比較を多く盛り込みながら、バックの鋭い眼で見たアメリカの男女について論じている。現代においても興味深い点は、「自由な男と女、人生のあらゆる過程を一緒に、平等の条件で歩きつづける二人――これ以外のデモクラシーとは何であろうか?」と読者に問いかけ、「男と女とがお互いのために存在し合うとき、男と女とが一緒に働くとき、その時こそ根本的調和があるのであり、この調和の上にこそ、男と女が希望する一切のものが建設され得るのである」としていることである。バックの人生に起きた結婚の仕切り直しとウォルシュとの新生活、働く女性の一人として、子育てをしながら仕事を持つバックの生活は、バックが行った男女の性差別撤廃運動の根幹をなすものであったであろう。本書は、日本で何人かの訳者によって翻訳が繰り返され、六六年に石垣が翻訳し題名が『若き女性のための人生論』に変更され、十三年を超えるロングセラーとして二十五以上の版を重ねており、長期間にわたり、多くの読者の心を捉えていたことがうかがえる。ジェンダー平等が叫ばれている日本において、バックが残した言葉の数々は現在でも女性達を励まし続けているのである。

4　中国人救済

バックは、日本軍からの被害を受けている中国で暮らす中国人に熱心に救済の手を差し伸べた。また、中国人の中でも、「苦力」と呼ばれる肉体労働者や農民階層者の文盲廃絶のための教育運動も中国人のジェームズ・イェン博士を介して支援した。

(1)「中国人救済連盟」の募金活動

バックは「中国人救済連盟」の議長に就任し、日本軍の侵略による被害を受けた中国人のために救済資金の募金活動を行った。同組織の名誉議長はエレノア・ルーズベルト大統領夫人であり、実行委員にはジョン・ロックフェラー三世や、映画『風と共に去りぬ』の制作者達が名を連ねている。募金額は数百万ドルに達した。

(2) 中国における文盲廃絶の支援

エール大学卒のキリスト教徒で、中国で大衆教育運動を指導した中国人ジェームズ・イェンについて、「中国農民生活改善運動の中で、博士の仕事ほど成功したものはなかった」と、バックは結論付けて称賛している。イェンは、中国農民の文盲廃絶が必須であることを痛感し、「簡略漢字系」を開発し啓蒙《けいもう》した人物である。一九二一年に中国に帰国したイェンは、二年後には「常用漢字一千語」を出版し、「全国大衆教育運動協会」を設立した。

バックとウォルシュは、イェンの親友として交友を深めると共に、最も影響力を持つ西側の後援者となった。イェンは、「東西協会」から招待され何度か講演を行っている。ウォルシュは、米国支部活動に尽力し、バックは、その宣伝と資金調達を支援した。バックはイェンの偉業を称え『大衆に告ぐ』というノンフィクションを四五年に出版している。

5　核兵器反対運動と被爆者の救済

日本が敗戦すると、日本軍に対するバックの抗議は姿を消す。バックが反核の意を込めて、戯曲『ある砂漠の出来事』の公演をブロードウェーで行い、小説『神の火を制御せよ』を著したことは、先述の通りであるが、バックは、一九五八年春に、二人の「ノーベル賞」受賞者、ライナス・ポーリングとクレアンス・ピケットと共に、平和と核武装の廃止の訴えを行っている。コンは、「バックが果たした最後の主要な政治活動」と位置付けているが、世界で唯一の被爆国日本では、バックの反核運動と被爆者支援は反響をもたらしていた。日本の新聞紙上には四九年からバックの名前が出始め、アメリカで立ち上げられた「ピース・センター組織委員会」の委員としても名を連ね、原爆の後遺症の治療に渡米した女性達や広島の原爆孤児を精神養子縁組をして援助する里親探しにも手を差し伸べているのである。詳しくは次の章で述べる。

6　障がい児の親に寄り添う

バックは、一九五〇年に「東西協会」を閉鎖した後、「全米的なヒステリーの時期」に、一時的に政治の舞台から身を引き、家にこもったという。前年の「ウェルカム・ハウス」の設立もあり、多忙を極めていたに違いないバックに、自宅にこもる時間が与えられたことが、キャロルのことを公表する決意をさせたのではないだろうか。もし、その推測が正しければ、現在でも世界中で愛読されている『母よ嘆くなかれ』を、生み出す機会をバックに与えてくれた「全米的なヒステリーの時期」が到来したことに感謝すべきではないだろうか。なぜならば、バックがキャロルについて公表したことが、世界中の同じ立場にある多くの人々を慰め「この問題に関する世論を永久的に変えた」とまで称賛される出来事となったからである。

それまで、バックはキャロルのことを徹底的に伏せてきたが、バックが述べた「ずいぶん長い時間」をかけて、当時三十歳となったキャロルのことを、ようやく世の中に明かしたのである。たとえキャロルのことを伏せていたとしても、バックはキャロルが入所している施設に対する援助を率先して行っており、定期的に面会に出向くので、知名度の高いバックの完全な情報管理は不可能であったであろうし、多数の手紙がバックのもとに寄せられていたことからも、ある一定数の人には、キャロルのことが認知されていたことは明らかなのである。その手紙は、障がい児を持つ親達からの悲痛な叫びであり、返信を懇願する人も多く、キャロルのことを公表するまでは、バックは、一通ずつ丁寧に返信し続けていたのである。それらの返信に書き続けてきたことをエッセイとして世の中に公開することにより、同じ悩みを抱えるより多くの人々にそのメッセージを伝えようと、バックは決意を固めたのである。

しかも、バックは、キャロルの物語を書かなくてはならない時が来るであろうことを、日頃から考えていたようで、それが「キャロルのためにすべきことの一つだった」と述べている。南京で猛然と小説を書き始めた時のように、帰するところはキャロルのためであり、バックは、キャロルの人生に意味を与えるために、早速、雑誌に記事を書くのである。

（1）『成長が止まった子（邦題＝母よ嘆くなかれ）』の出版

バックは、雑誌「婦人のホームジャーナル」に「成長が止まった子」という題の記事を発表し、障がい児を持つ親達をはじめ、医師や公衆衛生に従事する多くの人々が、バックからの温かい慰めと激励の言葉に接することになったのである。その記事掲載は、「東西協会」を閉鎖したのと同じ年、一九五〇年の五月である。程なくして、雑誌の記事よりも長いバージョンを完成させ、著書として同年の九月に出版し、収益をすべてキャロルが入所する施設へ寄付したのである。

二十ヵ国以上の国々で翻訳本が出版されると大きな反響があった。例えば、「フランス語の訳本が出た時、最も感動的な読後感を寄せたのがドゴール大統領であった」と、日本の新聞がバックのコメントを報じている。(59) 赤十字の非行少年対策委員会に出席したバックが、オスロからの帰路フランスに立ち寄り、エリゼー宮の前を車で通過した際に語ったコメントである。ドゴール大統領夫人は、「同じ十字架と同じ悲しみをずっと背負ってきた」と心から感動し、ジョン・F・ケネディ大統領の母も、全く同じ感動をバックに伝えたのである。

先述のバックの次女ジャニスによる「あとがき」の中で、ジャニスは、「母の本の題名『成長が止まった子』は、やや誤っている」と指摘し、キャロルは、入所施設の教育と献身的なスタッフの努力により、身体的にも精神的にも成長したことを明かし、長い間ジャニスが見てきたキャロルの成長ぶりについて、具体的な事例を挙げたのである。日本語版の『母よ嘆くなかれ』という題名の方が、バックの気持が反映されていると思われる。

(2) キャロルがパール・バックに教えたこと

バックは、『母よ嘆くなかれ』の中で、しみじみと次のように語っている。

私が歩まなくてはならなかったこの最も悲しみに満ちた行路をすすむ間に、私は人の心は全て尊敬に値することを知ったのであります。すべての人は人間として平等であり、そして万人はみな人間として同じ権利を持っていることをはっきり教えてくれたのは、他ならぬ私の娘でありました。娘は私に、人間とは何であるかということを教えてくれたのでありました。

本小説の中で、バックは他にもキャロルが教えてくれたことを諄々《じゅんじゅん》と述べている。それは、「辛抱すること、知能が人間のすべてではないこと」などであり、もし、このような経験をしなければ「私はきっと自分より能力のない人に我慢できない、あの傲慢な態度を持ち続けていたに違いありません」と述べ、キャロルを通して経験したことによって、バックがそれまでに培った価値観に変化が起きたことが垣間見える。

キャロルの誕生により、次々と作品を生み出さなければならない必然性に迫られたが、バックが歩んだ道程を辿ると、キャロルの誕生は、バックにとって運命的な出来事であり、現在に至るまで多くの人への励ましが続いていることで、大きな意義があったのである。

7 「パール・バック財団」の設立

アメリカ軍兵士がアジア女性との間に残した混血孤児の支援と、孤児たちの教育施設の設立を目的として、孤児施設「ウェルカム・ハウス」とは別に、国際孤児団体の「パール・バック財団」を一九六四年に設立した。返還前の沖縄も含めて、アジア六ヵ所に支部を設置して支援活動が行われた。最初の支部が開設された韓国に、立派な混血児の教育センターが建設され、バックが開所式に出席するなど、積極的な支援が行われた例もある。

九四年に「パール・バック財団」は、名称を「パール・バック国際財団」と改称の上、現在では、アメリカの本部での諸活動を中心に、八ヵ所の海外拠点において、国際的な支援活動が続けられている。日本へ返還後も一定期間存続した沖縄支部は廃止され、かつてバックが支部を設置した韓国、台湾、ベトナム、フィリピン、タイでは、経済的に独立し体制を変えた組織もあるが、バックの名前を冠した組織名は存続しており、新たに中国、カンボジア、ケニアが追加されている(60)。現在、財団の支部としての活動を継続しているのがベトナムで、ハノイ地域の六ヵ所の孤児院の支援を行っている。また、中国では、現地の女子高校との協働として、低所得家庭からでも高校に進学できるように資金的な援助を行っている。その他、経済的に独立した組織や、現地のＮＧＯ組織や教会とパートナーを組んでいるケースもあり、運営の形態は多様化しているが、孤児院の子供達に対する援助などに加え、子供の健康に関する養育指導、国際結婚をした多文化的な家庭や少数民族などへの支援活動を必要に応じて行っている。

バックが七十二歳という晩年になってから設立した財団であったが、「パール・バック国際財団」の本部があるアメリカ・ペンシルヴェニア州のバックの旧居は、施設が整備され、活発な活動が行われており、バックの精神は確実に受け継がれている。

第四章

パール・バックと日本

日本とバックとの縁は、バックが生まれる十二年前の一八八〇年に始まる。その時、母は新婚の花嫁で二十三歳、父は理想に燃える二十八歳で、宣教師として中国に赴任するために、アメリカから太平洋を渡る途中で、横浜、神戸、長崎に船が寄港したのである。日本は、バックのうら若き両親にとって、はじめて接するアジアの最初の国であっただけに強いインパクトを与えたようで、その時のことを、バックが次のように説き明かしている。二人は、日本で見た文化と教養の高さに驚き、ケアリーは特に日本人の持つ優美で繊細な美に興味を惹《ひ》かれ、アンドリュは到る所で日本人が寺社に参拝するのを見て、明らかに日本も異教徒の国であることを改めて認識した。また二人にとって日本は、「整然と秩序だった清潔な国、だだっ広くて奥が深い中国とは対照的な、ほどほどで分かりやすい国」であり、理想の国であった。バックは、幼少期の頃からケアリーからたびたび聞かされた「瀬戸内海の景色の美しさ」が耳朶《じだ》から離れなかったようで、「ここでは大洋の水が日本の島々と山々にしっかりと押えられて、いかにも穏やかに和らいで、おのが美しさに満ち足りたように横たわっていた。ケアリーにとってこの内海は平和な美しい思い出として永久に残り、その後も航海ごとに瀬戸内海で新鮮な喜びを感じた」と、『母の肖像』に綴っているのである。バックが子供時代に立ち寄った日本は、夢のような国で、美しい風景、洗練された建築、着飾った人々、常に微笑み、いつも礼儀正しく、必ず子供にあげる物を持っていることが、おとぎ話のようで船が日本の港に停泊するのが楽しみだったと述懐している。そして「ヴァンクーバーかサンフランシスコから船出すると、日本は、上海に先立つ最後の停泊地であり、中国への入り口であった。反対に、上海から出帆すると、日本はアメリカへの最初の停泊地であり、革命戦争のために中国から追い出されると、避難場所でもあった」「日本は、アジアの中で中国に次いで良く知っている国である」と、バックは日本のことになると饒舌《じょうぜつ》になる。「とにかく私は日本の人々が好き」「私は生半可な日本好きではない」というバックは、後に、日本と日本人を綴った随想集『私が見た日本人』を出版するほどの知日家となったのである。

バックが単なる親日家を超えて、日本を知る知識人の一人として「知日家」になるまでの道程を辿ると、第二次世界大戦後の中国と日本が歩んだそれぞれの歴史が浮上する。終戦後に始まった国民党と共産党の全面内戦の結果、建国されたのは共産主義化した中華人民共和国であった。一方の日本は、GHQの占領下に入り、民主主義国家として生まれ変わったのである。

雲仙に避難した一九二七年以来、戦後はじめて来日した六〇年に、バックは多数の旧知の友人達と面会しているが、バックとその日本人との友情は、どのように築かれたのであろうか。未だ中国で暮らしていた頃のバックに遡って日本人との交流を見てみることにしよう。

1　第三の国・日本

バックが両親と共に鎮江で暮らしていた頃、谷の向こうの山の上で暮らす日本人女性と出会い、日本はバックにとって、中国、アメリカに次ぐ「第三の国」になったという。また、中国の政情が不安定だった時に家族と共に避難した国が日本であり、その後、子供達を連れて中国とアメリカを行き来する際に、船が寄港した神戸でも、親切な日本人老紳士と出会っている。ここでは、バックが中国で暮らしていた頃に出会った日本人について記す。

（1）日本人第一号

バックの小説には、たびたび日本人が登場するが、中でも幼少期から暮らした鎮江で出会った小柄な日本人女性スターンズ夫人は、「ノーベル文学賞」対象作品の一つである伝記小説『母の肖像』に詳しく描かれ、強い印象を与えている。その女性は『アジヤの友へ』と『私の歩んだ世界』にも登場する。バックは、彼女から日本を知ったことで日本が第三の国になり、彼女を「本当の意味で知合いになった最初の日本人」としているのである。彼女は、ケアリーと話がしたくて、遠くから山道を越えて宣教師館に通ってきた多くの女性の一人であった。花柄の絹の和服を着て派手な帯を締めてやってきて、忙しいケアリーの手が空くのを待ち、ケアリーとお喋りをして、谷の向こうの山の上に建てられた日本風家屋に帰っていくのである。バックは、彼女の自宅に遊びに行き親しく交流した。最初の頃は、両親と一緒にスターンズ家に行っていたが、後には一人でたびたび行くようになったといい、その親しい間柄が垣間見える。バックは、夫妻の私生活について、夫の素性や英国女性との大失恋劇も熟知していることから、好奇心を持ってスターンズ夫妻を観察していたようだ。バックによると、彼女の夫はロナルド・スターンズという一風変わった准男爵出身のイギリス紳士で、一旗揚げるために東洋に来て税関に勤務していた。日本人の妻は、スターンズ氏と正式に国際結婚し、夫が彼女のために建てた日本風の家屋で暮らしていて子供は居ない。バックの目から見た彼女は、そう若くはなく、決して美人ではなかったが、誠実な女性であったという。スターンズ家の前をバックが通りかかった時に、美しい日本庭園に居る着物姿の夫人がバックに気付くと、いつも庭に呼び入れ、家の中にも招いて、お茶や日本のお菓子を御馳走してくれた。そして、スターンズ氏が帰宅する時間になるまで話し込んで過ごすのである。夫人は英語をほとんど話せなかったというが、どのようにバックやケアリーと言葉を交わしたのか謎である。バックは、スターンズ夫妻のことを「日本庭園を一緒に歩くが、二人は黙ってただ歩いた。

夫婦の間に話すことがないのだ」「夫人は明るく振る舞っていても、誰よりも淋しい人だったのかもしれない」と鋭く観察し、ケアリーだけは夫人の友達として役に立っていたことを述懐している。

（２）神戸にて

アメリカで日系人排斥運動が起きた際、排斥に反対する演説をするために駆け付けたバックは、ある日本人老紳士による「親切この上ない行動」を、多数のアメリカ人聴衆に向かって繰り返し語ったという。バックは、その演説を、「ある国の国民全体が有罪者で凶悪だと信じることが、どんなに馬鹿げているかを証明するためだった」と述べているが、その日本人老紳士とは、果たしてどのような人物だったのであろうか。

ある日、アメリカと中国の間を船舶で移動の途中、神戸の港に一日停泊することになり、バックは子供達を港の近くの公園で遊ばせていた。すると和服を着た礼儀正しい日本人老紳士が英語で話しかけてきて、船から来たのかと尋ねたので、「そうです」と答えると、彼は、街の見物に誘ってくれたというのである。病み上がりだという老紳士は、「ご一緒できるなら、自分にとっても都合が良い」と述べたという。バックは、親切で礼儀正しいこの老紳士を信用しないことは不可能だったとして「生涯で最も幸福な一日」を過ごしたのである。その老紳士は、馬車を雇って街や海岸を案内し、バック達が海水浴中は衣類と貴重品、それも、腕時計、現金、船の切符など全部預かり、バック達が海から上がってくるのを小一時間待って、船まで送り届けてくれたのである。その老紳士については「どこでも、我々をせき立てたりせず、私の分からないことは人情味と優美さとをもって、物やわらかに説明してくれた」と、日本人の国民性を物語っているかのようである。バックはこの老紳士との出会いを『輝ける一日』

（邦訳なし）という子供向けの物語にまとめた。

（3）雲仙にて

バックが雲仙で暮らすことになったのは、住まいがあった南京が共産軍に攻撃されたため、外国人が避難を余儀なくされた一九二七年のことである。南京の情勢が早期には改善しなかったため、バックは、半年以上も日本で暮らすことになった。七十六歳の高齢の父と、七歳と三歳の小さな娘達と共に暮らす場所として、バックが直感で自ら決断して温泉地雲仙に近い長崎県の山村の小さな民家を借りたのである。バックは「この質素な場所で」気力を回復した。この時の日本生活記は、バックが複数の小説に記しているため、ここでは多くを繰り返さないが、バックが雲仙滞在中に、様々な場面で接触した日本の市井の人々が、バックと日本の距離を近くして、より親しみのある国にさせたことは明らかである。なぜならば、南京からの命がけの逃避行と、強いられた雲仙での避難生活を、バックは「予想外の形でわたしには幸いした」「否応なしにとらされたこの愉しい休暇」「悩みの多い歳月を送って来た心の痛みが癒《い》える毎日」「本当に幸福なひととき」として振り返っているのである。「悩みの多い歳月」とは、暮らしていた中国の国情が不安定であったことも、さることながら、その数年前にキャロルが不治の脳障がいの診断を受けたことと、キャロルをアメリカの優良な施設に入れるための費用を夫が払ってくれそうもないことも、その悩みであったことが推察される。バックは、同年齢の子供よりも成長が遅かったキャロルが、日本では誰からも、ありのままに受け入れられ、それ以上は望めないほど優しくもてなされたことを小説に書いており、「日本の人々の親切さを忘れることはできない」等々、善良な日本人との思い出話は尽きることがない。日本人の国民性がバックの心に刻まれ、アメリカへ帰国後も現地で暮らす日本人との交流が始まるのである。

2　アメリカ在住の日本人

アメリカに帰国したバックは、中国を書く作家、ベストセラー作家、「ピューリッツアー賞」受賞作家、そして、海外伝道師を公の場で批判し、宣教師を辞任した人物として、何かと取りざたされる中を、帰国の翌一九三五年には、アメリカ芸術院から「ウィリアム・ディーン・ハウェルズ賞」を受賞し、作品も『大地』の第三部となる『崩壊した家』を出版している。また、プライベートでは、離婚と再婚を同じ日に成し遂げるという、一見、華やかで話題性に富むアメリカ生活のスタートを切った。帰国直後は、ニューヨークのアパートで暮らしたが、ペンシルヴェニア州に石造りの家を見つけ、そこがバックの住まいとなった。バックは、そこで子育てをしながら小説を書き、週に一日ニューヨークの「ジョン・デイ社」に出向くという生活を始めたのである。

当時ニューヨーク在住の日本人がバックと交流している。その中には、「ジョン・デイ社」から自らの書籍を出版した人、後にバックの作品の翻訳者となった人、バックの複数の小説や映画にヤスオ、トオルとして登場する人が居るのである。彼らは、バックのペンシルヴェニアの自宅を訪問し宿泊もする間柄となっているが、その中には、太平洋戦争勃発の当日中に収容所に連行された人や、ＦＢＩからの厳しい尋問を受けた人も居るのである。これらのバックの友人達を含む「在米の何の罪もない日本人」に対するアメリカからの弾圧が、バックの「日系アメリカ人収容所送り」に対する反対運動の原動力となったのではないかと思われるのである。

（1）国吉康雄（一八八九～一九五三）

岡山生まれの国吉は、十六歳で渡米し鉄道工などの労働移民として働きながら、いくつかの美術学校に通い、画家としての道を歩み始めた。一九二九年にニューヨーク近代美術館が選んだアメリカを代表する十九人の画家の一人となり、五三年には「ベネチア・ビエンナーレ展」にアメリカ代表四作家の一人に選ばれている。全米美術家協会の初代会長も務め、アメリカの現代美術史に残る著名な画家である。ニューヨークを拠点に芸術活動と、日本の帝国主義に対する抗議活動も行い、バックと接触する機会を持った。

バックが自伝に記した国吉は、真珠湾攻撃の翌朝に「ジョン・デイ社」を訪れ、バックと向かい合って座り、頬に流れる涙をぬぐおうともせず別れを告げた日本人画家であるが、バックは、その実話を『神の火を制御せよ』の中に取り入れ、長崎県出身のヤスオ・マツギという日本人移民で才能豊かな画家として登場させている。真珠湾攻撃後に「有刺鉄線の向こう側にはヤスオ・マツギが敵国人として収容されていた」と、物語は展開し、アリゾナの収容所に収監された日系人の暮らしぶりも描かれ、後には、ヤスオの故郷・長崎が被爆地となる。そして終戦の翌年にヤスオは旧友で原爆を開発したアメリカ人科学者の男性と二人で日本へ行き、広島と長崎の被爆地を周るのである。バックの作品の中で日本人の友人を、これほど多くのページに著名な画家の実名ヤスオとして物語に登場させた例は、映画版『大津波』のトオル以外、他に例は見られない。原書出版が国吉逝去から六年後であり、バックは追悼の気持ちを込めたのかもしれないが、国吉はバックにとって特別な友人であったことは明らかである。『神の火を制御せよ』はアメリカでベストセラーとなり完売となった。

（2）石垣綾子（一九〇三～一九九六）

石垣は、一九二六年に渡米し、ニューヨーク在住の日本人画家の石垣栄太郎と結婚後、五一年までの二十五年間、戦前戦後の激動期をアメリカで暮らした。現地では、国吉やイサム・ノグチといった芸術家をはじめ、アグネス・スメドレー、エドガー・スノーとも交流したが、その中でも国吉は隣のアパートで暮らしており、屋上の通路が繋がっていたので、屋上伝いに行き来して、芸術家同士として交友を深めた。

バックとの交流は、太平洋戦争の前年に始まった。石垣がハル・マツイのペンネームで四〇年にアメリカで出版した著書『憩いなき波』にバックが好意的な書評を「アジア」誌にサイン入りで書いてくれたことに対し、お礼を述べるために「ジョン・デイ社」を訪ねたのである。その後も個人的に交わり、「排日移民法」の規制の中をバックの協力により半年毎の滞米延期の許可を順調に受けることができた。また石垣は満州事変以来日本の軍部を批判する反戦運動家として、ニューヨークを中心に活動しており、アメリカで流通するメイド・イン・ジャパンの商品不買と日本への戦略物資の輸出禁止を訴えた。バックは、日本の民主的な未来に希望をかけて、その運動の大切な援助者となり、会合に駆けつけて壇上で演説を行ったこともあった。

太平洋戦争が勃発した際、バックは石垣夫妻に救いの手を差し伸べている。敵性外国人として行動を制約されて身の危険を感じていた時、バックが手紙を送ってきてくれて「日米は戦争になってもお互いの国民は敵視していないのです。あなた方が日本軍部に反対して私たちを応援してくれたことは忘れません。日本人であるというだけで逮捕され虐待されるようなことがあったら、当局者にこの手紙を見せて下さい。私もすぐに駆けつけます」と書いてあり、石垣はバックの変わらぬ友情が精神的な支えとなったと、多くの著作で述べている。

石垣は歴史の証言者でもある。ルーズベルト大統領の急逝を伝えるラジオ放送を、終戦の年の四月に当時勤務していた「戦時情報局」で聞き、職場の同僚と共に自分の席に立って黙祷を捧げ、気持ちが沈み込んで仕事が手につかなった様子や、全米のほとんどの職場が偉大な指導者の死を悼《いた》んで仕事を中止し、全員が集まって黙祷を捧げたこと、そして、その日の内に店頭のウィンドウには、黒いリボンで飾られた大統領の大きなポートレートが立てられ、仕事からの帰路でそれを目にした石垣は、暫くその場から動くことができなかった模様を『わが愛、わがアメリカ』に詳しく書いている。石垣は、広島の原爆投下を報じた「ニューヨーク・タイムズ」を目にし、トルーマン大統領の「原子爆弾の投下は、無条件降服のポツダム宣言を拒否した日本の敗戦を早め、これ以上アメリカ将兵の生命を犠牲にしないために行ったものである」との声明もラジオで聞いており、終戦の日は、戦争が終わって安堵《あんど》したが、連合国が勝ったからといって喜ぶことはできなかったと、複雑な心情も吐露しているのである。

バックからの評価は高く、バックが「東西協会」を設立した際は、会の発足と同時に石垣は声をかけられ、終戦後から講演部の一員となってアジア啓蒙活動を展開した。講演部は十四、五名の部員が居たが中国人留学生が多く日本人は石垣一人で、ニューヨーク市内の事務局に二週間に一度のペースで集まり、講演先の反応や手応えを報告し、バックも話し合いに参加していたといい、石垣は、「この活動を通じてバックと、より深く知り合うようになった」と述べている。

石垣にとって大きなキャリアを積む機会も与えられた。終戦の翌四六年にエレノア・ルーズベルト夫人の提唱で開催された「国際婦人会議」に、バックの推薦により日本代表として出席することになったのである。日本から渡米できなくなった婦人牧師の植村環《たまき》の代わりに、開催国アメリカ在住の石垣に白羽の矢が立ったのである。ルーズベルト夫人とバックの信頼関係と、石垣に対するバックの高い評価があってこその推薦である。世界五十五ヵ国から集った女性達百八十五名と共に、十二日間に及んだ会議日程を過ごした石垣は、会議の様子を『わが愛、わがアメリカ』に詳しく綴《つづ》っている。例えば、敗戦国の日本、ドイツ、イタリアの代表三人には質問が多く投げかけられ、三人は一組にされて写真撮影や取材が行われたこと。また強制収容所に入らなかったドイツ代表が攻撃の的にされ、「なぜ収容所に入らずに済んだのか？」「ナチの時代に、あなたはいったいどうしていたの？」と、アメリカの婦人団体の人達から詰問を受けて答えに窮していたこと。そのドイツ代表の女性は、「夫も私も医師で、医者が足りなかったため、ナチスも手をつけなかった。黙って耐えているしかなかった。日本人のあなたは分かって下さるでしょう」と石垣と二人だけで散歩した時に自分の苦しさを打ち明けてくれたこと。そして、内戦中の中国から来た二人については、蒋介石を支持しているか否かにより、一人は蒋介石を後押しするアメリカ人達から白眼視され、もう一人は反対にちやほやされるという状況など、代表者がそれぞれの国情を背負って会議に参加している様子が興味深い。石垣は会議におけるパネルディスカッションの書記の役を引き受けており、国際会議の場で実力を十分発揮した。その石垣を急遽日本代表として選んだバックの慧眼《けいがん》にも感服する。

ＧＨＱの戦後政策の一つとして「アメリカの事情を日本の国民に知らせる」という目的で、日本の雑誌に載せる原稿執筆の依頼がアメリカ陸軍省から石垣に届き、一週間に一回、英文と和文両方の原稿を陸軍省へ届けることになった。石垣が参加した国際会議が開催された四六年のことで、この仕事は四八年まで続いた。陸軍省のチェックを受けた後、和文の原稿が日本に送られ、ＧＨＱを経て様々な雑誌に掲載されたのである。「国際婦人会議に出席して」という記事は、「世界」誌四七年二月号に載り、五六年度版の中学二年生国語教科書にも取り上げられた。石垣が四七年に書いた記事の一つが「苦悩する日本の友へ――『大地』のパール・バック女史と語る」と題するインタビュー記事で、「主婦と生活」誌四七年四月号に五ページにわたり掲載された。バックは、その記事で、アメリカの女性達、特に主婦が置かれている現状を明かし、男女平等意識の重要性を訴え、終戦直後の日本国民を激励している。中でもアメリカ社会における男性と女性に関する部分は、アメリカで四一年に出した『男とは女とは』をバックが分かり易く解説している印象を受ける。石垣は、バックから直接聞くことができた生の情報を、自分の眼で見たアメリカ女性の現状と併せて日本へ持ち帰ったのではないか。この記事には、後に日本で石垣が起こす「主婦論争」の火種が見え隠れするのである。

四九年に開催された「ウェルカム・ハウス」のチャリティ・ファッションショーにも石垣は招待されて、会場ではじめて山口淑子と会っている。当日会場に居た日本人は二人だけだったという。その晩、二人はバックの自宅に宿泊しており、それが縁となり石垣夫妻が著名な彫刻家イサム・ノグチと山口を自宅に招き、彼らは後に結婚することになったのである。

反共産主義が吹き荒れたアメリカで、バックは「赤」のレッテルを貼られて、石垣が参加した「東西協会」の活動が停止状態に追い込まれたが、石垣夫妻も移民局やFBIから尋問を受けるようになった。軍国主義日本が滅亡したら日本へ帰国することを、夫妻は兼ねてから心に決めており、出国願いを提出したが、デマ情報の密告やスパイ容疑等、心当たりの無い件に関する執拗《しつよう》な尋問が当局から続き、なかなか出国許可は出なかった。やっと許可が出たと思いきや、それは「国外退去命令」であった。出国当日にもFBI捜査官は自宅に押し掛けてきたといい、帰国後もGHQの目が光っていたようである。

五一年に帰国後、経済的に苦しくてがんもどきばかり食べていたという石垣は、帰国直後から求職活動を開始した。アメリカでの家計を主に支えた夫に代わり、自らがその役を買って出たのである。旧知の毎日新聞社の社長を訪ねたところ、早速社長の勧めでアメリカの体験記を週刊誌に書き始めた。また、はじめて翻訳した作品はバックの『神の人々』で、帰国の翌年に毎日新聞社から出ており、石垣の意気込みが感じられる。その後も講演や原稿書きに追われた石垣であったが、次に翻訳したのは、バックの『男とは女とは』である。バックの原書出版から十三年、帰国前に石垣がバックのインタビュー記事を投稿してから七年後の五四年のことで、アメリカの女性と男性に関する論議は、GHQから独立した日本でベストセラーになった。

時流に乗った石垣が翌五五年に「婦人公論」九月号に発表した「主婦という第二職業論」は、物議をかもし、誌上での大論争へと発展した。この記事は、現在でも、日本の女性史研究の参考文献として度々引用される論文である。石垣は、「女は主婦になるという第二の職業が、いつでも頭の中にあるから、第一の職業である職場から逃げ腰になっている」「女が職場を去って、次には主婦という第二の職業を得るのであるが、近代の女性は決してそこで満足はしていない」という持論を展開して、日本の主婦の職場進出を勧め、その後二十年間に及ぶ第三次まで続いた「主婦論争」の口火を切ったのである。

社会学者の上野千鶴子は、『主婦論争を読むI』で、石垣から始まった論争が「数次にわたる広範で徹底的な主婦論争を産み出した」として、「今から読み返しても、主婦を取り巻く状況が根本的には変化していないこと、主婦に関する論点が、ほとんど出つくしていることに、驚くほどである。（中略）日本の主婦論争は、その時期の早さと、論争の水準の高さで、注目すべき内容を持っている」と、評価している。上野が述べた「時期の早さ」については、アメリカ帰りの石垣がその一翼を担ったことは明らかである。また『男とは女とは』が日本においてベストセラーになったという反響を、石垣は素早く察知した上で、「主婦という第二職業論」を産み出したことも、二十五年間のアメリカ生活を通して研ぎ澄まされた感性が功を奏したといえる。

『男とは女とは』は、新たな題名『若き女性のための人生論』として、別の社から六六年に出され十三年以上のロングセラーとなり、日本の「主婦論争」の歩みと共に、多くの読者によって読み継がれたのである。また世界文学全集などでバック作品が編集されると、付録の冊子に石垣はバックとの親しい間柄ならではの話題を提供している。

（3）松本亨（一九一三〜一九七九）

松本は、日本で過ごした大学生活の終盤に差しかかった頃に、「日米学生会議」の活動に参加するようになり、アメリカで開催された第二回の会議に留学生として参加して会議終了後はニューヨークへ移動し、一九三五年にマンハッタンにあるユニオン神学校に入学した。卒業後は日本に戻らず、人並外れた英語能力を活かして「北米日本人キリスト教学生同盟」の総主事を務め、全米各地の大学を演説して周り、日本人学生との面談を熱心に行った。ジョージア州のエモリー大学にも行っており、この時に、留学生だった谷本清と出会ったと考えられ、松本の仲介もあり谷本は後に、全米で「ヒロシマのタニモト」と呼ばれる人物となるのであるが、詳しくは後で述べる。

松本は四〇年に所用で日本へ一時帰国したが、それを「政府への内通」として当局から疑われ、また戦前に行った各種演説と「北米日本人キリスト教学生同盟」の各地での活動の意図と目的に疑いが持たれ、「真珠湾攻撃」の当日中に即刻、逮捕・拘留された。この拘留は、イタリア人・ドイツ人も敵性外国人として対象となったもので、後の大統領令による西海岸居住日系人の強制収容とは異なるものである。それほど、松本は活動的で、太平洋戦争前から当局によりマークされていたのである。

松本の伝記『松本亨と「英語で考える」』には、バックと松本の出会いの経緯は不明であると記されているが、松本は、日本の軍国主義反対と民主化を訴える活動も活発に行っており、石垣が「バックは大切な援助者だった」と述べていることから、その活動を通してバックと会ったと思われる。バックと松本との間柄については、谷本の長女の近藤紘子が自身の著作の中に「バックが松本を大変可愛がっていた」と記しており、バックも自伝に「今は日本の有名な学校の校長先生になっている松本トオルさんも家族を連れてきた[61]」と、松本がバックの自宅を訪問したことが綴られている。松本は自叙伝『兄弟は他人の始まり』を「ジョン・デイ社」から四六年に出版し「東西協会」の活動にも帰国直前の四九年末まで熱心に参加している。『兄弟は他人の始まり』出版前の宣伝では、「西洋人に日本人の心性を理解可能にする」との文言がたびたび用いられたというから、終戦間もない頃のアメリカでは、「日本人が理解し難い存在であったこと」を松本の伝記の著者武市一成が指摘している。『兄弟は他人の始まり』の「序文」はバックが書いており、松本を日本人のモデルとして高く評価し、当時のアメリカ人が抱いていた「血も涙もない非人間的な日本人像」の払拭に努めている。武市の引用からバックの「序文」を記す。

彼は、日本で生まれ教育を受けた本当の日本人である。日本人が、自主的な判断力を持たない従属的な存在であるということには根拠がないことの証明である。（中略）松本亨は非凡な人物である。しかし、彼のような人物が日本に多数存在し、また、さらに数多く存在し得ることを私は疑わない。（中略）彼等は、我々も含めて、その多様性において、どの国民とも全く同じである。それ以外の結論はナンセンスなのだ。

また「東西協会」における松本の役割は、戦後の日本の民主化教育について、著述家としてアメリカ人に伝えることで、そのためにアメリカ各地を周るツアーを行い、期間が長かったものは約一ヵ月に及んだ。会場によっては六百人もの聴衆が詰めかけ、松本のツアーは、アメリカ人の日本人に対する極端な偏見を修正する役割を果たした。日本で四六年に出版された『アジヤの友へ』によると、日本で子供達の教育を受けさせるために松本は日本への帰国を希望していることをバックに伝えたという。松本の『兄弟は他人の始まり』のことと思われる「原稿を読み終わった」との一文から書き始めており、松本が「ジョン・デイ社」に原稿を届けにきてバックと雑談した姿が目に浮かび、松本がプライベートの話題をバックと交わすほど親密であったことが垣間見える。バックは「彼は米国に来たが、頑固に日本人であることを継続した。私は、彼が帰国すれば良いと思う。日本は、この人と彼の奥さんと二人の間の子供達のような家族を必要とするからだ」と述べているのである。

帰国後の松本は明治学院大学の再建に尽力し、大学の総主事兼建築常務主事、及び、経済学部教授に就き、他大学でも教鞭を取った。また、NHKラジオの英会話講座の講師を二十一年間も務め、多くの英語教本を著し、自分の名前を冠した英語専門学校も設立した。

(4) 鶴見和子（一九一八～二〇〇六）

一九三九年に渡米した両親がバック夫妻とニューヨークのホテルで会食する機会があり、ニューヨークの大学で留学生活を開始するところだった鶴見和子は会食に同席し、バックと知り合った。後に鶴見は、バックの自宅も訪問している。その後「真珠湾攻撃」が起き、日米交換船で両国の国民の交換が二度行われたが、同じくアメリカに留学中だった弟の俊輔と共に、第一回の交換船で四二年に日本へ帰国している。その理由は「当時、国会議員だった父を愛しており、帰国しなかったら立場がないだろう」と述べたほどの父親好きであったためである。その点において、鶴見は他のバックの友人の在米日本人達とは大きく異なっている。彼らは、日米交換船の名簿に名前が載った人も載らなかった人も居るが、日本の民主化を望み軍国主義反対の声を講演会やラジオで訴えており、誰も日本への帰国を希望しておらず太平洋戦争中にアメリカに残留したのである。

ニューヨークでのバックとの交流を機に、鶴見は四九年に「バック訪問記」のような記事を雑誌に載せ、後に、バックに関する著作と作品の翻訳へと進むのである。鶴見が五三年に著わした『パール・バック』は、バックの伝記ではなく人物論となっているが、改訂版と特装版を経て約三十年間、脈々と出版が続いた。また鶴見は翻訳者としてバックの作品を担当し、ノンフィクション『黙ってはいられない』は五三年、小説『この心の誇り』は五四年に出版されている。六〇年に雑誌「婦人之友」に、前年にアメリカで出版されたばかりの『神の火を制御せよ』に関する記事を七ページも書き、「核兵器をつくった科学者の良心と責任の問題」と「科学者たちの人間関係の問題」を挙げ、最後に、アメリカではタブーとされていた原爆の問題を描いたバックの勇気を称賛しているのである。当時の日本で出版されなかった事情は不明であるが、本書はその後四十七年も経た二〇〇七年に出版されることになる。原書を通読した鶴見は、当時の日本においては稀有な存在であったであろう。

その後も、鶴見の学問の探求は続き、六〇年代に渡米してプリンストン大学で社会学博士号を取得し、その大学院生活の最中に並行して、トロント大学とブリティッシュコロンビア大学で客員教授、助教授として教壇に立ち、帰国後は上智大学外国語学部教授を務めた。七三年にはトロント大学から招請を受けてカナダに渡っている。

七五年に発刊された書籍に記述した一章「(特集)パール・バックの人と作品　パール・バックの人間像」で、鶴見はバックの人物論と作品論を展開し、鶴見がバックに関して追究し続けてきた「中国とアメリカという二重の世界」を論じ、バック作品のおもしろさは「彼女の中にある中国とアメリカ、アジアと西欧とが、統一を求めながら二重うつしになっているところ。革命前夜の中国にあっては、開拓期のアメリカを理想化し、現代のアメリカにあっては革命前の中国を理想化しているという時代のずれを考慮にいれると、この二重うつしの映像は歴史的にも、おもしろい問題を含んでいる」と、鶴見独自のパール・バック論を貫いている(62)。

（5）ペンシルヴェニアの中島さん

バックの著作に「私の町にも、とても気持のいい日本人一家が住んでいる」として「若くて愛嬌《あいきょう》があり、知的な」中島氏の家族を次のように紹介している。中島氏は立派な学者だが、最近は美しい現代的な家具を作って生計を立てるようになり、作品は古い日本の家具が持つスッキリした線を備え、しかもアメリカ人の家庭向きに設計されている。妻との間に小さな娘が一人いて、人形のように可愛いので近隣の誰もが可愛がっている。最近、中島氏の父親が同居を始めたので、このアメリカの町で物腰の柔らかい立派な老人を見かけるようになった。近隣に住む住民は、日本人がどのような国民なのか知らないため、実に荒唐無稽《こうとうむけい》な話ばかり耳にしていたが、この楽しい家族を嫌うことは、どんなアメリカ人にも不可能であった。そして、この町全体の態度が、日本全体に対して変化しつつあるという。

バックが買い物に行く雑貨屋の店主が、中島氏の奥さんのことを「丁寧で、勘定はきちんと払うし、綺麗好きで、子供も可愛いし、本当にいい人だ」といい、バックが東洋から帰国したことを知っている店主が「あの人達は特別なのですか、日本にいる人達もみんな中島さんみたいですか？」と聞いてきたので、バックは数多い思い出から微笑み「中島さんは、特別ではありません。日本には、あのような人達が大勢いますよ」と、経験した通りの真実を答えたという。バックは、中島さんの評判を通して、次のように述べるのである。「この世界から憎悪を無くす最善の方法は、善良な中流階級の人々を、相互に他国に住まわせることだと私は信じる。我々人間は、基本的には、とてもよく似ているのだが、人間は、それを自分で発見しなくてはならないのである」。

3　日本における反響

日本におけるバック作品の出版第一作は『大地』であったが、売り出された一九三五年の時点では、バックの名前は日本人には未だ馴染みが無かった。物語は中国の農民が主に描かれ、それもアメリカ人女性が書いたという点においても、当初は違和感があったのではないだろうか。三一年の満州事変、三二年の傀儡政権・満州国の建国により、日本政府との間に何か差し支えがあったのかは不明であるが、日本で出版されるまで四年の月日が経っており、アメリカでの桁外れの評判が日本にも伝わり、急いで翻訳したような経緯が垣間見えるのである。当時の日本の新聞には、上海の書店でバックの作品を見かけた『大地』の翻訳者の新居格が、次のように様子を伝えている[63]。「上海の書店でパアル・バックの小説を探すと、実におびただしい数が店頭に飾られてあった。先年アメリカでベストセラーの第一位を占めた『大地』は勿論、『母』『第一婦人』『若き革命家』等が、目につくような場所に置かれてあった」。この記事こそ、バックの名前が日本ではじめて載った記念すべき第一号と思われる。上海には租界という外国人居留地があり、外国語書籍の需要が高かったわけであるが、新居が発した「実におびただしい数」

「アメリカでベストセラーを占めた」との文言や、聞いたことも無い作品名が並び、記事を目にした日本人は、何とも言いようの無い「遅れを取った気持ち」を抱いたのではないだろうか。新居が翻訳した『大地』は、この記事が出た翌三五年に日本で出され、上海の書店に積み上げられたバックの作品を、日本人もようやく読めるようになったのである。

バックに関する記事は、これ以来、現在に至るまで脈々と掲載が続き、二〇二二年十二月末の時点での大手新聞社三社の合計が五六八件で、最新の記事は二〇二一年末に出ており、バックが日本において話題性の高い人物であることが示されている。ここでは、日本で暮らす日本人の間で、バックに関して、どのような反響があったのかを記す。

（1）『大地』の作家

バックに関する第二番目と思われる記事は、バックの再婚劇を、まるで芸能週刊誌のように書いた一九三五年のものである。(64)「前夫との離婚訴訟に勝ったバックは、その二、三時間後に再婚相手との結婚式を挙げ、その式には、再婚相手の元妻がバックの親しい友人として列席した。二人の女性は同じ弁護士に離婚訴訟を依頼し、それぞれ同時に勝訴した」と書かれている。『大地』の読者にとって、この種の記事も興味深かったかもしれないが、当時、傀儡政権・満州国へ移住する日本人も出始めており、中国に対する関心の高まりから、中国のことを書く作家としてのバックに対する関心度も上がってきたのであろう。『大地』の発売から時間の経過と共に、小説に関しては谷崎潤一郎や室生犀星など、映画に関しては小林秀雄などの有名作家による評論が新聞に掲載されるようになった。(65)

それらは全国紙の記事で、当時は情報を手に入れる方法は新聞とラジオ以外には無かった時代であり、新聞が果たした役割から見ると、バックはこの頃から話題性が高い人物であったことがうかがえる。

アメリカでは三〇年に第一作の『東の風、西の風』が出され、年に一～二作がコンスタントに出版され、バックがアメリカに一時帰国した三三年に海外伝道師に関して物議をかもした一件により、社会運動家としての横顔ものぞかせており、作家と社会運動家というバックの二つの顔をアメリカ人は認識していたのである。一方、日本では、すでにアメリカで高い評価を受けた『大地』が最初に出版されたことにより、「パール・バックといえば『大地』」といった具合に『大地』の作家としての姿がすっかり定着しており、後に新聞や雑誌でバックの記事が掲載される際には「小説『大地』の作者として著名な女流作家パール・バックは、…」という書き出しをしばしば見かけるようになるのである。

（2）海の向こうから

日本ですっかり名前が定着したバックであったが、日中戦争が始まった直後から、バックの政治的な発言が、日本の新聞紙面に登場するようになる。それらはアメリカの雑誌「ライフ」やバックが公表した論文に基づいて書かれたもので、太平洋戦争勃発後は、スウェーデン、ポルトガル、アルゼンチンなどを経由して入ってきた通信社の記事を日本の新聞社が報じたものである。日本人に向けた発言ではないが、世論の代弁者としてのバックが日本でも注目されるようになってきた証である。記事のタイトルには「パール・バック　蔣介石を論難」「アジアに対するアメリカの無智　パール・バック外交政策を非難」「吸血の印支政策　パール・バック外交政策を論難」など、バックの名前が躍っている。また全ての記事でバックは、蔣介石、宋美齢、インドを植民地にしているイギリス、そして自国アメリカを批判しているのである。日本人記者が「パール・バックは、米英両国の対蔣（蔣介石）態度に関する最も痛烈なる非難者の一人であるという事実によって、ひとしお意義を増してくる」と、バックの批判発言を評価しているものもある。(66) しかし、その種のバックの記事は、四五年三月の東京大空襲を前にして忽然《こつぜん》と姿を消すのである。次に日本人がバックの名前を目にするのは終戦後となるが、太平洋戦争勃発の六年前に『大地』が日本で出版された大きな意味が見出される。日本人はその六年の間、誰の目もはばかることなく、アメリカ人バックが書いた小説を読むことができ、映画館で『大地』を観ることもできたのだ。日本人には「ノーベル文学賞」受賞作家として、また馴染みのあるアメリカ人作家としてバックのことを記憶する時間が与えられたのである。

（3）社会運動家の顔

終戦後、日本がGHQ占領下に入ってから、時間をおかずに日本の新聞にバックは現れるが、バックの作品が論じられたものでもなければ、終戦前に行ったような政治的な批判発言でもなかった。そこに現れたのは「日本の人々へ」と題するメッセージを発信し、アインシュタインと肩を並べて国連に対する提言を行う社会運動家のバックであり、もはや中国農民を描いた作家のイメージとは程遠い存在となっていたのである。(67) 当時多くの日本人は、バックのことを単に『大地』の作家として認識していたであろうし、米英の小説や映画から三年半以上も遠ざけられていたところに、いつの間にか民衆の代弁者としての地位を築いていたバックから、日本人に向けられたメッセージが飛び込んできて度肝を抜かれたのではないだろうか。

しかしバックは日本人にメッセージを送るだけではなかった。バックは、渡米した被爆女性のケロイド治療の支援、被爆地に残された孤児の救済、アメリカ兵との間に生まれた日本の混血児の救済、障がい児の親の救済などを行い、バックから影響を受けた日本人が、後に社会貢献に尽力した事例もあり、日本人に波及したバックの影響が見られるのである。バックが戦後に来日するのは一九六〇年なので、それまでに日本人が得たバックの情報に関しては、新聞と雑誌が大きな役割を果たすことになった。

①日本人へのメッセージ

当時の日本では、新聞社や雑誌社が、バックの知名度と発言力を頼りに、日本人に刺激的な記事を掲載しようと努めている姿勢が見える。

「日本への忠言　すべての人に与えよ責任ある『自由』力を持て善なる人々」

ニューヨーク特電（UP特約）**「毎日新聞」一九四五年十月二日**

戦後間もなくの、大都市が未だ焼け野原だった頃に、朝刊の第一面の中央に縦長の八段抜きで大きく掲載された記事である。「『日本の人々に』として通信社を介して寄せられた示唆多き一文である」との紹介文から始まり、バックは「言論の自由」と「正しい裁判」の必要性を訴え「日本の善なる人々よ、あなた方は安閑と身体を横たえて眠ることはできない。あなた方は一時間の休息さえとることはできない。何故なら、善なる人々は至る所であなた方の周到な関心、あなた方の決断が彼等のそれに加えられることを必要としているからだ」と述べた。

アメリカ批判に答える　日本の一女性へ四通の便り　「朝日新聞」一九四九年十一月十三日

紙面の半分を覆う記事。日本の一女性が日本在住のアメリカ人家庭を「物質的には恵まれているが、知的レベルが低い」と批評しアメリカに対する希望を書いた手紙がバックに送られた。バックはその手紙をルーズベルト元大統領夫人、上院議員の女性、雑誌編集者の女性に転送し意見を求めた。バックを含む四人全員からの回答が報じられた。

「アメリカの主婦は忙しく本を読む暇はない。子供達も知的生活をすることや読書の大切さは教えられておらず、これが我々の文化の真の欠如」

「人は同じ言語を話す相手を最も理解する。互いの理解を妨げるものは言語ではないか」

「真珠湾のことをアメリカ人は忘れていない。アメリカ人は戦争を起こした責任は日本人にあると思っている。その考えを消し去るには暫く時間がかかる」

「お互いの隔たりを埋める為に欲しいのは、善意と知性の橋である」

知的レベルの低さを日本人に指摘されたことに憤慨したのか、回答の一部に「真珠湾」が持ち出され少々的外れの感は否めない。しかし、バックが関わると、このように徹底した人選を行い、元大統領夫人からも回答を得るところに、バックの人脈の広さと知名度の高さがうかがえるのである。

戦争未亡人の手記『いとし子と耐えてゆかむ』「序文」の寄稿
林房雄「時評的書評─生きている犠牲者」「読売新聞」一九五二年三月三十一日

記事：手記『いとし子と耐えてゆかむ』は、戦争未亡人五十人の手記を収めたものである。私自身も自ら生きることにいそがしく、この犠牲者の存在を忘れていた。それを、この本は思い出させてくれた。もう思い出してもいい頃だ。生き残ったすべての日本人が思い出してもいい頃だ。パール・バックは「日本の戦争未亡人が、政府から何の援助もうけていないということをうかがって、全く驚き入りました」と言っているが、私も驚いた。政府が彼女等のために何の手もつくしていないということを知らなかった自分に驚いたのだ。

《バックの「序文」》
日本の戦争未亡人が、政府から何の援助も受けていないということをうかがって、全く驚き入りました。これは実に不都合なことだと存じます。戦争未亡人達はこれから先も生きて行かねばならないのですから、戦死された御本人達よりも、ずっと被害が大きいわけです。しかも、彼女達の失ったものは、すべてお国のためだったのですから、一般国民としても、彼女達の援護が行き届くように手をつくしてあげるのが本当でしょう。他の文明諸国では、戦争未亡人ができたのは国家の責任であるという考え方をしているのですから、このことをみんなに知らせて下さいませ。

バックの「序文」を取り付けたのは、出版社が依頼したアメリカ在住の日本人女性弁護士で、バックに対し日本の戦争未亡人問題について意見を求めたところ、返信を彼女に送ってきたのである。政府は同年四月一日に「援護法」を施行し、戦争未亡人に対する補償を開始したが、バックによる「序文」は多くの戦争未亡人を励まし、「援護法」に対する理解を日本人に促し、未亡人達は胸を張って遠慮なく援助を受けることができたのではないだろうか。「お国のため」に長らく忍従を強いられ、それを良しとして多くのことを犠牲にしてきたであろう当時の日本人は、「他の文明諸国では、戦争未亡人ができたのは国家の責任であるという考え方をしている」とのバックの発言に、目が覚めるような思いだったのではないだろうか。

自由を守る道　パール・バック女史メッセージ
善を信じ勇気をもて　無敵の精神で運命を打開　戦争は必要でも不可避でもない
「毎日新聞」一九五三年一月六日

私は日本の友人に今年はよいことが起こることを何よりも心から希望している。人間は自由でなくてはならない。生活の恵みはあらゆる人々の為である。戦争は必要でも不可避でもない。あらゆる個人の権利である健康と自由が失われてはならない。皆様の精神がそれらを堅持し続けていくよう私は願い、望み、そして祈っている。何物にもまして善を信じ善の為に働く勇気を持って。私は以上を日本の皆様と私達すべてに望む。

戦後十年の日本の青年へ　取戻してほしい「アジアの精神」　パール・バック女史の言葉

「毎日新聞」一九五五年八月十三日

終戦十年の記念日を前にして、記者がアメリカのバックの自宅でインタビューを行った。

・今の若い世代への世界観を

ここでみんなが人間に立ち帰る時がきている。人間本来の基礎に帰れというが、それは「正直」「親切」「正義」という三つの基礎。

・日本降伏の第一報の感想

私は日本降伏の知らせを聞く前にもっと恐ろしいニュースを聞いた。広島の原爆です。その衝撃があまり大き過ぎて私は終戦という現実を考える余裕もなかった。はずかしいやら、不幸やらで。

・世界の政治家たちの間で原水爆が大戦防止に役立つと考えている人が居る

私は全然違う。原水爆は人類への強迫です。強迫で平和をつかまえようとは何と悲しい考えでしょう。文化・教育という手段で勝ち取った平和でなければ本当の幸福はやってこない。

・日本の原爆実験禁止運動についての考えを

全く賛成です。その運動がもっと活発になれば良いと思います。

・もう一度中国へ帰ってみたいと考えるか

とても帰りたいですよ。でも今の中国には帰りたくない。

・中共はいやか
大きらいです。政治の形態が変わっても中国人はやっぱり中国人でしかない。
・最後にひとこと
もし私が今の若い日本人だったらやりたいことがある。それはアジアのスピリット（精神）を取り戻すということです。今の日本はスピリットを失っている。私は日本の若い世代にもう一度アジア・スピリットを取り戻せと叫びたい。そのスピリットは中共の共産主義に代るものであってほしい。私は中共の政治を憎むが中国人を愛している。

新春メッセージ「〈アメリカ〉女こそ平和の力　パール・バック」　「朝日新聞」一九五六年一月三日

記事：「平和への道は、まだ暗雲に閉ざされております。世界の男たちはなお武器を捨てようとはしません」「心の美しい女性は、アメリカの女であろうが、他のどこの国の女であろうが、基本的にはみな同じ心情を持っております。それは私どもの子供たちが平和に生活し、十分に成長のできる世界です」として、女性こそが平和の力となることを強調し「私が女同士としての大きな信頼をよせている日本の女性の皆様に、心からの新年のごあいさつを申し上げます」と結んでいる。

アメリカを代表する立場として「親愛なる日本の皆さまへ」から始まる長文のメッセージである。この新春メッセージに共鳴した西宮市連合婦人会が、バックに手紙を送ったことが次の通り報じられた。

「祈りの平和塔建てる―西宮の連合婦人会が返事　パール・バック女史へ」「朝日新聞」一九五六年二月二日

記事：兵庫県西宮市連合婦人会がパール・バックの新春メッセージによる呼びかけに深く共鳴し、理事会を開いてこのほど同女史に返信を送った。

あなたのお言葉のように、子どもたちが平和に、幸福に生きられぬ社会ほど、母にとっての不幸はありません。この不幸を二度とくり返さぬようにと祈りをこめて西宮の霊地・甲山に、母の手で平和記念塔を建設することになりました。母たちの持ち寄った祈りの寄金二百万円をもとに、今年の四月三日に完成するよう工事が進められています。このような日本の母の心が一人でも多くの世界の母たちに通じますよう、あなたのお力添えをお願いいたします。

バックからの返信

バックは自分に届く様々な手紙に丁寧に返信を書くのが習慣だったが、例にもれず、日本の婦人会にも心のこもった返信を寄せている。婦人会は、さぞかし喜びに沸いたであろう。

拝啓　桟敷《さじき》様　一月二十五日付のお手紙を大変ありがとうございます。大きな関心と共感の気持を持って拝読いたしました。いかなる国の母親も、日本の母親と同じ様に感じるものと私は確信しています。平和塔のことをお聞きできて嬉しいです。平和塔が完成しましたら写真をお送り下さいますように。それと同時に、私の方では、この塔のことを他の人に喜んでお話しいたします。敬具。一九五六年二月三日、パール・バック。

日本からの手紙の日付が一月二十五日と記されており、バックが早急に返信を書いたことが確認できる。この婦人会の凄さは、これで終わらせていないことである。バックからの直筆手紙をそのまま銅板に写し込んで平和塔の下部に設置したばかりではなく、そのメッセージを、除幕式の会場の上空からセスナ機で投下させたのである。小

セスナ機がパール・バックのメッセージを投下
（1956年4月11日）

平和塔
出典：「にしのみやデジタルアーカイブ」（西宮市）

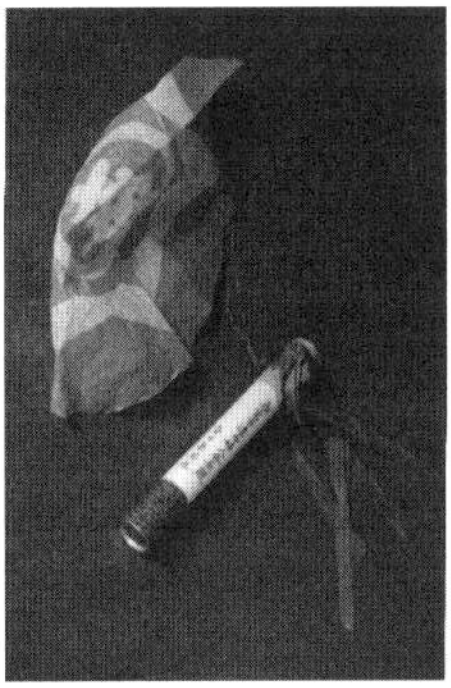

セスナ機が投下したパール・バックのメッセージ
郷古達也様提供

さなパラシュートが付いた筒にバックのメッセージが入れられ、新聞社のセスナ機が除幕式の時間に合わせて飛来して千五百人もの市民が集う甲山の山頂に投下し、会場は拍手が鳴りやまなかったという。その平和塔は、バックが想いを込めて書いた手紙と共に、現在でも甲山の頂上に佇《たたず》んでいるのである。

世界人と平和問答

パール・バック女史へ「戦争を憎む心を」澤田美喜夫人へ「世界は一家と考えて」

「読売新聞」一九六三年二月二十四日

バックと澤田美喜との書簡による問答が行われた。二人の書簡とバックが孤児達と共に過ごす写真が掲載され、記事は紙面をほぼ全面覆っている。

（澤田）あなたは、その半生を東洋で過ごし私達の気持をアメリカ人の誰よりもよく理解している。私達一人一人が真の平和を真剣に考えていながら、なぜそれが実現できないのか。私達は、母、また女性として、真剣に平和の問題に取り組みたい。そのために次の提案をする。

・一人でも多くの優れた国際人の輩出
・戦争を憎み平和を愛する心を人々に植え付けること
・世界の女性と手をつないで共に平和を守ること

貴方のご協力が私にも私の国の女性達にも必要です。

（バック）すべての国の人々が平和を望んでいることは真実だが、平和な精神の調和を覆し乱してしまう危険で落ち着きのない動静が世界中に存在している。その理由は、食物、健康、教育の機会に飢え、満たされない人々が多いからだ。次のことが必要。

・多くの国々の深刻な食糧不足に備えて合理的な分配機構を作る。
・もっと良い食糧が供給できれば、健康は改善されると信じるが、その前に、世界を一つの共同体として考えてみること。病気は一国だけで流行するものではなく、世界のすべての国々の人の生命を危険にさらす。国連の保健機関が充分な援助と、世界を共同体として考える訓練を受けた医者の努力によって、より一層強化されるだろうし、またそうならなくてはいけない。
・子供達への教育内容について、あらゆる国の教師が会合を持つこと。道徳と倫理の基盤が同じになることが望ましい。
・すべての人々が生計の手段を得ること。そのために、より多くの仕事口を提供する大規模な産業を導入し発展させること。
・女性は、もっと視野を広げて世界を自分たちの家庭だと考えること。
・相互の理解を育てるため、もっと市民の交流をはかること。

混血孤児という澤田とバックの共通の話題を大きく越えて、世界を視野に入れた対談となっており、現在でも続く世界的な課題が含まれていることに注目したい。

② 被爆者に対する支援

バックの自伝にもコンの伝記にも、被爆者支援活動について多くは記されていないが、バックは、若手の素晴らしい人物を活動に呼び込み大きな貢献をして、募金活動や、治療のために渡米してきた被爆女性に対する支援を率先して行う一方、バックが選んだその有能な人物が実力を発揮し、迅速に支援活動を進めたのである。アメリカの善良な人々から支援を受けた日本側には、そのような経緯が記述された資料が残されており、バックの名前は頻繁に登場する。ここでは、バックが被爆者の支援に関わることになった背景と、実際にバックが行った支援活動について記す。GHQの情報統制により、日本人に知らされていなかったことが多く、改めてGHQから独立するまでの七年間の日々の弊害を認識させられるのである。

・人から人へ

バックが持つ広い人脈が被爆者支援に功を奏している。ジョン・ハーシー、松本亨、谷本清、バックが推薦したノーマン・カズンズへと、矢継ぎ早に人から人へと被爆者支援の手が打たれて行くのである。

ジョン・ハーシーの来日と『ヒロシマ』

アメリカの新進気鋭のライターとして注目されていたハーシーは、一九四六年五月に広島で三週間にわたり取材を行った。その取材を通して、被爆者で流川教会牧師であった谷本と出会う(68)。これが、谷本が後に「ヒロシマのタニモト」と呼ばれる運命的な出会いとなる。二年後の四八年に渡米した谷本がバックと出会い、それから大きく被爆者支援の活動が動き出すのである。

ハーシーによる取材ルポ「ヒロシマ」が四六年八月三十一日発行のアメリカの週刊誌「ニューヨーカー」に掲載されるや、ニューヨークのニュース・スタンドは一日で三十万部を完売し、各地の大新聞は連日「ヒロシマ」を連載した。「ニューヨーカー」は、知識階層を対象にした週刊誌で、多くの短編を載せていたが、ハーシーの取材ルポだけで一冊を占めるという出来事は、アメリカの雑誌始まって以来のことといわれている。当初は数週間を費やす連載にする予定だったが、当局からの発刊禁止要請を恐れ、全編を一挙に掲載する決断がなされ、限られたスタッフだけで秘密裏に編集作業が行われたのである。その後、アメリカの百以上の新聞に「ヒロシマ」は掲載され、さらに劇化も実現して、連日全国の放送局から流された。またカナダ、イギリス、南米諸国、欧州各国向けに十数ヵ国語に翻訳されている。被爆後の広島で、谷本はアメリカの記者達から何回か取材を受けたが、その後、彼等からは何の音沙汰も無かったのであり、ハーシーの取材力と行動力は、高く評価されて然るべきである。このルポ「ヒロシマ」は、被爆しながらも生き残った谷本を含む各方面を代表する男女六人の四五年八月六日朝八時十五分の直前の、それぞれの日常生活と、原爆投下後の惨状を克明に記しており、アメリカで四六年に単行本として刊行された[69]。その後、八五年四月にハーシーは再度広島を訪れ、六人のその後の人生を取材して『ヒロシマ　増補版』が出版された。この増補版には谷本の家族がバックのゲストハウスで素晴らしいひと夏を過ごしたことが記されている。

谷本牧師の渡米とノーマン・カズンズ

原爆によって破壊された流川教会を再建するために、谷本は一九四八年十月に渡米し、広島の惨状を訴える講演を全米で行い、会場になった教会で寄付を募った。しかし、平和活動に人生を捧げることを誓った谷本は、自身の教会の再建だけでなく「ある構想」を描いていた。それは、被爆者の共有する記憶が世界平和のための強い力となり、二度と原子兵器の使われない世界を築くための国際研究へと結実するような「ピース・センター」を広島に設置するというものである。谷本はその構想の概要を記したメモをアメリカ滞在中に起草し、各方面の有力者に送る活動をしたが、ある日、ニューヨークでバックにそのメモを渡す機会に恵まれることになる。(70) その橋渡しをしたのが、バックが可愛がっていた松本亨である。翌年、松本は日本に永住する目的で帰国するので、谷本がその前年に渡米したことは幸運であったといえる。松本は、「ジョン・デイ社」に谷本を連れていき、バックに引き合わせた。早速、谷本が構想メモを渡すと、バックはその構想に感銘を受け「自分は年を取っており忙し過ぎる。でも、うってつけかもしれない人物を知っている」と述べ、谷本の長女の近藤の証言によると、バックはその時、若手を投入することに重きを置いていたとのことで、谷本にカズンズを紹介したのである。また、その時にバックは谷本に重要なことを伝えている。「すべての被爆者が救済されるべきです。しかし、戦争の犠牲になった子供達のことを救ってください」と述べたのである。この言葉が背中を押すかのように、谷本は「精神養子縁組」を考え付き、発案者となった。それからの被爆者支援活動は、急速に進んでいく。カズンズが編集長だった「サタデー・レビュー」誌に四九年三月五日付で「広島の構想」という記事を掲載し、同月二十三日には「第一回　ヒロシマ・ピース・センター協力会組織委員会」をニューヨークで開いた。出席者は、バック、ハーシー、カズンズ、スタンレー・ハイ（「リーダーズ・ダイジェスト」編集長）、ハリー・カン（「ニューズウィーク」編集長）等のそうそうたる顔ぶれであった。そのわずか一ヵ月後にハーシーとカズンズの両氏から「広島の生存者十万名の署名と共に平和請願書をトルーマン大統領に提出しよう」との構想も提案された。(71) また、カズンズは、アメリカ人から寄せられた資金の受け皿とするため、ニューヨークに「ヒロシマ・ピース・センター基金」を立ち上げた後、広島にセンターを創設し、谷本の教会がその拠点となった。

カズンズは、四九年八月に広島を訪問し「ヒロシマ・ピース・センター」の第一予定地の広島城跡の定礎式に臨んだ。[72] この訪問の際に原爆孤児が収容されている施設を訪れ、孤児たちが置かれている劣悪な環境に衝撃を受け、アメリカ帰国後直ぐに「サタデー・レビュー」誌に「四年後のヒロシマ」と題するルポを発表して、谷本が発案した「精神養子縁組」を提唱した。そのルポは大変な反響を呼び、里親になることを希望する多くのアメリカ人達からの送金額は二千万円に達した。谷本が帰国した五〇年一月から里親との縁組が始まり、その年の内に二百三十三人の「精神養子縁組」が成立し、孤児達が成長するまでの十年にわたって、延べ四百人の子どもたちに物心両面の支援活動が続けられた。[73]

谷本の死後、カズンズは谷本の長女紘子に「あなたのお父さんに出会わなかったら、私はヒロシマのためにこんなに多くの仕事はできなかっただろう」と述べたが、谷本にカズンズを紹介したのがバックであったことを記憶に留めたい。バックは紘子の人生にも大きな影響を与えており、詳しくは後で記す。なお「ヒロシマ・ピース・センター」は、公益財団法人として存続し、平和活動に貢献した個人や団体に「谷本清平和賞」を毎年授与している。この賞は、谷本の功績を称えて谷本逝去の翌年、八七年に創設されたものである。

・パール・バックが関わった支援活動

バックはカズンズらの活動に積極的に協力しており、その模様が日本の新聞紙上にたびたび登場している。ここでは、新聞記事に基づき、バックが関わった支援活動を記す。

アメリカの「ピース・センター組織委員会」パール・バックが委員に就任
「ノーモア・ヒロシマズ　日米合作で平和映画」「読売新聞」一九四九年八月七日

記事：六日に平和祭を行ったヒロシマへの関心は「ノーモア・ヒロシマズ」を合言葉に極めて強く、アメリカのユネスコ大会でも、さる三月「広島」を議題に取り上げ「ピース・センター組織委員会」を作った。同委員会は国際的にも拡がる気運にあるが、委員には前駐日大使グルー氏、パール・バック女史、『ヒロシマ』の著者ジョン・ハーシー氏らが名を連ねている。

この記事では、映画会社「大映」の社長が渡米してアメリカのプロデューサーと会見することをはじめとして、社長が「映画各社が利害を超越して協力、実現させるべき。利益金は平和運動に投じるべき」と述べたことを報じている。「ピース・センター組織委員会」は、バックが居なければ、設立することは不可能であったと、谷本の長女の紘子は述べており、設立前からの活躍ぶりがうかがえる。また、ユネスコの議題に広島が取り上げられたことは、被爆者支援運動の追い風になったに違いない。同記事には、日米で盛り上がった気運に打たれた「大映」から、日米共同の平和映画製作を計画したいとの申し出があった旨が記されているが、ＧＨＱ占領下にあった日本で、広島を舞台とした平和映画の製作、それも日米合作による制作は、実際には困難であったであろう。この日米合作映画の話題は後に途切れている。ハーシーは、ＧＨＱによる情報統制について次のように報告している。

占領軍最高司令官ダグラス・マッカーサー元帥はプレス・コード（占領政策批判の取締りを目的とした、新聞・出版の規制要綱《ようこう》）およびその他の措置によって、広島・長崎における原爆投下の影響に関する、いかなる報告の流布も情報宣伝活動――平和の希求につながるものも含む――も厳しく禁止していた。

養子のアメリカ人里親探しに奔走　「読売新聞」一九五〇年一月六日

記事：谷本清 牧師が招かれたアメリカから帰国した。お土産話にいわく「ヒロシマの孤児たちをアメリカに引取り養子にしようとハーシー氏やパール・バック女史らが懸命の努力をしてくれている。大きくなったら大学へも通わせ米市民権も与えようという。既に百五十家族から是非里親になりたいとの申し出があった」と、谷本牧師は涙ぐみながら微笑んだ。

谷本の第一回の渡米は、十五ヵ月間で三十一州、二百五十六都市を回り、講演回数は五百八十二回、聴衆は十六万人に及んだ。この記事は、帰国した谷本を横浜港で取材したものであるが「アメリカに引取り」という書き方は誤りであることを指摘しなくてはならない。正しくは「ヒロシマの孤児たちを精神養子にしようと…」となる。谷本が「精神養子」「道徳養子」「道徳的里親」と述べても、取材に当たった日本の記者には馴染みのない語句であったために誤解が生じたのであろう。そもそも当時は、アメリカの「排日移民法」により、日本人がアメリカへ移住することは、ほぼ不可能だったのである。

原爆による後遺症・ケロイドの治療支援　パール・バックと真杉静枝　電話対談「救え広島原爆障害者　あれから七周年」「読売新聞」一九五二年八月四日

記事：ジャーナリストの真杉静枝が原爆被害を綴った公開状をパール・バック女史あてに送ったところ、バックは、折りかえし電報でメッセージを寄せ、国際電話を通じて「若い日の情熱を再び呼びもどし、全力をつくして原爆障害者を救いましょう」と、弾んだ声で協力の誓いを電波に乗せて来た。

八段抜きの紙面のおよそ半分を覆う記事で、真杉静枝とバックによる国際電話の対談を掲載したものである。二人の対談の中には重要なテーマがいくつか挙げられている。先述の「原爆孤児に対する精神養子縁組」と「原爆によるケロイドを負った女性達の支援」である。この電話対談で、バックが「精神養子縁組」について「縁組ができたのが四百何十組にしか達しておらず、全体の孤児の一割にも達していない。心ではもっと努力したいと思っていますが、あまり成果が上がらなくてかえって恥ずかしいと思っている」と、アメリカにおける懸命な活動と真心が伝えられている。ケロイドを負った女性達の支援についても、七年という月日が経ち、日本人でさえ気がつかずにいたことを真杉が説明し「裏返ったまま塞がらない両眼や閉じられない唇、五指が一つに固められてしまった両手などの痛ましい傷害」を伝え、バックから「その娘さん達の傷の様子をどうぞ急いでもっと詳しく知らせて下さい」と、折り返しの返答を促している。

注目したい点は、真杉の対談相手としてバックが選ばれていることである。知名度、人脈、発言力が当時の日本大衆の間で認められていた証である。また、本対談が行われた一九五二年の四月に日本がGHQ占領下から独立したことも、記事掲載の大きな要因であったであろう。この記事に至る背景には、真杉がその前の年に行ったジャーナリストとしての行動があった。真杉は、五一年に広島を訪問し谷本と会っている。谷本はすでに「原爆被災者自力更生会」を発足させ、原爆によるケロイド治療支援運動を開始していたが、真杉は、ケロイドの後遺症を負った女性達の姿を目の当たりにし、谷本からの訴えに応じ、早速、読売新聞紙上で彼女達のために募金活動を開始したのである。芸能人も協力し、三船敏郎、長谷川一夫、音羽信子といった当時の日本のトップスターが銀座のデパートでサイン会を行って、サイン入りブロマイドの収益金を全て寄付してくれたこともあり、募金運動は日本全国に広がっていったのである。

「原爆犠牲者救済に全力を　パール・バック女史からメッセージ」「読売新聞」一九五二年八月五日

記事：前日に続き、バックがメッセージを送った。
「真杉さま、長い感動的なお便り大変ありがとうございました。何度もなんどもお読みして全くそちらのご様子に胸つぶれる思いです。あなたのお手紙は、すぐに沢山印刷してアメリカの主要な人々に配布しました。きっとアメリカ人はこれから不幸な少女達やその他の犠牲者達に何かせずにはいられないと思います。アメリカ国民は事態が全く納得できないでいるのです。もし知りさえすれば元来とても親切で思いやりのある国民ですから、きっと応えて立つと思います。私は人々の関心をあなたの手紙に引きつけるよう全力を尽したいと思います。パール・バック」

真杉と新聞社が企画した募金運動は、後に日本の被爆者支援への大きな転機となった。真杉は、翌年に渡米して現地から次のように報告している。

「原爆乙女に愛の手―アメリカに留学　パール・バック女史らが運動」「読売新聞」一九五三年十二月十三日

記事：「原爆乙女」をアメリカの学校に招いて、一人立ち出来るような教育を身に付けさせるというプランがパール・バック女史たちの愛の手によって具体化している。

真杉は、バックの夫ウォルシュがニューヨークで営む出版社「ジョン・デイ社」において、「ヒロシマ・ピース・センター・ニューヨーク協力会」のメンバーと共に被爆女性達の救済方法を真剣に語り合い、質問されるままに、栄養、美容、保母、デザイナー、社会事業などの分野の学校を提案したという。その会合のメンバーは、バック、ハーシー、カズンズ、前年に来日したマーヴィン・グリーン博士だった。本件は、猛スピードで具体化され、そのメンバーが、とりあえず自分達がお金を出し合い「ヒロシマ・ピース・センター」の谷本牧師に送金することになり、送金方法について国務省との交渉も終わり、後は、谷本牧師による人選により、女性達の日本からの出国手続きを残すだけとなった。このプランに対しバックは「一人でも、必ずやれる限りやってみます」と、力強く明るい見通しを語っていたと、真杉は報告している。

真杉の報告から約一年半後となる一九五五年五月に、二十五名の被爆女性達はアメリカ空軍機に乗ってアメリカの土を踏むことになった。いくつかの病院に分散して手術と治療を受け、入院中はアメリカ人と彼女達との交流プログラムが用意されたという。カズンズは『世界市民の対話』で、次のように語った。「どの町でも彼女達は町の人々に愛されていた」「アメリカの家庭にホームステイし、英語を熱心に学び、すすんで人々と交流の輪を広げた」。また、治療期間中に被爆女性達がそれぞれ精進した証として「看護助手の特別コースを修了した人」の事例を挙げ、「彼女たちは立派に親善交流の役割も果たしたのではないかと思う」と述べている。

この話題には、次のような後日談がある。

ケロイド治療を受けたアメリカ在住被爆女性が平和記念式典へ

「『あの日』次世代に　米で治療受けた『原爆乙女』新たな誓い」「大島新聞」二〇〇三年八月七日

記事：二〇〇三年八月六日の原爆の日、平和記念式典の会場には米国で原爆のケロイド治療を受けた「原爆乙女」もいた。米カリフォルニア州在住の笹森恵子（しげこ）さん（七二）だ。「シゲコ、人間の魂はみな同じ、いつも明るい気持ちで生きていきなさい」とのカズンズ氏の言葉がアメリカの看護学校への留学を決意させた。今月二日、平和記念公園の一角にカズンズ氏の記念碑が建立されたのを機に、氏の長女と四女が来日した。笹森さんはこの日、改めて誓った。「再びあの惨禍を繰り返さないように」。

碑文

世界平和は努力しなければ達成できるものではない

目標を明確に定め責任ある行動をとることこそ人類に課せられた責務である

ノーマン・カズンズ

（筆者撮影）

この記事からは、バックをはじめとする「愛の手」によって、笹森さんの看護学校への留学が実現し、その後もアメリカで暮らしている様子がうかがえ、バックらの支援活動が、被爆者の人生に大きな影響を与えたことが分かる。[74] アメリカ側の主治医の一人もカズンズの友人であり、その医師の尽力でニューヨークのマウント・サイナイ病院での手術が可能になったのである。六四年に広島市特別名誉市民となったカズンズは「この名誉は私とともに広島のために尽くした大勢の人達に贈られたもので、私ひとりのものではありません。これからも、もっともっと平和のために尽くし、広島の良き市民になりたいと思います」と述べたという。[75] カズンズは平和記念公園の一角から、静かに広島の街を見守っているのである。

「原水爆禁止」に対する訴えに署名と協力　「読売新聞」一九五四年四月十九日、七月十五日

婦人団体による原子兵器禁止運動の要望書や、原水爆禁止を訴える署名簿などの日本からの送付先には、必ずと言って良いほどバックの名前が入っており、アインシュタイン、シュヴァイツアー博士、トーマス・マンらと名を連ねている。この記事では、訴えを呼び掛ける団体と、それに呼応する多くの組織が全国バラバラに存在していたため、全国協議会への組織の一本化と、八月六日の原爆記念日に結成式を行うべく、それに向けた準備委員会の開催が報じられている。発起人は大学総長、元首相、国会議員、宗教家の名前が並び、各婦人団体、文化団体、宗教団体、労働組合の幹部約二百人を世話人として、各階層を網羅し、一切の政治色を排し展開するという。

ビキニ環礁の「死の灰」をきっかけとして、原水爆禁止運動が全国規模の運動となっている様子が伝えられている。

「原子力時代と文明」—繰返すな死の灰の悲劇　パール・バック女史

（アーノルド・トインビーと共に投稿）「毎日新聞」一九五五年一月五日

記事：新しい年を迎えて再び親愛の情を込めてご挨拶する機会がやって参りました。私は、米国の爆弾の放射能灰で亡くなった善良な日本人については最も悲しみ、将来も悲しみ続けるでしょう。私は、その人とその人の家族、同じ被害を受けた同僚の漁夫、その家族のことを思っております。各国の善良で寛容な人たちは、他の国の心を同じくする兄弟や姉妹を捜し求め、すべての人の利益のために力を合わせねばなりません。

こうしてこそ、はじめて善がこの世界を覆うようになるでしょう。私は、善意の人々の人間性と信念に対する新たな希望をもって皆さんに挨拶を送ります。

前年三月に行われたビキニ環礁水爆実験によって「第五福竜丸」の乗組員が致死量に近い放射能を浴び、帰国後に乗組員の一人が死亡した事故に対する追悼の意が込められたメッセージである。五八年に発刊された小説『福竜丸』にバックが寄せた「はしがき」でも、その乗組員が工場や研究所などで起こる事故の犠牲者とは異なる無辜《むこ》の民であったことを強調し、被爆したすべての乗組員と家族に対する同情の言葉を寄せている。そして「びょうびょうとした大洋の船影ひとつない海洋で小さな船を巧みに操っていた、この少数の人々の物語はギリシア悲劇にも似た大きさと力を持っている」と述べている。

「原爆孤児の成人ホーム　カズンンズ氏　三万ドルの募金計画」「読売新聞」一九五五年四月十四日

記事：来日中のノーマン・カズンンズ氏は「原爆孤児の成人ホーム」を広島市につくる計画を明らかにし、パール・バック女史らの賛成を得て全米で募金運動を行うこととなった。戦後十年を経た今年から満十八歳までの児童福祉法の適用が切れ、いきなり世間の荒波に投げ出されることを知った同氏は、ホーム建設を谷本牧師に申し入れた。募金の目標額は三万ドル（約一千万円）で、敷地は広島市で斡旋し、施設の運営はピース・センターが行うことに決まった。

バックの名前は、あくまでも賛同者として書かれているが、募金活動となればバックの広い人脈と知名度は功を奏するのである。

平和対談

「平和について　パール・バック女史　ユンク氏　対談」「朝日新聞」一九六〇年五月二十六日

記事：パリの頂上会談が失敗に終わり多くの人が失望している時、平和を愛する二人のアメリカ人が、たまたま前後して日本にやってきた。ひとりは小説『大地』の作家パール・バック女史、もうひとりは原子物理学者の悲劇を描いた『千の太陽よりも明るく』の著者ロベルト・ユンク氏である。暗い世界情勢をどのようにして切り抜けることができるか、われわれは何をすべきか――この問題をめぐって二十五日夜、ふたりにいろいろと話し合ってもらった。

この記事は八段抜きで半面を覆う大きな記事となっており、二人が東京の帝国ホテルで対談している大きな写真も載っている。対談は、記者のインタビューに二人が交互に答える形式で行われた。アメリカの一般の人には原爆に関する知識や情報が届いていないという厳しい現実が二人から伝えられ、今後の世界平和を守るために「若い世代に期待をしたい」「相互理解が重要である」との意見が出された。またバックから「私にとって不思議なのは、なぜ男は戦争を始めるのかということです。女は決して殺し合いなんかしません。それには生物学的な原因という問題がとことんまで科学的に追及されるべきだと思います」との発言があり、対談の最後に「原爆の洗礼を受けた日本人達へ」と題する次のメッセージをバックが残した。
「日本の人たちが原爆の悲劇を平和に対する新しい哲学、強い願いに変え、この十五年間、世界中に訴えて来ました。原爆の悲劇を訴える日本の声を誰も忘れはしないでしょう。そして、その声が世界の歴史に大きな影響を与えてゆくことを私は信じています」。

原水爆禁止の訴えに署名（広島発）「**核実験停止の訴え**」「**読売新聞**」**一九五八年十月三十一日**

記事：アメリカの適性原子政策全国委員会のノーマン・カズンズ氏から、このほど広島市長渡辺忠雄氏に電報が届き「三十一日からジュネーブで開かれる核実験停止協定に関する米英ソ三国会議代表に十三ヵ国の著名人三十二人が署名した原水爆禁止の訴えを送る」ことに、承諾を求めて来た。三十二人の中には、作家のパール・バック女史等、日本からは世界連邦支持者の賀川幸彦氏と渡辺広島市長が参加を求められている。

バックが谷本牧師に紹介したカズンズは、十年後には、アメリカの適性原子政策全国委員会でも臨時議長として活躍し、米英ソの代表を相手にジュネーブで核実験停止の訴えを行っており、カズンズの活動が広範な平和運動へと発展している様子が見られる。バックが戯曲『ある砂漠の出来事』を制作し、小説『神の火を制御せよ』を出版したのは、この翌年五九年である。

③ 混血孤児の救済

敗戦から未だ一年も経っていなかった日本に、あるニュースがラジオで流れた。それは、一九四六年六月末の「戦後の日米混血児第一号の誕生」であった。この「日米混血児」とは、父親がアメリカ人であることを意味する。全国に配置されたスタッフが六千人を超えるＧＨＱが日本に上陸したのは、四五年九月十五日のことで、ラジオのニュースは、それから丁度九ヵ月後となる。第二次世界大戦後の世界の混血孤児の数は四十万人と言われている。アメリカが占領したイタリアでは約二万五千人、アメリカ・イギリス・フランスが占領した当時の西ドイツでは約九万四千人、日本が占領した東南アジアや南太平洋諸島には約七万五千人の混血児が居た。五三年の統計では、日本の混血児の総数は三千四百九十人だった[76]。ラジオで流れたニュースは序章に過ぎず、生まれて間もない混血児が日本各地に置き去りにされ、遺体が遺棄されるという痛ましい事件が相次ぎ、大きな社会問題へと発展したのである。この深刻な問題を更に悪化させたのは、アメリカ側の「排日移民法」と南部で施行されていた「異人種間の結婚禁止」、また父親として孤児の親権を申請すると、その時から毎月日本円で八万円の扶助料の支払いの義務が課せられる法律などである[77]。それらの法律に関わりたくないアメリカ人達は、逃げるようにして混血児とその母親を日本に残して本国へ帰国してしまう。それでも、四七年に米軍人の日本人妻と子供が移民できるようになったが、そのアメリカ人男性の親族が日本人女性と日本人の血が入った混血児を拒絶する例が多かったのである[78]。

混血児に関する日本の記事にバックの名前がはじめて登場したのは、ＧＨＱの占領から日本が独立した直後の五二年である。ここから、バックと日本の混血孤児との関わりが始まるのである。

公開状「パール・バック女史へ　混血児を幸福な道へ」「婦人公論」一九五二年五月号

記事：作家の野上彌生子がバックに送った書簡である。

「戦後に日本で生まれた二十万人もの混血児達の中の六歳児が小学校に入る年齢になった。混血児の中でも特に黒人の子どもは、アメリカ本土であれば立派な市民として育つことができるが、日本ではそうは行かない。アメリカ本土に日本で生まれた混血児を引き取るべきではないか」。

公開状の送付先としてバックが選ばれている点に注目したい。また出版社が入念に準備して日本が四月二十八日にＧＨＱの占領から独立するまで首を長くして待っていたことも垣間見える。ＧＨＱにとって日米混血児問題は余程都合が悪い案件であったことが明らかである。バックは次のような返信を寄せた。

「手と手をつないで混血児の幸福を」パール・バックより　「婦人公論」一九五二年七月号

記事：「野上彌生子様。私は、あなたのご意見に全く同感です。日本で生まれた混血児達は、アメリカのものであり、当然アメリカへ連れてくるべきであると信じます。アメリカでは、ありとあらゆる種類の混血が見られているので、日本の混血児を容易く受け入れて同化できる。また、混血児はたいていの場合、優秀な子どもで可愛くて利口なので、どんな国にとっても宝となる。しかし、現行の移民法では不可能なので、日米両国が法律を議会に提出し通過させるよう努力しなければなりません。私にできることでしたら、どんなことでもする決意です」。

やはり法律が立ちはだかっているのが明白である。バックはすでに「ウェルカム・ハウス」を運営しており、法律の壁を誰よりも実感していたに違いない。バックからの「現行の移民法では不可能なので、日米両国が法律を議会に提出し通過させるよう努力しなければ」との言葉に、日本人の誰が実際に行動を起こすことができたであろうか。先述の「援護法」が五二年四月に施行され、戦争未亡人に遅ればせながらの援助が始まったばかりである。その後、新聞では、バックの「ウェルカム・ハウス」の活動が伝えられ、バックが養子縁組の仲介でアメリカに出発する混血児のことや、バック自身が日本から黒人の混血児を養子として引き取ったことなどが報じられたが、「パール・バック財団」関連の記事が紙面をにぎわすようになる六六年までは、バックと日本の混血児との関りは報じられていない。

しかし、一人の勇敢な日本人女性の戦いは、その間も淡々と続いていた。日本の混血孤児の現状をアメリカ人に伝え、自らが設立した混血孤児施設の資金集めと法律改正の訴えを目的に、一人で何度もアメリカに行ったのが澤田美喜である。

・**澤田美喜とパール・バックとの友情**

澤田は日本の混血孤児の窮状に胸を痛め、私財を抛って一九四八年に混血孤児救済施設「エリザベス・サンダース・ホーム」を神奈川県大磯に設立し(79)、五二年を第一回として毎年のように北米を縦横無尽に講演して周ったのである(80)。講演旅行は毎回三ヵ月を費やし、北米から欧州や南米にまで足を延ばすこともあった。第一回の五二年にバックと出会い、偶然一年違いで孤児のための施設の創立者となった二人は、その後も親友として交友を温めた。澤田が幼少期から英会話を身につける家庭環境で育ち、結婚後も外交官夫人として五ヵ国十二年間の海外生活を経験したことにより、多くの人脈が築かれており、北米での講演を全て英語で行い、英文の手紙も短時間に読み書きができる能力を備えていた。そのリテラシーの高さと持ち前の行動力がバックとの距離を近付けたのである。(81) 二人の施設は孤児を収容するという同じ発想で設立されたが、バックは孤児をアメリカ人の里親に斡旋し養子縁組することを目的とし、澤田は日本で役に立つ日本人として混血孤児を育成することを第一の目的とし、養子縁組は次善の策としていた。(82)

東海道線・大磯駅の改札口正面にある「エリザベス・サンダース・ホーム」の正門を入ると、右手奥にトンネルがあり、ほとんどの施設はトンネルを抜けた広大な敷地に建てられている。このトンネルには幾多のドラマがある。

「エリザベス・サンダース・ホーム」の子供達と　撮影：影山光洋（1960年）

汽車を見たい！　トンネルを抜けて朝のお散歩　撮影：影山光洋（1951年）

ウォルシュを失った悲しみを胸にバックも歩いたトンネル　撮影：筆者（2019年）

澤田のもとに子供を預けにくる全ての母親が必ず通るトンネルである。また雪が舞う日に夏の衣服を着た二人の小さな姉妹にコッペパンを一つずつ持たせて「トンネルの向こうに眼鏡をかけたおばあちゃんが居るから、そこまで行きなさい」とトンネルの入り口で言い残して去っていった母親もいた。当時、ライトが設置されていなかったトンネルの中は真っ暗で、怖くなった二人がトンネルの中で泣いていたところを澤田に保護されたのである。このようなことは日常茶飯事であり、澤田は毎日トンネルなど敷地内を確認して歩いていた。

また澤田は、孤児たちの成長に合わせて敷地内に小中学校「聖ステパノ学園」も設立した。(83)理由は、公立小中学校における混血孤児に対する差別であった。ＰＴＡまでが自分の子供を混血児と同じ教室で授業を受けさせたくないと言い出したのである。また、高校卒業後の職業の場としてブラジルに「聖ステパノ農園」を作り、そこへ卒業生を送り込む事業も行った。(84)その発想は、小中学校設立と同じく「混血孤児が日本で肩身の狭い思いをして暮らすよりも、沢山の人種の人々が暮らすブラジルの方が、子供達がのびのび過ごせるのではないか」というものである。当時の日本が混血孤児にとって、いかに生きにくい国であったかが垣間見える。農園の建設資金は澤田がアメリカを飛び回って集め、中でも大口の募金は「パール・バック財団」からの五万ドル（当時の換算で千八百万円）であった。

五六年の新聞には、澤田の施設の七歳の男の子と十歳の女の子の二人の混血孤児がアメリカに出発する様子が報じられているが、その内の一人は、バックの紹介で養子縁組が成立したのだ。(85)バックも自らの養子として黒人の混血孤児「ちえ子」を五八年に引き取っている。選んだ理由は、澤田から黒人の混血児の引き取り手が少ないことを聞いたからである。澤田は五百六十人の混血孤児を含む二千人近い孤児を預かり、その半数をアメリカに養子として送り出している。バックは、六〇年に、映画『大津波』の撮影のために来日したが、七年間床《とこ》に臥《ふ》せっていたウォルシュの訃報が入り、東京で行っていた撮影の打合せを中断して急遽アメリカに帰国することになった。その訃報を知った人々が弔意を伝えに来ることを避けるために、バックは羽田から飛び立つまでの時間を澤田の自宅で過ごした。夫の死に対して、こらえていた悲しみが溢れ出た時も、澤田は静かにバックの傍らに座り黙して見守ったという。その日、はじめて「エリザベス・サンダース・ホーム」を訪れたバックは、孤児たちと触れ合う時間を持った。その後「パール・バック財団」から「聖ステパノ学園」に毎月四十万円が送金され、それとは別に送られた育英資金により四人の卒業生がアメリカへ留学することができた。

澤田とバックの友情は韓国でも深められることになる。韓国の出版社の記念事業に招待され、二人は一緒に韓国へ渡ることになったのである。これは、バックがウォルシュの葬儀を終えて再来日して行われた映画の撮影が終わった秋のことである。この訪韓については、澤田の書籍の「年譜」に一行記されているのみだが、韓国の雑誌には次の記事が掲載されている。

「親和」八十四号「パール・バック韓国訪問」　韓国親和会一九六〇年十月号

記事：韓国の女性月刊誌「女苑」の出版社である女苑社が創刊五周年記念事業として、澤田美喜さん、パール・バックさんを韓国へ招待することになった。本誌の鎌田信子が同行し、秋色濃いソウルを視察する。ノースウェスト機で出発し十日間滞在する予定。女苑社東京支局長の文明子氏の永年の友情が実を結んだ。

おそらく、これがバックにとってはじめての韓国訪問ではないだろうか。この訪韓から七年の間に、バックは韓国と密接な関わりを持つことになる。六三年に小説『生きる葦』で朝鮮の独立運動を描き、六五年に「パール・バック財団」のアジア初の支部を韓国に設置し、六七年に混血児教育センター「オポチュニティー・センター」と、母親達の「授産所」をソウル近郊に建設するのである。

澤田は「私は、この仕事を通じて、パール・バックを親友に持つことができたことは、このうえもないしあわせなことでした」と述べている。バックは、六六年にも再び「エリザベス・サンダース・ホーム」を訪れている。

・「パール・バック財団」による支援

一九六四年に設立された「パール・バック財団」は本部をアメリカに置き、六五年に韓国、六七年に台湾と返還前の沖縄、六八年にフィリピンとタイ、七〇年にベトナムに支部を設立した。日本では「聖ステパノ学園」の卒業生に育英資金が送られ、学園に対しても毎月約四十万円が送金されていた事例が確認されているが、その他にどのような支援が行われたのであろうか。

バックは、韓国のソウルに支部を設置し、教育センターを設立する計画を進めていた折も折、ハワイ大学の我妻洋教授が「混血少年問題研究会」を立ち上げ、六六年五月にニューヨークのバックのもとを訪れて日本の混血児問題を伝えたのである。我妻教授の来訪を機に、財団として現地調査を行うことが決まり、韓国の教育センターの下見を兼ねて一週間日本に滞在する計画を立て、調査先として「レミの会」、多摩少年院、数ヵ所の養護施設を訪問することになったのである。支援については「押しつけがましい援助は避けたいので、日本の混血児が何を望んでいるかを十分見きわめ、日本の関係者の意見も聞いて具体策を決めたい」と述べている。(86)

「『レミの家』援助します　平野威馬雄氏に約束」「朝日新聞」一九六六年十一月四日

記事：バックが千葉県松戸市の仏文学者の平野威馬雄宅を訪れた。平野氏は「レミの会」を作って混血児を自分の養子として入籍するなどの援助をしており、その活動に関心を持って女史が訪れたもの。「混血児はもちろん、その母親にも不幸な人が多い。母子そろって幸せになるよう混血児のセンター『レミの家』を松戸市につくりたい」という話に、女史は抹茶を飲みながら熱心に耳を傾けていた。そして「レミの家」建設にバックが援助することを約束した。

この年六六年は、戦後すぐに生まれた混血児が二十歳を迎えるということで混血児達の動静が注目された年である。「レミの会」がバックの訪問を受けることになった経緯は次の通りである。(87) ある日、平野のもとにアメリカから航空郵便が一通届いた。それはパール・バックからの直筆の依頼状であった。そこには「パール・バック財団」が行っている活動について説明があり、日本へ日米混血児に関する調査に行くので協力をお願いしたいとのことで、「あなたのご協力なしには、この度の私達の日本への旅行と、その目的である日米混血児救済の、具体的な手を打つことができません」と懇願され、その時に「レミの会」の子供達にも会いたい、との追伸も添えてあったのである。実は、平野自身がフランス系アメリカ人という混血であり、戦前に筆舌に尽くし難い差別を受け、戦争中は特高警察や憲兵から厳しい尋問と拷問を受けた経験がある。連行された理由は、父親がアメリカ人というだけでスパイと決め付けられたのである。(88) 人種差別の苦しみを知る平野は混血児が「アイノコ」などの蔑称で呼ばれていることに憤慨し、彼らを「レミ」と名付け「レミの会」を立ち上げた。そして、施設に保護されている混血児達を順番

平野威馬雄の自宅にて　平野レミ様提供

に週末に自宅に招いては、のびのびと遊ばせてやり、よき理解者として彼らのストレスのはけ口に努めたのである。記事の通り、混血児の事情に応じて、平野は自分の実子として戸籍に入れる活動も行い、文学者で詩人でもある平野は、混血児と母親の苦しみを日本人に知らせるために「レミ」シリーズとして六作品以上の書籍を出版しており、その際立った活動が我妻教授経由で海を越えてバックに伝わり、依頼状が自宅に届いたのである[89]。

平野は「レミの会」の混血児達に呼びかけ、子供達十五人と一緒にバックの調査を受けることを決め、六六年十一月三日の文化の日に、一行が数台の車で平野宅にやってきたのだ。バックを先頭に、財団理事長のハリス、ハワイ大学の我妻教授、韓国から連れてきた米韓混血児の男の子ジミー、新聞記者達を、平野は子供達と共に出迎えたのである。平野が十五人の混血児達と共に、自宅でバックと丸一日交流できたことは、実りの大きな忘れ得ぬ日となったに違いない。

バックが滞在中に行った調査の結果「日本の混血孤児家庭が経済的に厳しい状況にさらされ、有償の教育を受け始める高等教育で資金不足が起こり、彼らの日常生活での問題の原因がそこにあること」を突き止め、バックによる教育基金が設置されることになった。

「混血児に奨学金を」パール・バック女史が計画　「朝日新聞」一九六六年十一月八日

記事：混血児救援のため来日したバックが「『パール・バック教育基金』を日本に設け、混血孤児が高校へ進学できるように奨学金を出したい」と語った。日本に対しては「エリザベス・サンダース・ホーム」に援助をしていたが、もっと広く日本の混血児を助ける必要がないかを調べるため来日した。その結果、混血児が条件のよい就職が難しいことや、非行に走る者も出ているのは、混血児であるためというよりも、家庭の事情で上級学校への進学ができないことが大きな原因であることがわかったという。

「日米の混血児救うために　パール・バック女史の呼掛け　高等教育費出したい　両国で責任分け合おう」
「朝日新聞」一九六六年十二月七日

記事：パール・バックから新聞社に手紙が届き、バックは次のように述べている。「財団設立の目的は混血児の教育である」「有益な職業の適性を養うために、高等教育を続けられるように援助したい」「アメリカの相当数の軍人、軍属がいる以上、アメリカアジア人が日本でもまだ生まれ続ける可能性がある」「アジアのある国では子供が飢え、あるいは病んでいる。日本では栄養や医療の必要はなく、初等教育が無料で日本の子供達は幸運」「混血児は日米両国から仲間に入れてもらえないと感じており、彼等の能力は危険なものになってしまう。しかし、両国が受け入れるならば彼等は二つの国の架け橋となるでしょう」

バックはアメリカに帰国後間もなく、この手紙を書いたわけだが、目的は何だったのであろうか。何とも言えない歯切れの悪さが垣間見える。日本の混血児達は、他のアジア諸国よりは恵まれている、といったニュアンスが見られ、「両国で責任を分け合おう」「財団は責任が部分的に果たされる手段を提供する」と述べ、「援助したい」とする一方で「何もかもはできません」と念を押しているようにも受けとられるのである。約三千人の混血児が一年間職業訓練をする韓国では、教育センターとして大きなビルを建てたため予想以上の経費がかかったのか(90)、日本以外のアジア諸国の現状が、日本よりも深刻である実態が判明したのか、バックの手紙の真意は定かではない。ただし、一点注目すべき点は、この記事の末尾に新聞社のコメントとして「混血児教育援助計画について詳細を知りたい方は、東京にある日本の全国社会福祉協議会気付でパール・バック財団あてにお問い合わせ下さい」と記していることである。問い合わせ窓口の名称を公表し、支援を受ける側として体制を整えようとしたものと思われる。

「全ての収入を財団に投じます」と公表

バックは、六七年に韓国を訪問する際、日本に立ち寄り空港で会見に応じて、「日本の場合、混血児の年齢が高くなっているので、彼らに高等教育の機会を与えることが財団の目的になると思うが、具体的にはもう少し調査が進んでからになるでしょう」と述べ、自身の著作権などの全ての収入をこの事業に投じているとして、その規模は総額百万ドル（三億六千万円）を超える金額になることを明らかにした。また約百人の婦人達が集まって今後の対策についてバックと意見を交わしているとの記事を含め五件の記事が出ているが、これ以降記事が途絶えたのである。

平野威馬雄の「レミの会」

財団の援助により韓国に立派な教育センターが六七年に開所したが、混血児が暮らす「レミの家」の計画は進んだのだろうか。その後の情報が見つからなかったため、平野の長女で料理愛好家の平野レミに確認したところ、「途中でたち消えになった」とのことである。これは、二〇一九年に日本で出版されたバックの遺作『終わりなき探求』に「序文」を寄せたエドガー・ウォルシュが「晩年の母は混沌としていた。経済的に破綻同然だった」と述べていることから裏付けられるかもしれない。六九年に起きた財団内部のスキャンダルによりバックが他州へ移住した前後に何かが起きたようである。そのスキャンダルについては日本では何ら報じられていないが、平野の次の一文が目に留まる。(91)

ぼくは、パール・バック財団の物やお金の援助はなくとも、この尊い菊の花の香りのする一日を、こんなにも豊かに与えてくれた女史との、こうして尽きることのない心と心の結びつきを、いつまでもいつまでも温めることができただけで、戦後二十年間の苦労も一瞬にして消え失せ、洋々たる希望と力が湧いてくるのをおぼえずにはいられなかった。

平野は「援助はなくとも」と明確に述べた上で、バックが来訪した有意義な一日を述懐したのである。バックが十五人のレミ達に対し直接贈ってくれた温かい言葉の数々に子供達は感動し、その様子を見た平野は涙ぐんだという。「あなたがたは、大変貴重で大切な人達なのですから、決して恥ずかしいなんていう気持ちを持ってはいけません。自分に誇りをもって、少しでも多く努力をして、大切な使命を果たすようにしてください。私もドイツやオランダの混血児です。皆さんと同じね。だから私はみなさんと一緒に、これからも二つの国の文化と文化を結ぶ丈夫な橋の役目を果たしますよ」との言葉に、混血の平野自身も報われたというのである。そして、六八年に平野は返還前の沖縄へ飛び、沖縄の混血児と母親のために講演会を行った。会場に集った多くの母親達が声を出して泣き出し、沖縄の状況が日本本土よりも深刻であることを目の当たりにした平野は、十七人の沖縄のレミを自宅に引き取り、進学と就職の世話をしたのである。平野が面倒を見ていた混血児の中から女の子を一人、バックの仲介でアメリカに留学させることができ、その子は語学力を身に着けて帰国している。従って、先述の「援助はなくとも」との平野の言葉は「レミの家」のことを指しているのではないかと思われる。また平野の著作には、混血孤児を養育した養護施設名が所在地と共に列挙され「献身的な愛育の実をあげている」と称賛し、貢献した施設の経営者についてもページを割いて紹介している。[92] 平野は、人々の関心が「エリザベス・サンダース・ホーム」のような規模の大きな施設に偏る傾向を鋭く見抜き、同じような尊い施設が他にもあり、澤田以外の貢献者についても世の人々に知らせたかったに違いない。平野が行った活動は広範にわたっており、混血児が個人的に受けた被害やトラブルへの対応を行い、刑事事件に巻き込まれて逮捕された混血児に対し、無罪判決を勝ち取る運動も展開した。平野は「いつの日か、この優れた血筋は、日本の名をオリンピックに掲げてくれるだろう。アメリカのエース達が、多く黒人選手であるのと同じように、日本のエース達の中にも優れた『混血の子』の名がきっと」と述べ、混血児を「僕のかわいい後輩」として愛情豊かに育み、多くの混血児と彼らの母親達を救ったのである。[93]

アメラジアン

先述の、「朝日新聞」にバックが送った手紙の中に「アメリカアジア人」と訳されている単語があるが、これはバックが使い始めたことで広まった「アメラジアン」という造語であり、後にアメリカの公的な場で使用される単語として認定されたものである。それまでバックは「新しい人々」と表現しており、日本人に向けたメッセージの中で「アメラジアン」が使われたのは、この記事がはじめてではないかと思われる。現在の日本で「アメラジアン」は、沖縄で運営されているフリースクールの名前に見出すことができる。沖縄で混血児の母親五人が立ち上がり、バイリンガルの子供の育成を目指し、フリースクールとして「特定非営利法人アメラジアンスクール・イン・オキナワ」を九八年に設立したのである。

《小括》

「パール・バック財団」は、現在でも「パール・バック国際財団」に引き継がれて活動が継続している。バックが六六年に来日して行った調査により、日本の混血児家庭の高等教育費の援助という理想は掲げられたが、その実績は不明である。しかし、バックに同行してきたハワイ大学の我妻教授の調査は、研究に活かされたようである。教授は「混血児問題と並行して、偏見の問題、ことに人種偏見について、日本人自身の問題として考える」という目的で、以前から集積していた調査結果をまとめて、六七年に『偏見の構造―日本人の人種観―』を日本で出版したのである。本書は、三十八刷までの増刷が続き、大きな反響が起きている。また混血児を養育した日本の施設は、そのほとんどが現在も存続している。しかし、現代における子供達の入所理由の多くが虐待とネグレクトとなっており、ネグレクトの諸事情も単なる育児放棄以外に、母親の知的障がいもあるという。また他には、母親の犯罪による収監なども挙げられている(94)。日本の社会問題が、いつの時代も罪のない子供達に反映されているのである。

④ **障がい児の親の救済**

障がい児の親の救済のためにバックが行動を開始した経緯は第三章で述べた通りである。アメリカで『母よ嘆くなかれ』が出版されたのと同年の一九五〇年に日本でも出版され、バックは作品を通して親達へ励ましの言葉を贈り、また日本の障がい児の親達の活動に対しても長文の手紙を書き、心から励ましたのである。

・『母よ嘆くなかれ』

本書の出版から二年の間に、障がい児の親達にとってバックは『大地』の作家ではなく「障がい児の母バック」として認知されるようになっていることが複数の新聞記事の文言から確認できる。本書が出版されると、直ぐに「これは、発育不活発な子供をもつある一人の母親の血と涙の物語で、バック女史が不幸な母親たちのため執筆した作品」と、新聞紙上で紹介されている。[95] また、次の書評も掲載された。

長野幸雄「書評『母よ嘆くなかれ』―異常児の体験記」「読売新聞」一九五一年三月二十一日

記事：異常の子供をどうすればよいかということ、更にそうした子供を持った悲しみにどうして堪えていくかということが、流麗豊潤な文章で滲み透るまでに表現されている。明治以来わが国で出版された単行本は多数存在するが、親の書いたものは一冊に過ぎない。世界に文名を馳せている筆者の、最も間近に見た異常児の記録がすぐれているのは当然である。筆者の悲しみに堪える態度は、異常児を持たない人々にも学ぶべきところが多い。

書評を書いたのは、神奈川県で児童福祉司を職業としている人物である。本書の中で何度も繰り返しバックが述べる言葉がある。それは「…については、申し上げる必要はないと思います。私と同じような経験をお持ちのご両親達は、私がどんなに思い悩んだかご承知のことと思います」という同じ苦しみに沈む親に向けた共感の言葉であり、バック自身が当事者の一人であることを繰り返し述べている。それは、単なる同情ではなく「施設を探す時に参考になるかもしれない」として、自身が時間をかけて回った施設探しの経験を踏まえた助言も綴り「何とか役に立ちたい」というバックの姿勢が伝わってくる。このような愛情が込められた姿勢と温かい言葉が日本の障がい児の親を救い、また現在でも幅広く多くの人を救い続けているのである。

・親の団体への激励

日本で一九五二年七月十九日に結成された「精神薄弱者育成会」、別名「手をつなぐ親の会」は、東京都在住の三人の母の呼びかけから始まった全国組織である。(96) 当初は「児童問題研究会」という名称で動き出していたが「自分の子供達を、恥じることも隠すこともなく道を拓く！」との決意のもと、敢えて当時の呼称だった「精神薄弱者」を会の名称に入れることが投票で決まり発足した。(97) 三人の母達は、長い苦しい遍歴の後に我が子を特殊学級に入れることができて子供達の成長を喜んだが、全国に五、六十万人の同じような子供達が放置されていると聞き、また全ての子と共に自分達の喜びを分かち合いたいと願い、まずは千代田区役所の職員に相談を持ちかけたところ、教育課の担当職員らの尽力により、呼びかけに応えた親達や学校の先生方と多くの協力者によって、正式に全国組織が発足したのである。活動の第一歩として親達の手記を集めた『手をつなぐ親たち』を発刊することが決まり、バックに「序文」の寄稿を依頼したところ、バックは快く希望に応え、心からの序文を寄せたのである。

「海越えて母の愛　巻頭にパール・バック女史の激励
世に訴う手記を出版　護れ 精神薄弱児五十万人」「読売新聞」一九五二年十月十九日

記事：知的障がいのある子どもたちの親の会として一九五二年七月に「精神薄弱児育成会（別名「手をつなぐ親の会」）」が結成された。特殊学級に入れず「忘れられた子」として取り残されている子供たちのための特別法制定を目指して、啓蒙、施設拡充、社会理解の増進等を全国に呼び掛ける運動を行っている。（四段抜きの記事の半分は、バックからの手紙の抜粋が掲載されている）

親の手記を出版する準備を進めていた同会は、バックの激励メッセージを受け取り、どれだけ勇気づけられたことであろうか。「日本の精薄児の母たちが手をつないで救出運動をなされつつあることを聞いてうれしく思います」という言葉から始まるバックの丁寧な心温まる長文メッセージの抜粋が記事に掲載されている。メッセージの内容は具体的かつ明瞭であり、バックが今後も親の会と連絡を取り合うという姿勢が見られるものである。「子どもたちへの適当な施設の必要性、世間がこうした子どもたちに残酷であること、障がいのある子どもたちは生まれつき善良な性質を持っていること、会が活動している内容や新たに見出したことを伝えて欲しい、アメリカにいる同じ親たちにも知らせる」と述べ「黎明《れいめい》は私たちの子供たちの上に忍びよっています」と結ばれているのである。記事の末尾には、同会幹部による談話として「バック女史の激励のメッセージで全国五十万人の精薄児の母たちは、いかに心強い事かと思います」と記されている。

「悩みの子持つお母さん　六日に全国大会」　　**「読売新聞」一九五二年十二月三日**

記事：パール・バックの激励メッセージを巻頭に掲載した手記『手をつなぐ親たち』が出版されたことを記念して、さらに社会の認識を深めようと全国のお母さん方の代表が集い「手をつなぐ親の大会」を開く予定。手記『手をつなぐ親たち』は全国二十二人のお母さん方の真情を伝えているものである。

三日後に予定されている全国大会を告知する内容となっている。当時の文部省、厚生省、東京都、東京都教育委員会が大会を後援していることも記され、三人の母親から始まった会の規模が、いよいよ全国的に広がり社会的に認知されている点に注目している。

「精薄児に理解を　忘れられた三万余名」　　**「読売新聞」一九五二年十二月三十日**

記事：都内の精神薄弱児は三万七千八百名を数えるが、特殊学級の数が少なく「忘れられた子」として取り残されている。千代田区の特殊学級の母親達が立ち上り「手をつなぐ親の会」を結成し、啓蒙と施設拡充を全国に呼びかけ、アメリカの「ノーベル文学賞」受賞作家パール・バック女史からも激励の手紙がくるなど精薄児に温かい手が差し伸べられて来ている。都教育庁の調べでは全精薄児を特殊学級に入れるには年間約十億円の予算が必要で明年度も前途多難とみられている。

全国大会が十二月六日に開催されたが、この記事は東京都に焦点を合わせた記事となっている。都内の特殊学級を持つ小中学校名が列挙され、わずか十六校の二十八学級であることが明かされている。パール・バックの名前が載ることで、アメリカ人の強力な賛同者の存在がアピールされている。

「できたショール　バック女史へ風間さんらのまごころ」「読売新聞」一九五三年二月二十一日

記事：落伍者として見捨てられた精神薄弱児五人に、女手一つでハタ織を教えている豊島区の風間さん方のその子供達が、パール・バック女史のためにつくっていたショールが二十日に出来上がった。肩から下げて腰までの長さのショールは、二、三日中に風間さんの手紙を添えて発送される。

風間さんと子供達が笑顔で並び一緒にショールを広げて持っている大きな写真が掲載されており、バックが、障がい児を持つ親や子供達から慕われる存在であることがうかがえる。大作を仕上げるまで、五人の子供達に織り方を教えた風間さんも偉大であり、この記事に刺激を受けた読者からボランティアに参加しようとする人も出たのではないだろうか。届けられたショールを肩からかけ、バックは日本の障がい児とその家族に思いを馳せたに違いない。

《小括》

バックによる日本の障がい児の親の救済は、『母よ嘆くなかれ』の出版に端を発しており、日本人の間で大きな反響があった。GHQ占領下では、書籍の出版はGHQによる許可制であったが、本書は原書出版と同年に日本で出版されており、迅速に許可の判定が下されたことが分かる。本書出版は一九五〇年で、五二年の「手をつなぐ親の会」の結成と手記出版のタイミングが絶妙にかみ合っている。日本がGHQ占領下から独立し、民主主義国家として一斉に物事が動き出したのが五二年のことであった。先述の「援護法」による戦争未亡人や、GHQの報道統制により日本人に知らされていなかった被爆者と日米混血児の記事が週刊誌や新聞紙上で自由に報じられ、障がい児の親の会の結成が同じく五二年であったことも、その例外ではなかった。

「手記」は、東日本大震災後の二〇一二年に復刻版が出版され、翌年に第三刷が出た。その時点の出版組織であった「全日本手をつなぐ育成会」の理事長が巻末に「復刻版刊行にあたって」として言葉を寄せているが、書き出しはバックの『母よ嘆くなかれ』に書かれた一節である。「あなたのお子さんが存在していることはあなたにとっても、また他の全ての子どもたちにとっても意義のあることなのです」というバックの言葉に励まされて、また、戦後の新憲法の基本的人権の尊重という理念に後押しされて親の会を結成したことが記されている。そして、手記が一万部を超えるベストセラーであったこと、またバックが当時の親たちに大きな影響を与えたことが紹介されている。当時、知名度の高かったバックからの手紙が、手記そのものや、新聞が報じる記事にも重みを増す効果をもたらしているのは明らかである。このように、日本の障がい児の親達へ激励メッセージを贈ることで、バック自身もキャロルが生まれた意義を感じることができたのではないだろうか。日本の親達も、当事者として親身になって語るバックの激励文を、感動と共に受け止め励みとしたに違いない。

（4）パール・バックから影響を受けた日本人とその活動

バックと直接、間接的に接触し影響を受け、その後の人生において社会貢献の一端を担っている日本人の事例を挙げる。社会派小説作家の山崎豊子、谷本の長女近藤紘子、そして教育者の伊藤隆二である。現在に至るまで多くの日本人が、バックの作品、行動、言説に感動し、励まされたことは、紛れの無い事実であろう。ここに記す三人は、バックからの影響を著書に記し、テレビ番組に出演した際には、バックからの影響を明言しているのである。なお、石垣綾子に関しては、アメリカにおけるバックとの交流期間が長く、エッセイや週刊誌のインタビューでバックの偉大さを語り、感謝の言葉も述べているが、「一番大きな影響を受けたのはアグネス・スメドレーである」ことを強調しており、「主婦論争」を巻き起こした立役者となっても、バックからの影響については言及していないため除外した。

① **山崎豊子**（一九二四〜二〇一三）

山崎は、社会派小説作家として日本の文壇にその名を残し、多数の作品が映画化され、テレビドラマとしてもお茶の間を賑わした。二〇一三年に死去した後でも、テレビ局の開局周年記念番組として必ずと言っても良いほど山崎の作品がドラマ化されている。その時代ごとの有名女優と俳優陣によりリメーク版が放送され、作品によっては二作、三作と繰り返されている例もある。

山崎が残したテレビドラマの中で、再放送は可能だがリメーク版の制作が不可能に近い作品がある。それが小説

『大地の子』に基づき一九九五年にＮＨＫが制作したテレビドラマ『大地の子』である。[98] 制作が叶わない理由は、山崎が小説を書くための取材を行った当時は、「民主の星」と仰がれた胡耀邦総書記が中国の代表者として開放政策が行き渡った「束の間の春」だったことが挙げられる。[99] 胡は八四年の第一回の山崎との会見の折に『華麗なる一族』を話題に挙げ、多くの中国人が読んでいることを語り、山崎の訪中を歓迎したのである。[100] 中国における取材とドラマの撮影は、胡の特別な計らいがあってこそ実現したのであり、八七年の胡の失脚後は、山崎が追加取材をするために訪中しようとしても許可は下りず、再び竹のカーテンが下ろされてしまったのである。二〇二一年に民放局が有名俳優を主人公にリメーク版の制作を試みようとしたようだが白紙撤回している。

『大地の子』の誕生

ここで山崎とバックとの接点を述べる。山崎はバックよりも三十二歳年下であるが、二人とも二十世紀を作家としての活躍の舞台として、いずれも八十代まで生きた。二人に面識はない。山崎は『大地の子』出版後に、ある雑誌社からのインタビューでバックの名前を公表した。[101]

聞き手）パール・バックの『大地』は意識されましたか。

山崎）書いている時は考えませんでしたけど、書く前に『大地』を超える作品でなければという気負いはありました。とはいえパールは生後三ヵ月からアメリカ人の宣教師の両親と戦前の中国で育ったのに対して、私がはじめて中国を訪れたのは、一週間のいわば観光旅行。中国人は書けません。『大地の子』は、日本の戦争孤児だから書けたのです。

また『大地の子』を出版した直後に綴ったエッセイでもバックの名前を挙げている。

題名については、パール・バックの『大地』は女学生時代からの愛読書ですから、やはり意識していました。(大地の) 親ならいいけど (大地の) 子では位負けだなとも思ったんですが、ほかの題名にならなかったんです。とにかく、パール・バックの書いていない現代中国を書けたことに満足しています。

山崎が女学生時代、熱に浮かされたように読んだ『大地』が日本で出版された時、十一歳で、映画『大地』が日本で上映された時は十三歳になっている。文学少女だった山崎は『大地』から中国や中国民衆の生活に思いを馳せたであろうし、引き続き出版されたバックの邦訳本を読み漁ったのではないだろうか。大学生活を戦争で棒に振り軍需工場での作業から逃れるために、山崎は四五年に毎日新聞社に入社したが、それが山崎の運命を大きく変えることになる。ＧＨＱ占領下の頃は、井上靖の部下として記事の書き方の訓練を受け、井上の勧めで小説を書き始め、第一作目の作品『暖簾《のれん》』を五七年に出版し、翌年には『花のれん』で「直木賞」を受賞したのである(102)。

女学生時代からの愛読書

山崎の作品を読むと、バックの作品から影響を受けているのではないかと思われる部分に目が留まる。例えば、筆者は『大地』三部作を読了してから『大地の子』を読み直したが、バックの『大地』や他の作品と類似の登場人物や場面が目に留まり『華麗なる一族』『二つの祖国』なども意識して読むと、なお一層目に留まるという経験をした。どんな芸術家でも、誰かの作品の影響を受けていると言われ、バックの作品の文体にディケンズや聖書の影響が指摘されている例もある。また音楽を聴く時、他の曲とどことなく似ていることに気付くことも万国共通ではないだろうか。例えば『大地』と『大地の子』の登場人物で見ると、中国人「陳」は、善良な夫婦、主人公と同じ部屋に収監された人の好い男、忠実で親切な使用人として描かれ、「王」は、実在したバックの乳母の名前だが、バック自身が『大地』の主人公の王として登場させており、『大地の子』では主人公の妹が病に侵された時、身体を案じる老女の名前である。バックが王龍の名前の由来を乳母の王であると語ったことはなく、結婚後に暮らした中国奥地の農村地帯に王という名前の農民が暮らしていて友人として交流していたのかもしれず、根拠は不明であることを記しておく。また無知で無口な女性が牛馬のように働く姿、その女性の出産場面、知的障がいがある登場人物、日本人と中国人の恋愛関係の崩壊、二つの国の狭間での苦悩、妾との自宅敷地内での同居など、細部まで意識して見ていくと共通の事項が目に留まるのである。

抗日犬が友好犬に

作品だけでなく、山崎が胡耀邦総書記との晩餐会の席で発した言動も記したい。バックが中国で白人に対する抗議が広がっていた当時を振り返り、現地で犬に吠えられ、子供達にも罵倒された場面を「犬だけは大胆に私に吠えかかった。大胆に外国人に対して感ずるように教えられていた憎悪を示した」と述べ、子供が「『洋怪鬼』(外国の悪魔)と怒鳴ることがあった」と自伝に綴っているが、山崎は胡との会見後に開催された晩餐会の席で、バックと類似の発言をしているのである。(103)

犬好きな私には、どの国のどんな犬でもなついてくれるのに、延安ではウーッ、ワンと吠え立てられました。
さすが「抗日犬」は違います。

晩餐会の席で山崎は、実際に犬が吠え立てるさまを、唇を歪め「ウーッ、ワン」と抗日犬を大声で演じ、会場に爆笑が起こり、それに対し胡は「来年、もう一度行ってみなさい、きっと『友好犬』になっているよ」と応じたという。山崎の秘書を長年務め中国の取材に同行した野上孝子は「抗日戦争の地であった延安は、道ですれ違う小学生に『ニイハオ』と手を振っても、私たち日本人をキッとした目で睨《にら》みつけた」と記しており、バックが綴った「中国の犬と子供の話」が彷彿とするのである。

高等教育に奨学金支援

「一般財団法人山崎豊子文化財団」は、一九九三年に設立され翌年から高等教育に対する奨学金の授与を開始した。第一回の奨学生は十五名である。当初は、中国から日本に帰国した戦争孤児の子供達を対象にしていたが、現在では、募集枠を二つ設けている。一つは、中国帰国者の子女が対象の「帰国子女枠」、もう一つは、山崎豊子の作品及び作家活動に共鳴し、未来に向けて日中友好の架け橋となることを目指す生徒を対象とした「一般枠」である。また奨学生の中から、大学進学に際し日中友好の架け橋となることを目指す一名を選抜し、大学在学中の四年間の支給を継続するというものである。バックが「パール・バック財団」を設立し、混血児達に対する奨学金の支援を行うために「パール・バック教育基金」を設置することが報道された際、「日米両国が彼らを受け入れるならば、彼らは二つの国の架け橋となるでしょう」と述べており、自伝にも「私自身の国は後になって、アメリカの大学に学ぶ中国の学生の奨学金をだしてそれを援助するようにした」と述べている。作家になる前、新聞記者であった山崎は、社会運動家としてのバックの活動が掲載された日本の新聞に目を通していたと推測され、社会派作家となってからは、以前にも増して新聞記事への関心は高かったであろう。また『大地の子』の撮影現場となった重慶近くの村に小学校が無いことを知ると、山崎は日中両国の制作関係者と共に「大地小学校」を設立し九六年に村に寄付している。

筆を持ったまま棺に入る

山崎が最後に残した作品は、「真珠湾攻撃」に潜水艦で出撃し捕虜となった父を持つ主人公が、海上自衛隊に入隊し潜水艦の乗組員となる『約束の海』である。『約束の海』は、山崎が病をおして執筆し、その途上で「筆を持ったまま棺に入る」ことになった作品である。(104) 山崎は「若い人にどうしても戦争と平和について考えてもらいたい」と、第二次世界大戦に生き残った者の使命として筆を執り、戦争をしないための自衛隊について命を削るようにして描いたのである。

バックも六十七歳という年齢になってから、原爆開発を行った科学者の苦悩を描いた小説『神の火を制御せよ』を書いた。山崎は「真珠湾」と「平和」を、バックは「原爆の恐ろしさ」と「長崎、広島」を、それぞれ書き残したことになる。このような一連の流れの底流には、山崎のバックに対する強い意識と、社会運動家バックから受けた影響があるのではないかと筆者は考える。山崎が財団を設立した頃は、バックの逝去から二十年の月日が経っていたが、バックが設立した「ウェルカム・ハウス」と「パール・バック財団」が合併し、名称が「パール・バック国際財団」と変更され、新たな国際的な救援活動がちょうどその頃開始されたことも奇遇であり、二人の深い因縁を感じるのである。

②近藤紘子（一九四四〜）

近藤は、先述の「ヒロシマのタニモト」と呼ばれた谷本牧師の長女である。生後八ヵ月の時に広島で母と共に被爆し、その後、血便が出て高熱に襲われ「生きる望みは無い」と言われたが奇跡的に助かったが、町内で生き残った乳児は近藤一人だった。近藤は、自分が被爆者であることを幼少期から認識しており、周囲の被爆者の苦しみを目の当たりにしながら、また被爆者である自らもアメリカによる検査などの辛い経験を積みながら広島で育ち、原爆を投下したアメリカ軍パイロットを憎み続けていたのである。

ロバート・ルイスとの出会い

ある日、原爆を投下したB29戦闘機「エノラ・ゲイ」の副操縦士ロバート・ルイスと、アメリカのテレビ番組の会場となっていたホールのステージの上で、予期せず対面することになった(105)。それは、近藤が十歳の時の出来事である。その模様を次のように述べている。

私は衝撃のあまり声を失いました。ついに私が長年抱いて来た復讐のチャンスが巡って来たのです！　この人さえいなければ、あんなに優しいお姉さんたちが嘆くことも、私と同世代の子供たちが孤児となることもなかった。その時、私にできるのは、目を大きく見開き、舞台袖からずっとキャプテン・ルイスを睨み付けることでした。「こいつだ、仇討《かたきう》ちをしようと思っていた相手が、ここにいるんだ！」

司会者の「広島に原爆を投下した時、あなたはどう思いました？」との質問に対し、ルイスがぽつりぽつりと語り始め、その瞬間に谷本と近藤はルイスの目に涙が浮かぶのを見た。そしてルイスは「『おお神よ、私たちは何ということをしたのか？』そう思い、すぐにこの言葉を飛行日誌に書きました」と言って声を詰まらせた。その姿を見た時の心情を、近藤は次のように述べている。

彼の涙を見たときに、十歳の私は衝撃を受けました。なぜこの人をずっと憎んでいたのか。ごめんなさい…それをずっと心で繰り返しながら、テレビカメラの前で私も泣きました。それは深い深い後悔の涙でした。

近藤は、この時に「この人も罪の意識に苛まれ、悲しみ苦しんでいる」と思い、ルイスに近づき手にそっと触れると、大きく温かい手で握り返してくれたという(106)。

パール・バックとの出会い

この番組出演から数日後、谷本がアメリカ国内の講演旅行に出発したので、バックが「アメリカまで来たのに、すぐ帰るのはもったいないわ。折角だから、タニモトの講演旅行の間、うちに来て楽しい夏休みを過ごしましょう」と、谷本の家族を白宅に招待し近藤はそこに三ヵ月間滞在することになった。これが近藤とバックとの運命的な出会いとなる。バックが暮らしていた広大な土地には、数棟の孤児施設が建てられ、総称を「ウェルカム・ハウス」として、それぞれのこぢんまりとした建物で孤児達は育てられていた。大きな一棟の建物に孤児を詰め込むのではなく、建物を分散させたのは、バックが家庭的な雰囲気を重んじたためである。近藤は、バックが設立したその施設と、そこで孤児を育てる母としてのバックの姿を十歳の時に脳裏に焼き付けることとなった。その時に見たバックの姿を次のように述べている。

農場はいつもにぎやかで、豊かな自然と、豊かな心があふれています。子供たちは心からパール・バックを母と慕い、彼女は優しく、そして時に厳しく子供たちを包み、深く愛していたのです。パール・バックは子供たちと接するとき、いつも嬉《うれ》しそうに「私はなんてたくさんの子供たちにめぐまれているのかしら！」と言いました。

右端が紘子　バックの隣に仲良しのヘンリエッタちゃん　パール・バックの自宅にて
近藤紘子様提供

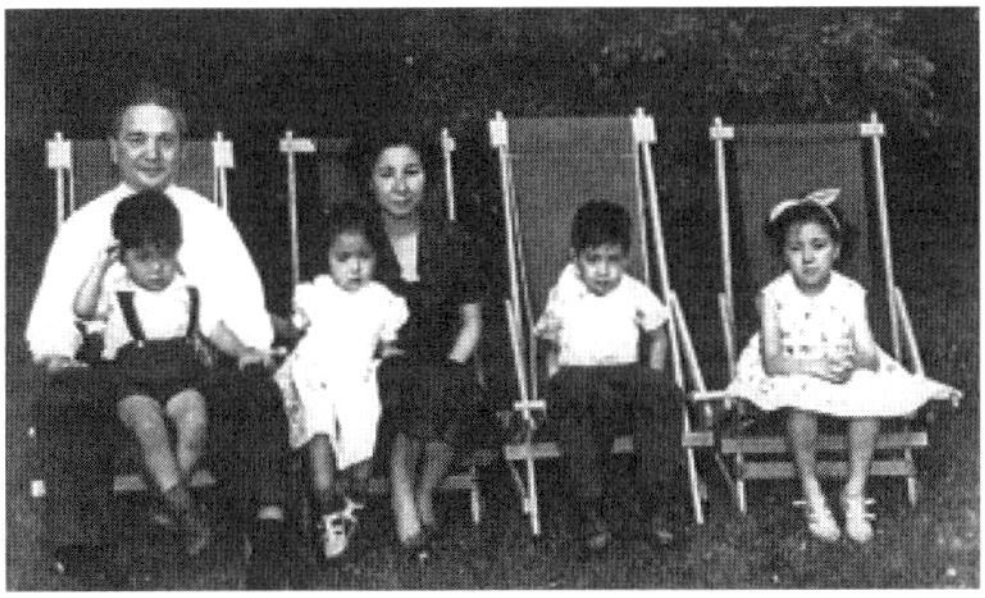

家族そろって　パール・バックの自宅にて
近藤紘子様提供

そして、この時の経験を「私のその後を変え、現在まで導くこととなります。私の本当の人生は、この十歳から始まったのです」と述べ、後に留学で渡米した際のバックとの交流へと繋がって行く。一九六三年にアメリカの大学進学前の高校生活を十カ月間過ごすため、近藤はアメリカに旅立った[107]。その間、バックの親友宅にホームステイし、週末にはホームステイ先からバックの家に遊びに行った。大学に入学後も時々バックの家に通ったが、ある日、近藤が生涯忘れられない言葉をバックが伝えた。

戦争になったら多くの人が傷つく。でも、そのなかでも一番傷つくのは子供たちなの。そのことを紘子、忘れないでね。将来あなたには、大人の犠牲になった子供たちの為に何かしてほしいの。

近藤は「私がパール・バックから学んだことはあまりに膨大すぎて、とても語りつくせません」と述べている。当時、大学生だった近藤は「私にはそんな大きなことはできない」と心の中で叫んでいたが、バックの言葉は長い時間をかけて近藤の中で大きく膨らみ、やがて弾け「国際養子縁組」というプロジェクトを推進することになる。「精神養子縁組」の活動を行った父谷本の背中を見て育ち、「私に絶大な影響を与えたパール・バックの『ウェルカム・ハウス』や彼女の養子達、それらのすべてが私を現在に導いたのでしょう」と、近藤はバックから受けた影響を述懐している。

バックが晩年に抱え込んだスキャンダルに関しても「有名人で、溢れる才能と行動力を持つバックは人々の注目を集め、格好の標的になった」と、冷静沈着に分析している。

セントルイス市へ

近藤が行った活動は「国際養子縁組」だけではない。世界の子供達と共に平和を訴える「財団法人チルドレン

アズ ザ ピースメーカーズ」の国際関係相談役も務め、また、被爆者として平和の大切さを語る運動を三十余年にわたり現在でも続けている。国内はもちろん世界各地へ講演活動に出向いたこともあり、平和への願いを語り続けた父谷本の意志を受け継いだ行動なのである。

パイロットを許した行為とこれらの諸活動の功績に対し、二〇一四年にアメリカの大学が近藤に名誉博士号を贈った。その大学とは、トルーマン大統領の出身地、ミズーリ州のセントルイスにある「ウェブスター大学」である。名誉博士号の授与式で、セントルイス市の市長がサインした「宣言書」も近藤に手渡され、近藤の訳によると「二〇一四年五月十一日を価値変化をもたらす学びの日と定める」と記されているという。その五月十一日とは、十歳だった近藤がテレビ番組でルイスに会った日なのである。またセントルイスに拠点を置く大リーグのチーム「セントルイス・カージナルス」にも招かれ、始球式で近藤が投げることになった。その時、身に着けたユニフォームにはルイスと会った日付の十一番が背番号として付いていた。野球場のアナウンスでは、近藤が被爆者であること、経歴、ハーシーの『ヒロシマ』の話が語られ、最後に「今、彼女がしていることは、世界からの核の廃絶です」とアナウンスが流れると、球場の観客が暑い中を総立ちになりスタンディング・オベーションを送ってくれたという。「トルーマン通り」という名称の道路がある位、原爆投下の決断を下した元大統領の評価が高い街セントルイスの市民が、近藤に温かい拍手を送ったのである。「この街が、被爆した私とキャプテン・ルイス氏の出会いを取り上げるとは、驚きました」と近藤は述べている。この模様は、当日のNHKニュース番組で放映された。

オバマ大統領のスピーチ

オバマ大統領が二〇一六年五月に広島平和記念公園で演説を行った際、近藤と思われる女性について触れた。(108) オバマ大統領は、演説の中で被爆者の女性と男性を一人ずつ挙げたが、ここでは近藤と思われる部分のみ抜粋する。

私たちはこうした物語を、被爆者の中に見ることができます。原爆を投下した爆撃機のパイロットを許した女性がいます。なぜなら、彼女は、本当に憎いのは戦争そのものだと分かっていたからです。

近藤はこの日、海外に向けて放送するNHKの番組のために、NHK BSのスタッフと共にスピーチを聞いていた。スピーチの、ある箇所にきた時「えっ、いやいや、そんなことはない。いや、これは間違いだ」と思った。しかし、そこに集っていたNHKのスタッフが皆で「あれ、紘子さんのことでしょ」と、言ったという。近藤は「もし、私のことなら、それは私の話を聞いて下さったお一人おひとりが、また次の人に伝え、それが、オバマ大統領のスピーチ・ライターに届いたのかもしれません。被爆国の日本人だからこそ、世界に向かって核の廃絶を叫んでいかなければならないと思っている」と語ったのである。

NHK『こころの時代』に出演

近藤は二〇一七年にNHK教育テレビ番組『こころの時代』に出演した際、バックから受けた影響について次のように語った。それは近藤が流産という辛い思い出を語った場面である(109)。

まあショックでしたけど、それはそれでもう。ただ、私の心の中には、実はやはりパール・バックの影響がありまして、養子を引き取るっていうことありますよね。結論を言いますと、二人の子を引き取ることができました。お母さんになれました。パール・バックからは、私に「どの子もこの世に生を受けた子どもは必ず意味がある。それを絶対に忘れないでほしい」って言われましたね。その言葉は、やはり私にとって、キャプテン・ルイスもそうですけど、パール・バックも、本当に心の中で支えになっています。

「憎んでいた人を許す」という大業を成し遂げた近藤は「次の時代の子どもたちに託すよりほかない」と述べ、番組の画面は「関西学院大学」で講演を行っている映像で終わるのである。

現在でも近藤は活動を継続しており、二〇二〇年八月六日の「原爆の日」にもその姿が見られた。それは、八月六日に向け、広島県と「核兵器廃絶国際キャンペーン・アイキャン」が開催した公開セミナーにおいて、ゲスト講師として被爆証言を行い「この地球の未来のために、あなたたち若者に期待しています」と、海外からウェブで参加した若者達に語る近藤の姿であった。また「平和学習」として学校に招待されて講演する機会は数限りなく、コロナ禍で行われたオンラインによる大学の講座などでも講演を行っており、情報が公開されていない幾多の会場においても近藤は熱心に語り続けているのである。詳細は巻末の「証言集」で語って下さった。

③伊藤隆二（一九三四〜）

伊藤は、日本で一九九三年に出版された新訳版『母よ嘆くなかれ』の翻訳者であり、複数の大学で教育心理学の教鞭を取り、数多くの著作を出版した教育者である。大学の授業において『母よ嘆くなかれ』の原書を学生達と幾度となく読み合い討論もしたという。

伊藤は、九六年にＮＨＫ『こころの時代』に出演した際、自分に影響を及ぼした人物としてパール・バックを紹介し、教育の現場に立つ人間としてバックから受けた影響と、『母よ嘆くなかれ』の内容も詳しく語っている(110)。伊藤は、知的能力が十分に発達しない子供を対象に、その発達の促進と標準に近付けるための教育指導を編み出そうと二十年以上研究を続け、子供達のことを十分理解しているつもりになっていた。しかし家庭における子供達の生活と家族の苦労については考えが及んでいなかったことに気付き、障がいのある人に対する呼称についても事実を誤認していることを発見したのである。伊藤は、子供達の能力を上げようとするのではなく、そのままを受け入れ、親が子供を誇りに思うことに研究の重点を置くようになり、バックがキャロルから教えられた数々のことと、キャロルの障がいを受け入れたことによって起きたバックの心境の変化を通して「これを一般の人に解って貰わなければいけない」と気持ちが動いたという。これだけ長く研究を続けてきた伊藤に、バックが影響を与えたという事実に注目したい。伊藤は、研究者や読者も気付かずにいた障がい者に対する蔑視語が当時は通常の単語として用いられていたことが気にかかり「子供達に詫《わ》びたいという気持が強く出てきた」と述べ、五〇年に出された『母よ嘆くなかれ』初訳本の表現も例外ではなく、日本語の訳本に蔑視語が多く使われているのは国際的にも問題があるとの見地から、それらを改めるために再訳を申し出たのである。伊藤の新訳版は二〇一三年に新装版として重版され、その後も二〇二〇年に第二刷が出ており、幅広く日本人に読まれると共に、特に福祉分野の学生や研究者が参考文献として引用し毎年のように論文が出されている。

第五章

パール・バックの再評価

本書で引用した著作の中に、バックの再評価の訴えが目に留まる。皆一様に、バックの過去の業績を宣揚しているが、その一方で「なぜ、パール・バックは、もっと尊敬を払われないのだろうか」「バックの評価が後半生で下降したのにはそれなりの理由があるのではないか」という疑問を呈しているのである。

しかし、そのような声をよそに、バックが暮らした中国鎮江市ではバックに関するシンポジウムが一九九一年以来、継続的に開催されており、街にバックの名前を冠した道路・橋・公園の整備が進められている。また、日本においても、今世紀に入ってから次のような動きが見られる。まず、バックに関する伝記の決定版と言われる『パール・バック伝』の邦訳本が二〇〇一年に出版されたのをはじめ、バックの四作もの小説がはじめて出版され、その中の最新作は二〇一九年十月に出ているのである。加えて、アメリカで二〇〇四年秋に『大地』がベストセラーリストに返り咲いた事例や、ベルギーにも事例があるという。[11] 二〇〇八年には日本人によるバックに関する研究書、そして、二〇一〇年に英国人と中国人による中国時代のバックに重きを置いた伝記が次々と出版された。また、バックと親しく交流のあった人々の自叙伝やエッセイでは、必ずバックのことが語られ、かれらに関する評伝も続々と出てきている。それらは、二〇一五年に『ＧＨＱと戦った女　澤田美喜』と『松本亭と「英語で考える」──ラジオ英会話と戦後民主主義──』、二〇一九年に『憎しみを越えて──ヒロシマを語り継ぐ近藤紘子──』、ジョン・ハーシーに関しては二〇二一年に『ヒロシマを暴いた男──米国人ジャーナリスト、国家権力への挑戦──』が出版され、それぞれの人物像が、より一層浮き彫りにされ、その中にもバックは登場するのである。加えて、バックと同時期に活躍したアメリカ人女性作家マーガレット・ミッチェル作の『風と共に去りぬ』の新訳版も二〇一六年に、その解説書が二〇二一年に出版といった具合に、昨今では二十世紀に活躍した人々に対する興味の高まりも見られるのである。

本章では、中国で始まったバックの再評価の動向をはじめ、アメリカ人文学者、英国人伝記作家、日本人文学者と臨床心理士による再評価論を挙げ、日本人が読み続けるバックの作品について記す。

1　中国における再評価

一九九一年の「中国で再評価へ」との新聞記事を目にした当時の日本人は、どのような印象を受けたであろうか。筆者が入手した二社の新聞記事は、両紙とも東京版の夕刊で、「海外情報」や「文化」といったカテゴリーの小さな記事として報じられているのである。しかし、現在、中国江蘇《こうそ》省鎮江市を中心に行われているバックの再評価に関わる活動は、まさにこの時から始まったのである。

なお、以下に表記する「賽珍珠」とは、バックの旧姓 Pearl Sydenstricker（パール・サイデンストリッカー）に相当する中国名である。「賽」は中国語でサイと発音し宣教師だった父アンドリュが持っていた中国名であり、「珍珠」は真珠、すなわち Pearl である。

（1）新聞報道「中国で再評価始まる」

（RP＝東京）「パール・バック 中国で再評価へ」　「朝日新聞」一九九一年二月九日

記事：五日の新華社電によると、中国の文学界が米国のパール・バック（一八九二―一九七三）に対する再評価を開始した。中国では、パール・バックはその作品とともに長い間「反動的な立場をとり、中国に敵対的」として批判されていたもので、特に一九三〇年代にはその作品とノーベル文学賞受賞が中国文芸界で論争点となった。

再評価の動きは一月末、パール・バックが生前十八年間にわたって過ごし、自ら故郷と呼んでいた江蘇省鎮江市で開かれたシンポジウムで提起された。このシンポジウムに出席した専門家は、パール・バックの中国についての作品は単純に好悪で判断すべきではないとの見解を示した。

バックの死後およそ二十年の月日が経っても、当時の日本において注目に値する情報であったことが垣間見える。記事では、一九三〇年代から中国でバックに対する批判が起きていたことが明かされているが、それは、「ノーベル文学賞」受賞の対象となった中国と中国の貧農を描いた作品群のことを指し、バックが中国の貧しい農民の生活と不平等な世相を小説の中でリアルに表現したことが一因である。『大地』の出版当初は、中国の新聞雑誌でも称賛する書評が掲載されていたが、一九三八年には、映画『大地』の放映が一部の都市で中止に追い込まれている(112)。加えて、中国在住だった頃のバックが宣教師であったこともその要因である。中国は、十九世紀後半から二十世紀前半に、諸外国から経済的・宗教的・武力的侵略を受けたため、バックの父アンドリュを含むキリスト教宣教師たちの伝道活動は、中国共産党から「文化的・精神的侵略」と批判され、長らく忌避されてきたのである。またアメリカ帰国後の文筆活動を通した社会運動において共産党や文化大革命を批判したことも一因であろう。しかし、その活動の全てが中国から批判されるべきものではないのである。バックが日本軍の中国侵略と南京大虐殺の批判を行った作品は、中国にとっては、むしろ歓迎されるべきものであり、バックがアメリカにおいて中国人救済活動を行ったことも、中国側から称賛されるべきことであったはずだ。しかし、一九七二年の米中国交回復の際、バックが受け取った在カナダ中国大使館からの手紙は、以下のとおり簡潔かつ冷酷なものであった。

親愛なるパール・バック嬢
貴方からの手紙をいくつか拝見しました。過去、長期にわたって、貴方がその多くの作品の中で、「新しい中国」の人民達とその指導者達を、歪曲、中傷、誹謗してきたという事実に鑑みて、我々は、貴方の中国への訪問申請を受理することができないことを、遺憾ながら通告します。

「この手紙は、故意にバックに侮辱を加えるために、地位の低い第二秘書官によって署名されているものであり、回答までに数ヵ月の時間をかけている」と、コンは分析している。「手紙をいくつか拝見しました」と記されているが、バックに関する伝記小説の著者、ヒラリー・スプーリングが経緯を次の通り詳しく述べている。

バックは、ニクソンが初訪中する際に同行するか、後を追って中国に入国することを計画し、バックの中国訪問に尽力してくれそうな人々に電報や手紙を送った。周恩来首相が、バックが育った鎮江市がある江蘇省出身ということを理由にして、ニクソン大統領からも周に直接依頼した。（許可が下りなかったため）その慰めにと、周恩来は漆器の箱一式をバックに送り届けた。しかし、バック亡き後、随分時間が経ってから、バックの中国入国禁止に関する書類に周恩来自身が署名していたことが判明した。

「米中国交回復」という歴史的な出来事が、バックにとっては最悪のタイミングであったと言わざるを得ない。その理由は、文化大革命の真只中であったことと、バックに時間が残されていなかったことである。バックは中国から入国を拒否されてから一年も経っていない七三年三月に病没したのだ。後に中国訪問を果たしたのは、バックが設立した「パール・バック財団」の新しい組織「パール・バック国際財団」のアメリカ人幹部とバックの子供達であった。バックにとっては悲しい結末であった「中国入国禁止」から三十年も後の二〇〇二年のこととなる。

（２）江蘇省鎮江市

バックの再評価について、継続的な活動を行っているのは中国江蘇省の鎮江市である。バックが幼少期から暮らした鎮江市の活動は、シンポジウム開催に留まらず、バックが暮らしていた住居やバックの名前を付けた橋や道路等を整備して、米中関係の良し悪しに影響を受けることなく現在でも維持されている様子が「鎮江市賽珍珠研究会」のホームページで確認できる。

①シンポジウムの開催

鎮江市で一九九一年からバックの再評価の活動が始まりシンポジウムが開催された。このシンポジウムは、中国人研究者から「パール・バック研究史上の一里塚となる」として評価された(113)。

二〇〇二年十月にパール・バック生誕百十周年記念の「賽珍珠国際学術シンポジウム」が開催された際には、十数名のアメリカの研究者を含む約百五十名が参加し、バックの息子エドガー、娘ジャニスも出席した。同年九月に発行された論文集には、六人のアメリカ人が寄稿しており、その中にはジャニスの「母の回想」と題したものもある。ジャニスは「当時暮らした自宅には、中国やインド、日本の知人・友人がよく訪れ、時には宿泊し、また留学生の保証人になるなどしたことから、異国の人と交わり、多くのことを学んだ」と、在りし日のバックとの生活について綴っている。この論文集には他に四十名以上の研究者が寄稿しており、バックの再評価に向けた熱心な取り組みがうかがえるのである。二〇〇五年に開催された同会では、中国内外の二百名近くの文学関係者が参集した。鎮江市長の同会開催挨拶文「中国でのアメリカ娘の追悼」が同年六月二十五日付の「鎮江日報」一面に掲載され、「パール・バックの作品を通して世界各地の人々が鎮江という街を知るようになった。彼女は鎮江の誇りである。彼女の中国の人々への深い愛情は、私達を感動させた。本討論集会は、現在そして未来へと続くものであり、大きな意義をもつ。東西文化の交流だけでなく、世界文化の交流のために多大な役割を果たすものと期待している」と述べた。

この頃の論文集には四十名余りの研究者の論文が掲載されているが、二〇一七年のバック生誕百二十五周年記念の論文集を見ると、研究者の寄稿論文数は減少しており、論文テーマには作品名よりも「慈善事業」の項目が目立っている。

シンポジウムの開催に伴って発刊される論文集における研究者の言説を次に記すが、文化大革命終焉《しゅうえん》後の政情の大きな変化が目に留まる。(114)

・「宣教師は、文化の侵略者」という観点から評価される傾向があったが、このことについては議論すべき問題である。パール・バックが宣教師だったとしても三部作『大地』を否定してはならない。

・パール・バックを理解することが大切だ。彼女自身と彼女の作品、そして彼女の作品と社会的活動の視点から評価する必要性がある。
・中国とアメリカ両国間の政治的関係の変化から、パール・バックの諸業績を評価する必要がある。
・中国人民の抗日戦争を支持して、中国民衆を題材にした作家はパール・バックの他に居ない。
・パール・バックの作品の研究は、わが国の歴史と文化の資源となり、中国の歴史・文化と文学の研究の深化に有益である。
・中国の人々の生活を熟知し、中国の歴史書や物語を学び、中国の小説の書き方を体得して、東西文化の違いはあっても人々の心は共通であることを教えた。
・異文化に対してその国の歴史を考察し、相手の伝統を知り、価値観の共通点を探り、寛容で受容的な態度で育成し、謙虚に学ぶ姿勢をとるべきことを、彼女は私たちに教えている。これらのことは、改めて考えるべき問題である。

②「鎮江市賽珍珠研究会」の発足

バック生誕百十周年記念の「賽珍珠国際学術シンポジウム」の翌二〇〇三年二月に「鎮江市賽珍珠研究会」が発足した。同研究会のホームページでは、発足以来、活発な学術活動が進められている様子を見ることができる。バックの「年譜」「作品リスト」「学術資料」「抗日に貢献した業績」など、多数の研究会の活動記録と資料が掲載されており、英語版のページでは、シンポジウムにおける来賓の挨拶文を掲載し、バックの「ノーベル文学賞」受賞式や「パール・バック国際財団」を招いて開催した諸行事の模様を写真で紹介している。

同研究会が公開している二〇二一年十一月のトピックスは、バックの生地の「ウェストバージニア大学」と「パール・バック研究会」が韓国の研究者と共に三ヵ国を繋いだオンラインによる国際シンポジウムが開催されたというものである。

二〇二二年には、バックの生誕百三十周年を記念するシンポジウムが、複数の都市で開催された。

バックの誕生日の六月二十六日から二日間にわたり、江蘇大学の主催、中国国際問題研究所と鎮江市賽珍珠研究会の共催により、「未来に向けた相互の知識と学習」をテーマに「パール・バック国際学術シンポジウム」を開催し、精華大学、北京大学、復旦大学、ミラノ国立大学の孔子学院、その他の大学や研究機関から二百人以上の専門家や学者がウェブを含めて参加した。今回の大きな目玉は、パール・バック研究の大学提携と、二冊のバック関連の新刊書籍の発表であった。江蘇省内外からの様々な組織からも出席者が来場し、江蘇大学で開催されたシンポジウムは、熱気に溢れた会合となったに違いない。

また、同年十二月には、バックが結婚後に暮らした安徽《あんき》省で、蘇州大学と准北師範大学が共同で、パール・バックとロッシングに関する「国際学術シンポジウム」を開催し、鎮江市賽珍珠研究会も含め、世界中から主にウェブで五百人以上の学者とバックの愛好家が参加した。会議は、中国、日本、アメリカ、イラン、その他の国から十四人の学者によって行われ、中国の研究者が中心に研究発表を行った。その中に興味深い研究テーマがあった。それは「パール・バックの中国訪問ビザ申請拒否の歴史的理由に関する研究」である。

③パール・バック関連施設の整備

バックが暮らした旧居を博物館や記念館として、またバックの名前を冠した広場、橋、道路、図書館を集約し、

「賽珍珠文化公園」として総合的に整備している。社会見学に来る学生や今後増える可能性がある観光客に対応するために、ボランティア通訳の研修が鎮江市賽珍珠研究会で行われている。また、記念館は、国の内外からの来訪者が行う諸行事の会場としても機能しており、賽珍珠文化公園は、観光資源として今後の活用が期待されている。

（3）安徽省宿州市

「パール・バック生誕百年記念の祝祭」（一九九二年六月）

バックが結婚後に二年間暮らした安徽省宿州市を、コンが一九九三年に訪問したところ、前年に「バックの生誕百年祭」が行われたことが確認できたという。二〇二二年十二月に安徽省で五百人もの参加者を集めて開催された「国際学術シンポジウム」については、先述の通りである。江蘇省に次いで安徽省もバックに関する学術研究の会合を今後も開催する可能性を秘めている。

（4）四川省成都市

「徳恒翻」という男女翻訳グループからの手紙（一九九六年頃）

コンは、四川省成都の学者グループから手紙を受け取った。「徳恒翻」と称する男女グループは、バックの小説を中国語に翻訳しているという。手紙には「これらの小説を通して、我々は、中華人民共和国樹立以前の中国農民たちの苦難、葛藤、幸福を理解しました」と記載されていた。

《小括》

中国におけるバック再評価の活動がインターネットで公開されていることに、時代の変化を感じる。広い中国の数少ない自治体の活動だけで中国全体の動向として捉えることはできないが、中国におけるバックに対する再評価が今後ますます盛んになることを祈る。バックにとって中国は実際に「第一のふるさと」なのである。国際的なシンポジウムの開催などに見られた、コロナ禍でこそ可能となったウェブによる会議形式は、今後もバックを語る人々の距離を縮めていくと思われる。しかし「抗日」という文字を「鎮江市賽珍珠研究会」のホームページで目にすると、軍国主義日本が残した傷跡の深さを改めて認識するのである。

2　アメリカ文学者　ピーター・コン

コンが著わした『パール・バック伝』は、一九九六年度の「全米書評サークル賞」の最終候補となり、また「ニューヨーク・タイムズ」の推薦図書になるなど、全米各紙に書評が掲載された作品で、バック研究を行う者にとっては、最新かつ必須の参考資料集となっている。本書には「パール・バックの再評価」のページがプロローグとエピローグの両方に設けられ、コンのバックに対する再評価熱を見ることができる。コン自身が「ウェルカム・ハウス」から米韓混血児を養女として迎え、自身の三人の子供達と共に育て上げており、「ウェルカム・ハウス」の運営にも関わった。本書ではコンの文学研究者としての英知が光り、膨大な資料に基づいて記述しており、バックに対する個人的な感謝の気持ちが加わって、温かみの感じられる一書となっている。

コンは、文学者という立場から「米国文学史からパール・バックの名が消滅した裏には何が隠されているのだろうか？」「このように偉大で幅広さと深さを持った女性が、どうしてアメリカ国民の脳裡から消え去ってしまったのだろうか？」と、問いかけている。そして「彼女の作品が及ぼした影響と彼女の業績の雄大さに鑑みて、ある程度の再考が必要であることは、かなり明白であるように思える。バックの生涯と業績を、再発掘、再認識せんが為に、あえて米国文学史を書き換えたい」と、伝記出版の目的を明確に述べている。

コンは、一九九〇年代前半のアメリカとベルギーにおけるバックの再評価の事例を次のように挙げている。

（1）一九九二年、バックの母校、アメリカのランドルフ・メイコン女子大学において「生誕百年記念シンポジウム」が、バックの復権を目指した祝祭として大々的に開催された。
（2）一九九三年、アメリカの公営テレビ局が、『東風、西風』と題するバックの伝記番組を放送した。
（3）一九九六年頃、ベルギーの公営ラジオ局が、バックに関するドキュメンタリーを放送した。

その上で、バックの再評価について次のように訴えている。

（4）主に一九三〇〜四〇年代に出版された彼女の十数作の小説は、もっと高く評価されるべきである。
（5）婦人運動に関するエッセイ集『男とは女とは』は、米国の当時の男女同権問題に関する論争の一部として再評価されるべきである。

特に（4）（5）に属する作品群については、「これらの作品群は、大きな功績を物語るものである」と強調しているのである。

3 伝記作家 ヒラリー・スプーリング

英国人ジャーリストで伝記作家のヒラリー・スプーリングは、中国で暮らしていた頃のバックの再評価を試みる目的で、伝記『骨を埋めて―中国のパール・バック―』を出版した。本書は、二〇一〇年に英国における権威ある文学賞「James Tait Black Memorial Prize」の伝記部門での受賞を果たしている。この賞は英語で書かれた作品に対し与えられるもので、英国で一九一九年に創設された最も権威のある賞であり、現在は、スコットランドの「エディンバラ大学」が運営母体となっている。英国においてもバックに対する関心の高さが確認でき、二〇一〇年に受賞している点は注目に価する。

本書のタイトル『骨を埋めて』は、バックに関する二つのことを思い起こさせる。一つは、幼少期から四十代まで中国で暮らし、中国民衆の中に溶け込んだ生活を営んでおり、中国で暮らす民衆や、両親と兄弟と同じように、バック自身が自分の骨を中国に埋めても不自然ではなかったこと。二つ目は、バックの幼少期に、現地で行われていた「女児間引き」という旧習である。ジャーナリストの経歴も持つスプーリングは、記事のタイトルを案出するようなセンスで、読者を惹きつけるキーワードを題名や章のタイトルに付けているのであるが、バックが野原で遊んでいた時に、乳児の小さな骨や遺体を目にしたことがあり、バックは自伝に「丘の中腹に子供の死体が横たわっていて、野良犬がその肉を食べているのもみた」と記している。バックは、それらが生まれて直ぐに殺された女児の遺体であることを知っていて、自分で考えた宗教的な儀式に従い、それらの遺骨や遺体を墓地の窪みや、地面を自分で掘って作った穴に埋葬したという。

本書の中で、スプーリングは「バックは今日では、事実上忘れ去られている」「フェミニスト神話の中にも居場所は無く、彼女の作品はアメリカの文学史からも実質的には削除されている」と辛辣な言葉を投げかけているが、その上で「ニューヨーク・タイムズ」誌のコラムに「中国では、バックは称賛されているが、読まれていない。アメリカでは、バックは読まれているが、称賛されていない」と書かれていたことについて、「両方の見解は、再検討に値する」としている。バックが雲仙で過ごした時のエピソードにも触れ、バックが暮らした日本の家屋や小旅行での出来事なども詳しく再現している。

裏表紙には三人の書評が掲載されており、その一人がコンである。「これは、素晴らしい伝記だ。最初の見事な文章から感動的な締め括りまで、僕はページをめくるのが待ちきれなかった」と称賛の言葉を寄せている。スプーリングが、バックの前半生に書かれた作品の再評価を訴えている点においてコンと一致している。

4　アメリカ文学者　渡辺利雄

渡辺は、東京大学で二十年間にわたり講義を行ったアメリカ文学者である。その講義録をまとめた『講義アメリカ文学史』を二〇〇七年に三巻、『講義アメリカ文学史 補遺版』を二年後の二〇〇九年に一巻の合計四巻を出版し、その出版を記念した講演会が二〇一〇年三月に行われた。その講演会において渡辺は「一九六〇年代に行われたアメリカ文学の見直し」の、そのまた見直しが必要ではないかと考えるようになったと明かした。

まず、バックについて取り上げた章が『補遺版』の方に編集されている点に注目したい。四巻目を「四」とせず『補遺版』としている点からも、渡辺が、バックを題材にした講義を大学で行わなかったという証であろう。渡辺自身も「限られたアメリカ文学史の講義で一時間を割いて紹介するだけの価値を持った文学者だとは思っていなかった」と述べている。渡辺は「第九十八章 Pearl S. Buck」の副題を「ノーベル文学賞授賞は『過去の失敗』とされながらも、全世界百四十五ヵ国で翻訳・愛読されているアメリカの女性作家」としている。渡辺は、アメリカ文学史上のバックの評価が、一九六〇年代のアメリカ文学史の見直しの時点で欠落したまま今日に至っている現状を見極め、その見直しとして、バックを『補遺版』に加えたと考えられる。それが「見直しの見直し」の所作であり、アメリカ文学者としてバックを再評価したのである。

渡辺は、コンが指摘した、バックの母校ランドルフ・メイコン女子大学のシンポジウムにも触れている。その会合の成果を収録した論文集に目を通し「そこに記されている彼女の姿が、筆者の思い描いていたバック像と、かなり違うことに驚いた」として、その時にバックに対する不十分な評価の見直しを迫られたのである。そのシンポジウムは、「歴史的、人道的、文学的の三つの視点」から、バックの全体像に迫ろうとしているもので「多くのことを教えられるとともに、彼女の再評価につながるアプローチがいろいろあることに気づいた」という。また渡辺はバックの作品について、英語の原文に漂う「甘美で流麗な文体」を称賛し、社会問題を問う作品を描く姿勢を「社会の良心という文学者の役割を果たしている」と評価している。

渡辺による『補遺版』の出版は、日本におけるアメリカ文学史の見直しにとって大きな意義があると考えられる。

5　臨床心理士　松坂清俊

松坂は、臨床心理士として、重症知的障がい児童施設に勤務経験を持つ研究者である。勤務していた大学の最終講義を二〇〇五年十二月十九日に行い、その題名は「知的障害の娘の母：パール・バックからのメッセージ―雲仙・日本（人）とのかかわりから―」であった。松坂の出身地が長崎県島原市という縁から、故郷の近くの温泉町雲仙のイベントに関わり、バックを紹介するパンフレット作成の機会を得て、バックに関する著書を執筆することになったのである。松坂が『知的障害の娘の母：パール・バック―ノーベル文学賞を超えて―』を執筆した目的が、バックを称賛し、業績を再確認し、再評価することであることを明確に述べている。また、その動機として、中国の研究者が述べた「パール・バックは、一九三〇年代までは誰にでも知られていたが、中国の一九九〇年前後のアメリカ文学専攻の大学院生は、パール・バックを知らない」という嘆きや、日本の大学生ばかりでなく多くの日本人が、バックの名と業績を知らないことを挙げている。

この著作全般にわたって、各節の結びは「改めて認識しなければならない」「忘れてはならない」「受け止めなければならない」「学びなおさなければならない」という、バックに対する称賛と、再評価を促す言葉が繰り返されている。臨床心理士として障がい児やその親達に対する発達相談や養育相談を担ってきた経験から、バックが社会運動を起こした動機について「障がい児を持つ母親」の視点から分析を行っている。

巻末において、松坂は「『ノーベル文学賞』受賞後のバックの文学作品と社会的活動・運動はあらためて高く（二度目の「ノーベル賞」受賞ほどにも）評価されなければならない」として、バックの作品と諸活動の意義と価値を改めて認識する必要を訴えている。最後に「（この著作が）パール・バックの人間性と業績の再評価と、このこと（史実）の再確認のきっかけになることを願っている」と結んでいる。

6　パール・バックが生き続ける日本

日本人はバックの作品を脈々と読み続けている。バックの再評価の必要は無いのではないかと思えるほど、日本人は、バックの評判が下降した時期があったことさえも知らない人が多いと思われる。太平洋戦争の影響で一度は出版が止まっても、戦後にはバックの作品は不死鳥のごとく蘇生し、その後も新たな翻訳や再訳が続いているのである。バックの作品内容については、コンの伝記や松坂の書籍の中で詳細が綴られているので、ここでは、作品にまつわるエピソードなどを記し、一九六〇年代に何度か来日した際に交流した日本人に関して、バックが彼らについて綴った人物観などを盛り込むことにする。また、バックが中国から疎開していた時に、キャロルとジャニスに食べさせたと思われる雲仙のお菓子と、バックを模したラベルが貼られた雲仙産の炭酸飲料についても記す。

（1）日本人が読み続ける作品

現在でも出版が続いている作品には、初版本が完売となった後に重版を行わず絶版にもしていない作品が含まれている。ある出版社に問い合わせたところ「現段階で重版の予定は決まっていないが、原則として版を絶やすという文字通りの意味での絶版は行っておらず、読者からのリクエスト次第では、将来的な復刊の可能性がある作品」との位置づけである。日本人が現在でも読み続けている作品を列記するが、『母よ嘆くなかれ』は第四章で記した通りである。

①『大地』

アメリカ文学者渡辺は「初版からの半世紀の間に、少なくとも三十の違った版で出版され、そうそうたる翻訳者たちが新訳を試みている。それだけの需要があるのだろう」と述べ、その中でも小野寺健による翻訳を評価し、「この小野寺氏による訳本は、当初、集英社の世界文学全集に入っていたものだが、岩波文庫で容易に入手できる『海外文学の古典』と見なされている」と位置づけているのである。『大地』の人気が続くのは、登場人物の人間模様と優しさ、紛争の中を生き抜く民衆の強さとたくましさ等が、日本人読者を魅了し続けているのであろう。『大地』を書き上げた時、バックは中国で暮らしており、登場人物のモデルとなったであろう中国人の声が聞こえ、彼等が生活している姿を見ることができたのであり、それが小説に臨場感を出すことができた一因であろうと筆者は考えている。

《登場人物にキャロルを投影》

本書を書いた頃のバックはキャロルをアメリカの施設に入れた直後である。優良な施設に入所させた故の高い費用を捻出するために必死に書いた一書である。バックは太平洋を隔てた遠いアメリカにいる十歳のキャロルに思いを馳せながら書いたに違いないが、その時、登場人物にキャロルを投影させようと思いついたのである。バックはキャロルの知的障がいのことを当時は未だアメリカで公表していない。従って、世界の読者も、「ノーベル文学賞」の審査員も、『大地』に登場する主人公の王龍の娘が、実はバックの娘ということに誰も気付いていない。物語の中で王龍は娘のことを心配する。その娘は、口をきかなければならない年になっても言葉が出ない、何もしない、ただ父親の顔を見ると赤ん坊のような笑顔を見せるだけなのだ。物語の中で王龍が娘について語った言葉を、バックは『母よ嘆くなかれ』の中でも、ほとんど同じ言葉で繰り返している。「両親よりも長生きするかも知れない子供の生命を、どうしたら保護出来るだろうか。一体私がいなくなったら誰がこれをしてくれるのだろう」。物語では、晩年になった王龍が心優しい妾の梨花に娘のことを託す。王龍は、自分に死が訪れる時にその子を死なせることを決めており、薬屋から買っておいた毒薬を一包用意していた。娘を託した梨花に万が一のことが起きた時には、娘に毒を飲ませて死なせるようにと、その包みを梨花に渡し、王龍は安心するのである。他の登場人物が王龍の娘に対して拒絶反応を示したり、からかう場面でも、バックは、自身がキャロルを通して受けた様々な辛かった経験を、それらの登場人物に投影させている。キャロルに知的障がいがあったことを知った上で『大地』を読むと、母としてのバックの苦しみを察すると同時に、登場人物が優しく振る舞う場面では心が温まるのである。

②『ドラゴン・シード―大地とともに生きた家族の物語―』

「一九五〇年に一度翻訳されているが、戦争の傷痕が癒えない時代であったためか、日本ではあまり知られていないようだ」と、九五年に終戦五十周年を記念して出した新訳版の翻訳者の川戸トキ子氏が述べている。

この作品は南京大虐殺が起きた頃の中国農民の物語で、バックが日本軍への批判を目的に戦時中に書いたものである。中国語のペーパーバック版が九四年に出版されたが、終戦五十年を迎えるにあたり、日本軍が行った残虐行為を広く中国人に告知する目的であろう。その点において、日本でも終戦五十周年に出版されたことには意味があると考える。「作者のストーリー展開の巧みさ、登場人物の巧みな起用は単なる反戦小説にとどまらない深さと広がりを持つ」とも評されており、『大地』よりも明確に「平和への希求」「生と死」「紛争時の人間の残虐性」を主人公に訴えさせ、そこにバックの平和を願うメッセージが込められている。

③『隠れた花』

アメリカで五二年、日本では二〇一四年に出た作品で、バックが日本人の生活と文化を詳しく表現している点において、不思議さえ感じる作品である。なぜならば、中国からの避難民として雲仙に滞在した二七年以降、本書を書いた時点までに、バックは来日していないからである。本書に描かれた日本庭園のある日本家屋を、雲仙から子供連れで小旅行をした街で見かけたのだろうか。否、学習の労を厭《いと》わないバックは、京都の寺社仏閣、庭園、障子のある日本家屋等々について、アメリカにおいて日本人から詳細なヒヤリングを行ったことが推察できるのである。

アメリカ生まれの日系二世の医師が、太平洋戦争勃発後に日系人の収容所に入所せず、日本への帰国を選び、長男をアメリカに残して、妻と日系三世の長女と共に京都で生活を始める。京都郊外の土地と屋敷を購入したが、売却した男爵は、雲仙の山奥の草庵《そうあん》にこもるという設定で、バックは太平洋戦争開戦後に日系アメリカ人が苦しんだ様々な問題を軸に据えて、アメリカの移民法、白人の他人種との結婚禁止などの人種問題、日米混血児の問題を物語に盛り込んでいる。

二人の登場人物と彼らの名前が目につく。一人は、日系二世の医師と親交を持つ男性松井であり、もう一人は、主人公として描いた日系三世の長女に向かって「あなたの歩き方はアメリカ人みたい」と言う三島ハルである。石垣のアメリカにおけるペンネームは「ハル・マツイ」であり、津田梅子の弟子でペンシルヴェニアのバックの自宅を訪問した女性が三島スミエなのである。他の登場人物の一人は、ドイツ人女性医師で、石垣がバックの推薦で参加した「国際婦人会議」にドイツから参加した女性医師を彷彿とさせる。

本書出版の前年に日本に帰国した石垣夫妻に想いを寄せて、バックが石垣のペンネームを二人の登場人物に反映させたように思えてならない。また『神の火を制御せよ』にヤスオ、『つなみ』の映画版にトオル、『私の見た日本人』にヤマグチさんと、息子のイサム、もう一人マツモトさんも登場し、彼らの名前はすべて、バックと旧知の日本人のものである。

④『神の火を制御せよ―原爆をつくった人びと―』

核兵器廃絶を訴える目的で一九五九年に出た本書は、アメリカではベストセラーとなり、長く品切れが続いた。また、独仏をはじめ多くの欧州諸国で数ヵ国語に翻訳され六〇年代の欧米における「反核運動」の原動力の一つとなったという。被爆国日本では、鶴見和子、田中睦夫、龍口直太郎らが原書出版直後に新聞、雑誌、バックの他訳本の「訳者あとがき」などでコメントを書いている。鶴見は物語の全体像を七ページにわたって紐解《ひもと》き、詳しい解説と自身の感想を記すに留まっているが、田中は「パール・バックはこの小説を描くに当たって多くの科学者達に協力を求めた。そこに描かれた人物の態度は精確なものだと、私に手紙で伝えてきた」と述べ、「マンハッタン計画に参加した科学者との接触と、物語を事実に基づいて描いたことを何気なく匂わせていた。」(115) またバックは本書発刊の前年に出たラルフ・E・ラップの『福竜丸』に「序文」を寄せ、次のように述べた。

実験と応用による科学の進歩の蔭《かげ》には、必ずといっていいほど、ちょっとした拍子で犠牲者が出るのはどうしても止むをえない。こういう犠牲者は研究とか工場となんらかの関わり合いがあって、彼らは自分たちの危ないことや、けがをするかも知れないことを十分心得ている。危険は承知の上である

バックが、「第五福竜丸」の乗組員は「原子力研究などとは少しも関係がない」点を強調するための書き出しであるが、『神の火を制御せよ』でバックが描いたのは、ウラン燃料の容器を持っていた科学者が手を滑らせて容器を落とすという、「ちょっとした拍子」で起きた事故である。『福竜丸』の著者ラップは、「マンハッタン計画」に参画した核物理学者で、「極秘事項であっても一般の人々に知らせるべき」と主張して、政府が「原子力極秘資料」と位置付けているものも公然と手に入れることができた人物で、バックはラップの『福竜丸』のために「序文」を寄せるほどの親密な人間関係を築いていたのである。

ところが本書は誰にも訳出されることなく時は巡り、原書出版から四十八年も後の二〇〇七年に、はじめて邦訳本が出版されたのである。監修を務めた丸田浩による分かりやすい解説が巻末に付されているが、当時「マンハッタン計画」には女性科学者は参加していないとの定説があり、物語に登場する女性科学者ジェーンは「架空」の人物であり、もし「マンハッタン計画」の科学者の中に女性が居たなら、という問いを掲げながら書かれている。ところが、広島の原爆記念日に「マンハッタン計画」に参加したアメリカ人女性科学者が、原爆ドームを背にして平和記念公園に居る姿が次のとおり新聞で報じられ、読者の認識と丸田の解説が覆されることになったのである。

浅倉拓也「原爆開発、ヒロシマ悔恨『被爆者に話す』計画参加の米科学者、初の訪問」「朝日新聞」二〇〇八年八月六日

記事：物理化学者として米国の原爆開発にかかわり、戦後中国に渡ったジョアン・ヒントンさん（八六）が原爆投下から六十三年を前にした五日、初めて広島市を訪れ原爆ドームを見学した。科学者の道を捨て、北京郊外で酪農を続けながら、米国への書簡などで「原爆投下は人類への犯罪」というメッセージを発し続けてきた。ヒントンさんは六日、被爆者と会い数奇な半生を振り返り原爆への思いを語ることにしている。

詳細欄には、ヒントンが米国の大学院で物理学を研究していた一九四四年から「マンハッタン計画」に参加し、ニューメキシコ州の研究施設で原爆開発に携わったこと、「威力を見せつけるための兵器で、まさか市民の上に落とすとは思わなかった。研究所の同僚も怒っていた」とのコメント、終戦後に仲間と共にワシントンの連邦政府を訪れ原爆投下に抗議したこと、自責の念にかられ、悩んだ末に物理学者の道を断ち、四八年に上海に渡ったこと、中国で酪農に従事していたアメリカ人男性と結婚し、子供に「和平（中国語で平和の意）」という中国名を付けたこと等が記されている。

このヒントンの九日間の日本滞在は、二人の日本人女性が実現に導いた。一人は出版社の女性、もう一人は日本と中国の大学講師で翻訳業を営んでいた小池晴子である。小池は一九九三年に北京の大学に観光業と日本語の講師として着任することになり、宿舎としてホテルが指定されたが、そのホテルの過去の宿泊者の中に原爆に関わったアメリカ人が居たという噂話を聞いた。興味が湧いた小池は「楊早寒春」という中国名と電話番号を入手し、アメリカ人男性が電話に出るとばかり思って受話器を握った。電話に出た女性に「原爆に関わった科学者」について聞いたところ「それは私のことだ」と、その女性は即答したのである。早速、小池は翌日にその人物の自宅を訪問し、そこから小池とヒントンとの付き合いが始まったのである。小池は日本人にこのスクープを伝えようと「朝日新聞」北京支局を訪問し、「戦後、原爆とも米国とも関係を絶った米国人女性科学者が、北京郊外で約三百頭の乳牛を飼いながら静かに暮らしている」として、二〇〇〇年に報道され、ヒントンのことが日本人にも知られることになった(116)。

その女性達の並々ならぬ尽力が実り、高齢のヒントンの三人の子供達の賛同を得て、息子が付き添うことになり、真夏の日本への訪問が実現したのである。ヒントンは広島と長崎を訪れ被爆者と語らい、東京での「外国人記者クラブ」の会見にも応じた。

さて、問題は、本書のジェーンの言動や振る舞いから、それがヒントンであるとの確証が得られるのかということに移る。ヒントンは、「マンハッタン計画」に参加した女性科学者が二人居たと述べているため、単なる「女性科学者が参加」というだけでは、ジェーンとヒントンを結びつける情報が不足している。中国へ戻る前夜の夕食会に同席した小池は、ヒントンから次の話を聞いた。「ロス・アラモスでの原爆製造中に事故が発生し、二人の研究者が大量の放射能を浴びた。一人が即死、もう一人は病院に運ばれたが、一ヵ月後に死亡した。病院に運んだのは近くにいた私だった。私自身も、その後長く白血球の異常に悩まされた。また事故は一切公表されなかった。重大機密だった」。バックが描いた事故では、ディック・フェルドマンが被爆に苦しみながら六日後に死亡するが、事故が起きた時にフェルドマンを病院へ運び、たった一人で付き添い看取るのはジェーンなのだ。これは、本書の読者が誰でも記憶しているであろう強烈なシーンである。バックはこのシーンで被爆の恐ろしさを描く際、実際の事故情報を模した可能性が高い。監修者の丸田と出版社の女性が確認したところ、原爆製造過程の記録本などには事故に関する記述は見つからなかったという。ヒントンは、物理学者フェルミの弟子としてシカゴ大学の女子大生の頃から師事し、研究者としても彼の愛弟子の一人であった。物語でもフェルミは実名で登場し、ジェーンはフェルミのもとで原爆製造の研究を行うのである。

先述の通りバックは「ノーベル賞」の授与式にフェルミと二人だけの受賞者として臨んでおり、お互いに家族を連れてスウェーデンに来ていたので、諸行事で行動を共にしているはずである。加えてフェルミはイタリアへ戻らず、そのままアメリカに移住したのだ。その後のバックとフェルミとの交流に関しては不明である。ヒントンは、終戦後に、自身の全てと言える科学者への道を捨てて中国に渡り終の住処とした。物語のジェーンも、同じく研究所を離れてインドへ行くのである。

ヒントンはバックには面会したことがないと述べたが、「『神の火を制御せよ』のジェーンのモデルは自分であったかもしれない」と、夕食会の席ではじめて認めたのだ。丸田も「マンハッタン計画」に参加した女性科学者の存在を「朝日新聞」の記者から聞き、バックが描いたジェーンが、架空の人物ではなく実在のヒントンであった可能性を示唆しているのである(117)。

二〇〇〇年の新聞記事においてヒントンは「原爆の使用を思いとどまらせているのは、侵略者の恐怖の均衡であり、決して人々への思いやりからではありません」と述べ、中国で暮らしながら核兵器の廃絶を訴えたのである。ヒントンは二〇一〇年六月に北京市内の病院で静かに息を引き取った。享年八十九であった。

⑤『つなみ』

これは、一九二七年にバックが家族と共に雲仙で過ごした際に、現地の人々から聞いた過去に起きた普賢岳噴火と、その地震による津波災害の話を基にした、少年たちが災害に負けずに友情を深めながら力強く生きて行くという、子供向けの短編小説である。災害が起きた時に悲しみに沈む被災者と、どう向き合うべきなのか、登場人物が優しい言葉で読者に伝えている。災害に限らず、いつでも人間が遭遇する様々な悲しみに対して教えられる点の多い一書である。

日本では、一九五〇年に『津波』として初出版されたが、その後、広島県在住の主婦五人が一年九ヵ月かけて翻訳にあたり、八八年に新訳版として『つなみ』が出版され、その作品を二〇〇五年に別の社が復刊したのである。東日本大震災後にNHKラジオで女優の紺野美沙子による朗読が放送され[118]、あるお寺の住職が七百冊購入して全国

映画『大津波』ロケ地雲仙にて　左端にジュディ・オング　撮影：近藤國泰

撮影：近藤國泰

撮影：近藤國泰

の布教師に配布したというエピソードもある。(119)

また戦後の復興の最中に本書を読んで励まされた一人の映画会社の男性が居た。失意のドン底に突き落とされた時、彼は本作品を読み「著者はこの作品を通して、日本の人達に希望を持つように伝えたかったに違いない」と感じ、この作品を映画にしようと思っていたという。「映画『大津波』を日米合同の制作に協力することになり名誉に感じている」と、その男性は記者会見の場で東宝映画の社長として素晴らしいスピーチをしたのである。バックは「美しいスピーチ」と述べている。残念ながら本作品は日本全国での上映が行われず「幻の映画」となり、本映画の研究論文を執筆した鈴木紀子によると、視聴できる状態にある映像は、米国議会図書館に収蔵されているという。(120) ここでは、バックが映画撮影のために来日した際に交流した映画のキャスト や、その他の旧知の日本人について記す。

早川雪州

アメリカで活躍した往年の大スターである。本映画では、村の長老として出演した。バックは撮影現場で早川に会うのが楽しみだったといい、クライマックスのシーンを見学していた時、早川の威厳に満ちた演技に感動しバックの目に涙があふれ、「滅多に泣かないはずの自分の涙に驚いた」と述べている。後に、早川はバックを芸者のいる東京の茶屋に案内し、バックは日本での良い思い出として、その時に見た芸者の世界を『私が見た日本人』に「芸者」という章を設けて一般の日本人があまり知らない世界を詳述している。

ジュディ・オング

バックとダニールスキー監督が同席して東京で行われたオーディションでは、バックの選抜により主役の男の子の妹役に選ばれ、本映画が女優としてのデビュー作となった。その後は、テレビドラマ、映画、舞台などに多数の出演を果たし、日本、台湾、中国語圏で活躍する国際的スターとしての地位を築き、アメリカで制作された映画にも出演し、ハリウッドデビューも果たしたのである。現在に至るまでの女優、歌手、木版画家、社会貢献活動等々の多岐にわたる活躍と多くの受賞をバックが知ったなら、称賛し、自分に先見の明があったことをさぞかし誇りに思ったに違いない。帝国ホテルで行われた映画のオープニングパーティーのエピソードから、現在の日本では滅多に聞くことができない「纏足」や「弁髪」など中国の旧習に関する逸話まで、巻末の「証言集」で語って下さった。

円谷英二

日本では、あまりにも有名な特撮監督で、誰もが知る「ウルトラマン・シリーズ」の生みの親である。本作品の津波の特撮映像を制作した時、円谷は未だ東宝映画の社員であり、バックの言う「特別効果技師」として活躍していた。バックは「彼は自分の制作したものは大成功だという自覚をもっている人に特有の、自信に満ちた様子をしていた」と、映画会社のスタジオで円谷に会った時の印象を語っている。円谷の仕事ぶりは完璧で、雲仙の撮影現場に数度足を運び、その村、海岸線、家も一つ一つ正確に模写してあり、全ての物がスタジオ内で完璧に復元され、津波の押し寄せる音は、スタジオの脇を流れる川の音をスタジオ内に送り込むことになっていると、バックは円谷から説明を受けている。バックが訪れた「東宝スタジオ」は、現在も、大規模な新しいスタジオの建設を重ねて発展を続けており、スタジオ脇の「仙川」も段差を流れ落ちる時に音を立てながら脈々と流れ続けている。円谷が自身のプロダクションを「東宝スタジオ」の近くに設立したのは、この映画の特撮を担当してから三年後の一九六三年のことである。

大崎英晋

水中カメラマンとして活躍していた大崎は、本映画の水中撮影を担当するとの前提で、バックが脚本制作を行っていた帝国ホテルに呼ばれて脚本に目を通した。その結果、どうしても妥協できない点を見つけて撮影への参画を断ったのである。同席していたダニールスキー監督は激怒したという。脚本を書いたバックに理由を説明したところ、バックから脚本の手直しに協力するように要請され、大崎は自ら書き換え、バックによる小さな修正が加えられたのみで、そのまま映画で採用されることになった。雲仙の宿泊先でたびたびバックと話す機会があった大崎は、最終日にバックに呼ばれて二人だけで話す機会があった。バックは「エイシン、ありがとう。あなたと話すことが出来て本当に楽しかった。エイシンと話すことでリチャードを失った悲しみを忘れることができた。キャロルがエイシンと同じ年齢なので、息子と話している気持ちだった」と話しながら大粒の涙を流したという[121]。東京に到着してから数日後にウォルシュの訃報が入り、バックが急遽帰国し、再来日して継続した映画制作であったが、バックは夫が死去したことを公表せずに毅然《きぜん》として撮影に臨んでおり、いかに悲しみをこらえながら過ごしていたかが垣間見える話である。葬儀のためアメリカに帰国する時に、澤田の自宅に立ち寄ったバックが娘との国際電話の後、悲しみに耐えられなかった場面と、バック自身が亡き夫を回顧し、これからも一人で生きていかなければならない孤独な自分を認識する場面は『過ぎし愛へのかけ橋』に書かれているが、キャロルと夫の名前を出して涙を流すバックの姿は、他の日本人には目撃されていないと思われる。

また大崎は、この時バックと「海女に関する書籍を書くこと」を約束した。原作には書かれていない海女を本映画では登場させており、大崎が脚本を書き換えたのも海女に関わる部分だったのだ。大崎は、約束を果たし、バック亡き後二十二年の時を経て『失われゆく日本の海女文化』を九五年に出版したのである。

川喜多かしこ

川喜多の夫長政は、日本における外国映画輸入配給業の会社を設立した人物である。結婚後は、かしこも夫の仕事に加わり、当初はヨーロッパ各国の優れた作品を中心に輸入公開し、後に日本映画の海外への紹介や外国との合作映画などを制作した。かしこは、英・仏・独語が堪能で、バックとの交流にも、かしこの語学力は活かされ、はじめて会ったにもかかわらず直ぐにうちとけて、かしこはバックを鎌倉の自宅へ招待したのである。四六年に中国からの引き上げ船で長政と共に帰国した山口淑子が、かしこの自宅に暫く身を寄せていたこともあり、共通の話題が多かったことも一因であろう。かしこは、川端康成、大仏次郎、高見順などを招いてバックとの食事会も行っている。鎌倉の円覚寺を訪れた時にバックは中国を思い出し「鎌倉に住みたい」と述べ、「私は中国へ行きたい、新しい中国のことを書きたい。けれども、アメリカ政府は私が中国へ行くことを喜ばず、中国の政府も私を受け入れようとはしない」と話したという。かしこはバックの英訳書『水滸伝』にも触れ、「この仕事は非常に難しいもので、古文の先生について古い中国語を学ばなければならなかったが、四年半かけて、とうとうそれを完成した。バックはこの書を『苦悩の記念碑』と呼んでいた」と述べている。

山口淑子

一九四九年に「ウェルカム・ハウス」の募金活動の折、バックの自宅で石垣と共に宿泊して以来、バックと友情を温めている。その会合への出席がイサム・ノグチとの結婚へと発展したことで、山口にとってバックは特別な友人となったに違いない。中国生まれの山口は満州の映画会社で女優として大活躍したが、バックと同じく二つの祖国を持ち、日中両国の狭間で悩み、中国人「李香蘭」として生きてきた人生を日本人「山口淑子」へと転換させることを決意し、中国で暮らしていた時に自分が日本人であることを公表した。終戦の時に中国に居た山口は、川喜多長政に救出され、命からがら引き揚げ船で四六年に日本へ帰国した。その後、日本でも女優として仕事を再開し、「ウェルカム・ハウス」の募金活動のイベントに参加した四九年は演技の勉強でニューヨークに滞在中で、ブロードウェイ・ミュージカルの巨匠オスカー・ハマースタインとリチャード・ロジャースがバックを山口に紹介したのである。二人は、「ウェルカム・ハウス」の支援者であり、山口が中国生まれということがきっかけでバックに引き合わせたのである。バックが来日した際には、かしこと共に歌舞伎座に案内するなど交流を続け、山口自身も有名女優であるだけに雑誌や新聞でその模様が写真入りで報じられるのである[122]。雑誌記事で山口は中国語の「幽雅」という言葉を用い「幽雅とは、質素で典雅な、おくゆかしく上品なさまをいうのですが、バック女史はまさに幽雅のひとなのです[123]」と述べ、バックと会う時には互いに流暢な中国語で話し、個人的な悩みごとの相談も持ちかけている。山口は自叙伝にバックの写真を三点も掲載するほどである。山口は李香蘭、シャーリー・ヤマグチ、大鷹淑子と複数の名前を持つが、本書では山口淑子で統一した。

帝国ホテルに滞在中のバックのもとを訪問した旧知の日本人が意外とたくさん居たことを、当時の日本人は時間の経過と共に知ることになった。訪問した友人達が、新聞、雑誌、バックの邦訳本の「訳者あとがき」や付録冊子等に「バックとの会見エピソード」を語り、一緒に撮影した写真も掲載されるので、バックとの関係が改めて明かされたのである。石垣綾子、澤田美喜、田中睦夫、龍口直太郎などの記録が残っているが、パーティー会場の写真が多いので、映画関係者以外の多くの日本人が会場に紛れ込んでいたことが想像できる。近藤の証言によると、当時は未だ高校生だった紘子と母と弟妹達は、ホテルのパーティー会場ではない所でバックと面会できたとのことで、父の谷本牧師は広島から映画の撮影地雲仙に会いに来たことを、バックが書籍に記している。

⑥『私の見た日本人』

バックが「パール・バック財団」の支援活動で来日した際に、日本各地を訪れた体験やエピソードと、友人との交流を基に日本と日本人観を綴っている。アメリカから連れてきたプロのカメラマンによる写真撮影が行われ、終戦から二十年後の日本で、たくましく元気に生きる日本人を見ることができる貴重な資料となっている。バックの鋭い観察眼を通して見る日本人の姿が詳細に記され、その記述には、日本人よりも日本を理解しているのではないかと思えるような、現代の日本にも通じるものがある。「日本語表現はあいまいであるにもかかわらず、日本人は現代科学で驚くべき成果を上げている」「古さと新しさ、時に激しくふだんは繊細なこの対照こそが日本をして世界でも有数の魅力ある国たらしめている」「日本が島国、しかも海洋の島ではなく大陸に近い島国だったことは、大きな意味があり、日本人の心情の機微に影響を及ぼした」「敗戦と原子爆弾投下以降、日本人はずっと世界平和に強い使命感を抱いている」と述べている。

⑦『終わりなき探究』

アメリカにおける原書出版は二〇一三年であるが、余命半年のバックが一九七二年九月にバーモント州の病院で執筆したことが判明した。バックの遺著管理者となったバックの息子エドガー・ウォルシュによると、「今後、新たな原稿が発掘されない限り、本書が母の遺作である」とのことである。日本では、二〇一九年十月に邦訳本が出たが、『隠れた花』が原書出版から六十二年後、『神の火を制御せよ』は四十八年後に出ているため、本書の出版が四十七年後であることには驚かないが、実は「ニューヨーク・タイムズ」で「執筆から四十年も出版されなかったパール・バックの小説が現れた」として報じられるような運命が隠されていたのである。[124] この作品が辿った運命をエドガー・ウォルシュが解説している。

二〇一二年十二月に、テキサス州在住の女性がフォートワースの貸倉庫に預けられていた荷物を買い取ったことを聞き知った。その時点まで倉庫の使用料の支払いはなく、法律上、倉庫会社は中味を競売にかけて処分することができたのである。買主が中身を確認したところ、ほかのものに混じってパール・バックの小説の手書き原稿とおぼしきものが見つかった。三百枚を超える原稿には、タイプ打ち原稿が添えられていた。女性は原稿を売る意向を示し交渉の末にわれわれ家族が買い取った。本書の原稿がいつ誰によってバーモント州のダンビーから持ち出され、どのようにテキサス州フォートワースの貸倉庫にたどりついたのかは未だ不明である。

翻訳者の戸田章子は週刊誌のインタビューで次のように述べている。[125]「米国版アマゾンにはレビューが六百件以上あって、大きな反響だったと思う。『パール・バックが最後に言いたかったのはこういうことだったのね』と静かに本を閉じる感じで読まれたのではないか」「人生は驚異にあふれている。それが生きる根源だった。そしてまだその先を私は探求していくという一心で書いている」「主人公はあくまで自分の人生の乗り物。こうして自分は生きた、たくさんの知見を得てきた。人生の終章の後にきっと真理がある、と自身の集大成として書いているように私には読める」。

晩年にバックは、スキャンダルによる要らぬ苦労を背負い込み、その挙句に自分が癌に侵されていることを知り、病院で執筆したこの作品には「遺作」となることを覚悟しているかのように、自らの姿を主人公に重ね、名前をバックの出身大学の「ランドルフ」とし、海外へ旅立たせ、人生経験を積み、作家にさせている。バックも人生を見つめ直しながら重ねていった八十年の歳月であったのであろう。遺作とされる本作品が日本で二〇一九年十月に出版されたことは、バックへの関心が日本人の間で現在でも持続している証である。加えて、『大地』の原稿が二〇〇七年に発見されたことを記しておこう。バックの元秘書が盗み秘匿していたという。他の作品群の原稿は無事であろうかと、不安がよぎるのは筆者だけであろうか。

⑧「身代金」『世界推理短編傑作集6』

二〇二二年二月に出た『世界推理短編傑作集6』に、バックのミステリ小説「身代金」が約六十年ぶりに復活した。本作品は、日本では一九五九年に江戸川乱歩が編んだ傑作集に採られたが、その後、一度は乱歩編の傑作集から姿を消した名作である。

「身代金」は、バックが中国から帰国しアメリカに永住してから四年後の一九三八年に「コスモポリタン」誌に発表された作品である。当時のバックは、アメリカの新生活に心からは馴染めていなかったことは先述の通りだが、そのような本人の気持ちとは裏腹に、バックの多数の作品はベストセラーとなり、すでに知名度の高い作家となっていた。本作品を発表した頃、中国から一緒に帰国した次女ジャニスは十四歳で、帰国後に迎えた四人の養子は、未だ乳幼児であった。三二年に起きた「リンドバーグ愛児誘拐事件」の悲惨な結末と、犯人に対する死刑が三六年に執行されたことは、アメリカ帰国間もないバックには、衝撃的な出来事であったに違いない。バックにとって誘拐事件は、自分の身にも起こる可能性がある問題だったのである。帰国直後は暫くニューヨーク市内で暮らしていたバックが、「子供達の安全のため」としてペンシルヴェニア州の広大な農場に転居したことは、明らかに「誘拐」に対する危機意識の現れである。

物語は、アメリカの裕福な家庭で起きた乳幼児の誘拐事件を題材として、愛娘を誘拐された夫婦の苦悩が描かれ、犯人とのかけ引きや秘密警察との緊迫感溢れるやり取りに読者は引き込まれていく。物語の中で誘拐について交わされる夫婦の会話は、あたかもバックとウォルシュが話しているかのようで、実際に誘拐事件に遭遇した際の具体的な対応策をウォルシュ夫婦が熟考していた様子が垣間見える。

雑誌に発表された後、本作品は、アメリカの推理小説家エラリー・クイーンによって五一年に編まれた『犯罪文学傑作選』に、「ノーベル賞」受賞作家をはじめとする有名作家の推理小説と共に採られた。編者クイーンは、「ほとんどすべての世界的に有名な作家は犯罪文学に貢献してきた」と述べ、バックの「身代金」については、「今まで秘密警察員を題材にした小説のなかで最高傑作とよぶべきものが二つあるが、これは、その一つであり、深く人情の機微をうがった不朽の名作である」と評価している。本書の副題は「世界的に有名な作家による物語」となっており、クイーンの編集方針がバックに幸いしたのである。クイーン編の本書が日本で出るのは、七〇年代となる。

一方、日本で初めて本作品が収められたのは、江戸川乱歩によって編まれた『世界短篇傑作集』(元版)で、五九年のことである。しかし、その直後の六〇~六一年に文庫化された乱歩編『世界短編傑作集』全五巻(旧版)が出された際、「身代金」だけが外され、新たに九編が加えられた。乱歩は旧版「序」に、英米作家や評論家による多くのランキング情報を列記して、いかに多くの情報から綿密な選択を行ったか強調しており、推理小説家ではないバックの作品が、ノミネートされる余地は無かったことを納得させられる。

しかし、文庫化された傑作集から姿を消して以来、本作品が日本人の目に触れなかったわけではない。先述のクイーン編『犯罪文学傑作選』が日本で七七年に出て以来、増版が続き、最新は二〇〇九年に十五版が出ている。訳者の龍口直太郎は「訳者あとがき」に、バックのような本格的な推理小説家ではない作家達に関する解説を加え、「身代金」については、「本格的推理小説にまさるとも劣らぬ作品」と評している。

二〇一八年から新版として出た『世界推理短編傑作集』全五巻の編纂《へんさん》を行った戸川安宣は、新版に漏れた名作を拾遺し補完することを目的として補遺版を二〇二二年に編み、その中に「身代金」が奇跡的に復活したのである。戸川は、シリーズ六巻目（補遺版）の「序」で、「この歴史的アンソロジーの原型となった元版に採られていて、文庫化に際し外されたパール・S・バックの『身代金』を復活させた」と明言し、巻末に付された解題では、「バックは、この一作でアメリカ・ミステリ史上にも名を遺したと言える」と評している。

二〇二二年の「身代金」の復活は、日本におけるバックの再評価の最新の証となるであろう。

なお、バックの初期の作品群の訳本は、国立国会図書館のデジタルアーカイブで読むことができる。ログインに必要な手続きさえすれば、誰でもどこでも読むことができ、文字の拡大も自由自在である。

（２）バックが子供に食べさせた「湯せんぺい」

バックの複数の作品に雲仙銘菓「湯せんぺい」と思われる話が登場する。一九六〇年に映画撮影のために雲仙に滞在した時、バックは三十三年前に家族と長期滞在した「渓谷と松林のなかの古民家」を探そうと、山道を車で登ったところ迷子になってしまい、通りかかった女性に道を聞いた。すると、その女性の祖父がその場所を知っていると述べ、親切にもその祖父が古民家まで案内してくれることになった。その古民家はそこに残っていて、バックは心行くまでその場所に留まり永遠の別れを告げたという。バックは、別れ際に少しばかりのお金をその老人に渡そうとしたが、最初は受け取ってもらえなかった。しかし、バックに「どうしても」と言われて、しぶしぶ受け取った。そして町を去るときに、先程の女性が息せき切ってやって来てバックが乗った車を呼び止め、包みをバックに渡し「祖父がお煎餅を持っていってもらいたいとのことです。お子さんによく買っておられたとか」と言った。その時バックの記憶が蘇り「ぱりぱりして美味しいお煎餅を買ったのは本当でした。それをあの老人は覚えていたのです。日本人ってすごいなと思います」と述べている。(126)

「湯せんぺい」が登場する二作の原書を確認したところ、cakes とバックが書いている書籍の訳は「せんべい」、rice cake と書いている方は「おもち」と訳されている。「湯せんぺい」に米が入っていないことに気付いたバックが rice を削除して cakes と記したのではないか。しかも物語に登場する少年が「せんべいの缶を腰から下げて」と書かれており、当時の「湯せんぺい」が缶に入って売られていたという話も、バックが子供達に食べさせていたものである可能性を高めている。翻訳家が特定の商品名「湯せんぺい」をあえて避け、日本で一般的な「せんべい」としたのかもしれないが、雲仙の小浜温泉で過ごしたことのある蒋介石の好物でもあり、台湾の中華民国政府を訪れる日本人は蒋介石に「湯せんぺい」をお土産に持っていったと、「小浜温泉誌」にも記されている。

（3）うんぜんレモネード

「温泉レモネード」は、温泉地雲仙や酒販店、デパートでも販売されている炭酸飲料で、その昔「温泉」を「うんぜん」と発音していた名残《なごり》で「うんぜんレモネード」と読む。ラベルの横書きの商品名が右から左方向に書かれていることも、レトロな雰囲気を醸し出している。商品化を成功させた「雲仙観光協会」の雲仙ブランドづくり委員会が味を探求し、昔、多くの外国人が避暑地雲仙で愛飲したレモネードを再現したという。「雲仙旅館ホテル協同組合」はバックに触れて次のような紹介をしている。

雲仙銘菓「湯せんぺい」（筆者撮影）

うんぜんレモネード（筆者撮影）

地域性と歴史文化の調和を再現させた復刻サイダー

明治時代から昭和初期にかけて外国人の避暑地として栄えた長崎県雲仙市の温泉地「雲仙」。かつて雲仙では炭酸水を利用し、砂糖と混ぜ合わせたレモネードが外国人らに親しまれており、その味を想定して復刻させました。ラベルのデザインは雲仙に約四ヵ月滞在した米国の「ノーベル賞」作家、パール・バックをイメージした絵柄を採用しています。冠にはつつじ科のひとつであるミヤマキリシマをデザインし、地域性と歴史文化の調和を再現しています。

終章

知日家パール・バック

バックが一九三四年にアメリカに帰国し永住した後、日本を訪問したのは六〇年のことだが、戦前・戦後を通して報じられたバックに関する情報が、これほどまでに日本の新聞や雑誌に残されているため、あたかもバックが度々来日していたかのような錯覚を起こす。戦後に来日したのは、六〇年、六六年、六七年の三度であり、中でも六〇年は、映画の制作のために東京で過ごしていたバックのもとに夫の訃報が入り、急遽アメリカに帰国、その後再び来日して映画のロケ地・雲仙での撮影が行われたこともあり、雲仙、そして日本は、バックにとって特別な場所となった。

この時に交流した川喜多かしこに向かって「私は中国へ行きたい」と吐露したバックの本音は、「中国の目と鼻の先まで来ているのに、私は入国が許されない」というジレンマであり、叫びであったであろう。

アジアに対する思いを、バックは次のように記している。「私はアジアに帰る日が必ずやってくるといつも思っていた」「誰にしろ、アジアで半生を送ったりすれば、そこに帰らずにはいられない」「日本は、中国に次いで良く知っている国だから、日本に帰るというのが理の当然」と、徐々に日本にフォーカスが絞られていくのである。そこに「ある日、計らずも、私の『津波』という作品の映画化の仕事で、私に日本に行かないかという申し出があった」という。「日本に帰るというのが理の当然」とは言っても、日本はあくまでも「中国の次の国」であり、やはり帰りたかった国は俄然《がぜん》中国だったはずである。近藤は、アメリカ留学中に付き合いがあったバックの子供達から「母は、中国に帰りたがっている」と、聞いたことがあるという。それは、六〇年代半ばのことである。

総括となる本章では、心の中でずっと中国に帰りたいと思っていたバックが、知日家になっていく過程を、バックの人生の歩みと共に振り返る。

1　夢のような国

バックが物心ついた時、乳母の王、庭師などの使用人、一緒に遊ぶ近所の子供達など、中国語しか話さない中国人に囲まれて、自分が中国人と異なる人種であることを意識することなく過ごしていた。中国とアメリカを行き来する時に、船が寄港する日本の港町で見かけた日本人の肌、眼、髪の色が中国人と変わらないことに違和感は無かったであろうし、何も驚きも関心も無かったかもしれない。多国籍の人が出入りする家庭で育っただけに、幼少期のバックは外国人の中でも中国人と日本人の外見の類似性は感じていたのではないかと想像する。当時の日本人が中国人と異なる和服を着ていたのを見て、日本を「スターンズ夫人の国」と捉えていた可能性もある。

（1）母の思い出と共に

バックが三十数年ぶりに来日し宿泊した帝国ホテルで寝付けなかった時、亡き母と過ごした子供の頃の情景が心をよぎったという。七歳位のバックとケアリーが自宅のベランダで過ごしていた時のこと。ケアリーが語ったのは、揚子江沿岸の夏の暑さを避けて日本で過ごし、中国に戻る船「広島丸」で、未だ生後六ヵ月だった姉が赤痢のような病にかかり、船上で息を引き取ったという悲劇だった。バックはケアリーの話に耳を傾け、涙を流すケアリーを慰め、もらい泣きしながら母の傍に寄り添ったという。幼い姉が死亡した船の名前としてバックの脳裏に刻まれた「広島」は、後に被爆地としてバックの心に蘇った。バックの両親にとって、日本は避暑地でもあり、外国人の需要に応えて上海と長崎を結ぶ船は、盛んに行き来したのである。

（2）はじめて見た日本

バックは「私が自分の目で初めて日本を見たのは九歳のときだった」と述べているが、それは、山東で起きた「義和団の事変」の余波で暴徒に家を襲われ、アメリカでの避難生活を余儀なくされた時のことである。その時以来日本は、「夢のような国」となり、太平洋の長旅で揺られた「荒々しい海」に対し、日本の寄港地を「ほっと一息つける安全な港なので余計に待ち遠しかった」という「こども親日家」になっていた様子が分かる。

日本の船に掲げられた国旗を目にしたバックは、揚子江を行き来する船が同じ国旗を掲げているのを目撃しているが、それが揚子江を上ったり下りたりするドイツ、フランス、アメリカの船と同じ軍艦であり、上海から出帆する日本の旅客船とは異なることを、幼少期から知っていたのである。

（3）父との思い出

寄港地の中でも特に長崎に関しては、「私たちが上海で下船する前の最後の寄港地だったので、私は幼いころからよく覚えています。当時はとても小さい町で、干し魚や古い倉庫や土蔵と呼ばれる建物の匂いがしていました」と、記憶が鮮明である。バックは、伝記小説『戦う天使』以外には、父アンドリュとの思い出を書いていないが、日本に父との貴重な思い出があった。「私が幼く、父の骨張った大きな手を握りしめていた頃、幼い足では石畳の道は歩きにくかったのですが、長崎では必ずカステラを買ってもらうので一生懸命に歩きました」。

若かりし両親が抱いた日本に対する好印象をケアリーから何度も聞かされ、バックの日本に対する憧れは、両親から大きな影響を受けながら「夢のような国」のイメージを膨らませていった。これが知日家への原点であろう。

2　大人になったパール・バックと日本

熱い夏を避けて、幼少期に何度か両親に連れられて九州に来たことが記されて以来、暫くの間、日本については綴っていない。留学する時はヨーロッパ経由でアメリカへ行き、中国に戻ってからは、ケアリーの介護、結婚、引っ越し、出産、ケアリーの死去と、矢継ぎ早に時が経過すると同時に中国の政情も大きく動いた。南京で暮らしていたバックは、命がけの逃避行の末、日本への避難民となった。

（1）雲仙での避難生活（一九二七年）

「両親が言っていたとおり」に日本へ行くことを決めたバックにとって、日本は「夢の国」から「安全な隣国」へと変化していた。バックは、その時「人間のほとんどいない、できれば知人のいない高山のどこかに行きたいと考えた」という。何もかもを失い、着の身着のまま自宅を飛び出した「避難民」であったからこそ、またキャロルを連れていたからこそ、日本人の温かさが身に染みたに違いない。

まさか、三十数年後に雲仙を再訪問することになろうとは、当時のバックは想像していなかったであろうが、この時に雲仙で聞いた津波の話が、後に大きな波を起こすことになった。

（2）横浜で求婚される（一九三二年）

日本でのウォルシュとの思い出がある。中国で暮らしていたバックに求婚するため、中国とアメリカを行き来する船に乗っていたバックの前に、ウォルシュは何の予告も無く突然現れたのである。それは、バックの船が横浜に寄港中のことで、「この町をそれまでいくたびと見てきたので、上陸はせず翻訳の仕事をやろうと思い、秘書は娘を公園に連れて行くことになっていた。私が仕事にとりかかるやいなや、誰かの声が聞こえてきた」。それがウォルシュの声だったのである。すでに何度も断り続けてきたバックに、ウォルシュは横浜でも断られた。「何度でも繰り返しやって来ますよ」とウォルシュは宣言したが、その後もヴァンクーバーでもニューヨークでもバックは断り続けたのである。それは、決してウォルシュをじらすためではなく「自分の生活に荒波を立てたくなった」だけなのであるが、「魔法の都会ニューヨークの春」に、とうとうウォルシュからの猛アタックに屈し、人生の大きな舵《かじ》を切ったのである。

日本でウォルシュは、「パール・バックの夫」として知られているが、アメリカでは非常に優秀な編集者として名を馳せており、ミュージカル『王様と私』の生みの親であることを知る日本人は少ないであろう。『大地』もウォルシュが命名した作品である。バックは当初『王龍』としていたが、ウォルシュは、中国人の名前ではアメリカ人が物語の主旨を理解できないことを主張し、'The Good Earth' に変更した。それが和訳されて『大地』という作品が日本で生まれたのである。ウォルシュはバックにとって奇跡を起こす偉大な夫であった。

（3）在米日本人、日系アメリカ人に寄り添う（一九四〇年前後〜）

中国から帰国後のバックは、軍国主義日本の批判を著作に込めたとしても、同じ主義主張を持つニューヨーク在住の日本人達への援助を惜しまなかった。そこにもう一人、バックに助言を求めるために、ペンシルヴェニアのバックの自宅を訪問した日系アメリカ人が居た。イサム・ノグチである。アメリカ人の母を持つアメリカ西海岸生まれの日系アメリカ人で、「西海岸日系人問題」について助言を求めたノグチは、バックに励まされ、一般アメリカ人に日系人の苦難を理解してもらうための活動に対し協力を得ることができた。ニューヨークを拠点とする日本人芸術家達と交流し、山口淑子と出会ったことは先述の通りである。ノグチは、世界的芸術家となり、日本でも暮らし、広島の平和祈念公園から延びる橋のデザインを手掛け、庭園を含む多くの作品を日本に、そして世界に残している。

（4）戦時中も戦後も変わらぬ日本人への愛情（一九四一年〜）

太平洋戦争に突入した時にバックは、「戦争を仕掛け、犯罪を犯し、暴虐な振る舞いをした者は、日本の民衆ではなくて、彼らをだました連中だ」と、無辜の国民に同情を寄せ、真珠湾攻撃の翌朝に国吉に贈った言葉についても「その日のニュースがどうあろうと、私達の友情は変わらないことをお互いに理解した」と述べ、日本人に対する態度は全く揺らぐことは無かった。三〇年代に日中戦争で痛めつけられた中国人を擁護する活動を展開した時も、バックは在米日本人に対して決して冷たい態度を見せなかった。だからこそ、彼らは終戦後に「東西協会」の講演活動に参加したのであり、バックとの間には国籍を超えた信頼関係が戦前から築かれていたのである。

3　運命の来日（一九六〇年）

この来日が、国際孤児団体「パール・バック財団」設立へのきっかけとなり、晩年のバックの活動を決定付けたと言っても過言では無い。翻訳者の龍口直太郎は、帝国ホテルに面会に来た日本人の一人であるが、『過ぎし愛へのかけ橋』の「訳者あとがき」で、次のように指摘している。

バック女史の関心が中国から日本に方向を換えてきた。（中略）『津波』の映画化が日本を舞台にし、日本人の俳優によって行われたことによって、彼女の眼の焦点は、にわかに日本に合わされてきた。一つには、共産主義化した現在の中国には彼女の橋が通用しなくなったので、日本をアジアの足がかりとする気持ちになったのであろう。

この頃のバックは、中国のことを「私の幼年時代から少女時代にかけての家庭があった懐かしい中国は、現在のところ、私達アメリカ人にとって禁断の国である」、またアンドリュについても「私にはすでに失われたあの中国の中央の山の上に埋められて眠っている」と述べ、戦後十年を迎える五五年に行われた日本の新聞社によるインタビューでも、「中国へとても帰りたいが、今の中国へは帰りたくない」、「中共は大嫌い」と明確に答えたのである。

（1）パール・バックを大歓迎した日本人

真夜中の二時過ぎに羽田飛行場に到着したバックを出迎えたのは、マスコミ関係者ばかりではなかった。「こんなとんでもない時間に着くのが嬉しい。出迎えの人など誰も居ないでしょうから」と、長旅の後はホテルに直行できるのを期待していたバックは、ＪＡＬの職員に案内されるがまま、予想の範疇《はんちゅう》だったカメラのフラッシュを浴び、新聞記者からの質問攻めにあったが、その次に、予想外のことが起こる。「あちらでご友人方がお待ちです」と案内され、「私がその昔、若者として知り合った人達が、随分変わった」姿になって、バックを歓迎したのである。

雲仙では着物姿が多かった日本人が、すっかり様変わりして洋服を着た女性が増え、戦後再建された新しい日本と、そこで暮らす新しい日本人を、バックは日本に到着して間もなく発見した。

実りの多かったこの来日では、バックに大きな変化をもたらす出来事が待っていた。それは、日本から韓国への訪問であり、龍口が述べた「日本をアジアの足がかりとする」第一歩となるのである。ここからバックは更に忙しくなり、アメリカとアジアを何往復もしている。七十代に入っても衰えを見せず、バックの文筆活動は益々盛んになるのである。

（2）新しい日本を観察し、『私の見た日本人』を書く（一九六六年）

アジア圏の孤児支援を開始したバックが、支援活動で立ち寄った日本の全国ツアーを組んだ。それは、六〇年に来日した際に発見した「新しい日本と日本人」を自分の目で観察し、随想記『私の見た日本人』を著すためのツアーであった。翻訳者が本書を「生きた研究書」と称しているが、非常に的を射た表現である。バックが日本を周遊した季節が夏から秋だったことが写真から推察できるが、日本文化と日本人の国民性等々、大量の詳しい情報とバックの所感が盛り込まれた本書が、アメリカに帰国後の同年内に出されていることに驚嘆する。「書くのが早い」バックの筆力は、七十四歳を過ぎても健在だったのである。

本書の結びの言葉は、「この時代に日本の人びとは仲立ちとして、東西の間に立つ使命ともいえる稀な好機をつかんでいます」とあり、龍口が述べた通り、バックの眼の焦点が日本に合わされたようだ。

4　パール・バックと日本人

バックがアメリカに居ながらにして日本人に対して行った様々な活動は、バックが自ら書く手紙もさることながら、実は新聞・雑誌の記事を介して太平洋を越えて脈々と伝えられており、それらの媒体が、当時のバックと日本人との大きな架け橋になっていたということができる。その記事のやり取りがGHQからの独立後に急増していることから、どれだけGIIQの報道規制を受けていたかが想像できる。原爆、混血児など、アメリカに都合の悪い記事の掲載は徹底的に禁止されていたのであり、その占領の最中に、原爆後遺症の皮膚移植治療の計画がアメリカで進められ、戦後の復興に追われていた日本人が知らない間に、アメリカ人による善意の救済が始まっていたのである。もちろん、広島の惨状を伝えたハーシーや、海を渡って働きかけた広島の谷本らの尽力によるものであるが、アメリカ側のピース・センターが置かれたのは、「ジョン・デイ社」があったニューヨークであり、孤児達の里親探しに忙しかったバックが、いつもその活動に加わり、日本の新聞にバックの名前が現れるのが常であった。当時の日本人は、新聞記事に載るバックの名前に『大地』の作家、「ノーベル賞」作家としての姿を思い浮かべ、記事に引きつけられたであろう。バックが日本人との関わりにおいて行った諸活動に対する日本人の反響は大きく、多くの日本人が直接的・間接的な支援、激励、影響を受けた。それにより日本人がバックに対して抱いた感謝と共感の気持ちが、終戦直後に持ったであろう日本人のアメリカに対する感情を超越したものと考える。日本人の反米意識の矛先がバックに向けられたような記事は、本書執筆の際に収集した資料には見当たらなかったのである。

バックが逝去する二ヵ月前に手紙を受け取っていた日本人が居る。英米文学者の田中睦夫である。新聞では「日本でバックと最も仲の良いひとり」として紹介されている人物で、バックが来日する度に面会し、財団のスキャンダル後の七一年にもバックの移住先のバーモント州の自宅を訪問し宿泊するという親密さであった。田中がバックからの手紙を新聞で紹介している。[127]「窓の外に、雪が降っています。その美しい景色に見とれながら、しきりに日本の人達のことを思っています。美しい日本での楽しい思い出が、胸いっぱいに広がってきます。アメリカと日本とが、いつまでも友人でありますように」。余命幾ばくも無かったバックが思い浮かべたのは、雲仙の海岸線の浮世絵のような景色であっただろうか。バックが知日家になる道程には、バックが中国で暮らしていた頃に出会った日本人や、日本国内を子供達を連れて歩いた際の日本人との交流があった。また、バックがアメリカに帰国後に、戦前から個人的に交友を深め、一緒に活動した日本人が居た。そして、戦後も日本人との交流は続き、日本の文化や国民性を温かい眼差しで見つめる「日本が大好き」という生粋の知日家となったのである。

パール・バックが眺めた立教大学のキャンパス　出典:『私の見た日本人』(2013)

大学で掲載されたのは立教大学のみ『私の見た日本人』原書に 'Ivy League University, Tokyo' と記されている

「証言集」

パール・バックを語る

二〇二二年は「パール・バック生誕百三十周年」であり、二〇二三年は「パール・バック没後五十周年」となる。この大きな節目に、バックと実際に会った経験がある三人の方へインタビューを行い、バックの人物像と、バックが行った社会活動についての所感などを語っていただいた。（名前の五十音順に掲載。）

近藤紘子さん

第四章に記した通り、小学五年生の時に渡米した際、バックの自宅で三ヵ月のホームステイを経験。一九六〇年代のバック来日の際も再会を果たし、後にアメリカの大学留学中も交流が続き、バックと共に過ごした時間は、日本人の中で最長と思われる。

近藤紘子

▽善良なアメリカ人に育まれて。

一歳の時にジョン・ハーシー、次にシュモー博士、そしてノーマン・カズンズと、善良なアメリカ人に可愛がられて育ったので、アメリカ人を憎いと思ったことがなかった。シュモー博士は「紘子は僕の娘だ」と、周囲に言ってまわって。博士は助手としてデイジーとピンキーという白人と黒人の大学生を連れてきたので、よく遊んでもらいました。父のアメリカ人の友人も自宅に来るし、私が三歳から習ったピアノの先生は、日本語が話せないアメリカ人宣教師。月に一回歌も教えてくれました。叱られるのも英語、褒められるのも英語でした。

▽**小さい頃に見たバックの印象。**

子供ながらにバックのことを一目見て「すごい人だな」って分かった。もう本当に素敵な女性。外見は白人なんだけど、どこか東洋の感じがするわけ。私は将来、西洋と東洋が混じった、そういうバックみたいな人になりたいって憧《あこが》れていたの。バックが東洋的な雰囲気を出すのは、バックの振る舞いからだと思う。アメリカ人は明るくて表にそういう感情を表すけど、バックは違うの。やっぱりそういう所が東洋的よね。

私が小学生の時にバックの家でホームステイしたのだけど、バックは自分の子供として混血児を引き取っていて、その中でも年が一番下だったヘンリエッタちゃんっていうドイツ系黒人の女の子と仲良しになった。私の方が一つ年上で。最近連絡取っていないけど、元気でいてくれていると思う。敷地にあったプールで泳ぐ時もバックが水着を用意して付き添ってくれて、母が買い物に行く時もバックが自分で車を運転してくれました。

▽**高校生のホームステイ。**

大学留学のために奨学金の申請をしたら十ヵ月近く待つことになったので、日本で英語の勉強をして待つか、アメリカに行って待つか、両親がバックに相談したら「直ぐにアメリカに来た方が良い」って言われて。ホームステイは、バックが一番仲良くしている友人のお宅にお願いしてくれて、七十代半ばのご夫婦のところで十ヵ月過ごさせてもらったんです。年齢が違い過ぎて十八歳の私にとっては大変だったけど、後から振り返ったら本当に良かっと日本語で話してしまうじゃない。バックは、そういうことも考えた上で、友人ご夫婦に私を預けたのよ。た。なぜなら、日本から来た養子がバックの家で暮らしていたから。もし私がそこでホームステイしたら、その子崩した話し方をしてはいけません」って。バックが自宅でホームステイさせなかったのは、バックの配慮からだったと思う。奥さんはイギリス人の詩人で、私が話す英語の指導は厳しかった。「貴女は英語を学びに来たのだから、

▽映画の思い出。

バックの子供達と私、思春期の三人の高校生がバックが運転する車に乗って、ドライブ・イン・シアターに映画を観に行ったの。二本立て映画の二本目の映画がお目当てで楽しみにしていたのに、突然バックが「帰るわよ、ごめんなさい」って言い出して。みんなで「えー、私達は、次の二本目の映画が観たくて来たのにー」ってがっかりして。私達は何となく観ていただけだったのだけど、一本目の映画のストーリーが良くなかったのね。映画の主人公の女性が七人の男性と次々に離婚と再婚を繰り返すコメディーだったの。その映画の上映中、バックは「この場所は良くない」って、車を移動させたり、そわそわして落ち着かなかった。その挙句に「帰るわよ」って。私達三人、家に帰ってからは、それはもう大変だったわよ。部屋で「何なの、あの石頭！」とか、バックの悪口ばかり話してた。でもね、後で大人になってから分かったのだけど、バックは「結婚はおもしろおかしいものではない」っていうことを、私達に教えたかったのだと思う。私以外の子供達は、色々な事情があってバックのところに来ているわけだから、その考えは大切よね。次の日の朝、朝食のテーブルに着いたら、バックが先に座って待っていて、第一声が「昨日は本当にごめんなさい」って、私達に謝ったの。そして、昨日の映画の感想を一人ずつ聞かれて。

▽**バックから贈られた言葉。**

大学生になって、時々バックの自宅に遊びに行っていた。窓から外を見ると鹿が歩いている風景が見える、のどかなお宅だった。ある日、紅茶を飲みながら二人だけで話す機会があって、その時にバックから言われたんです。「戦争が始まったら、多くの人が傷つく。でも、一番傷つくのは子供達なの。紘子、あなたは、それを忘れてはいけない」って。そして、「『ノーベル文学賞』を貰《もら》えるような人間に私を育ててくれたのは、私の愛する娘キャロルなの。だから紘子、この世に生を受けた者は、必ず何か意味があるのよ」とも。バックは、どうしても私に、この大切なことを伝えたかったのだと思う。特に、二人だけの時に。

▽**「パール・バック財団」を訪問。**

一九七四年に新婚旅行でペンシルヴェニアの財団を訪問しました。その時、職員の方が、広い敷地のレイアウトを十分理解していなかったので、私が説明してあげたんです。バックが亡くなった翌年のことで、敷地内にあったバックの墓地にもお参りしました。

▽**留学していた頃、ちょうど「パール・バック財団」のスキャンダルが持ち上がっていた。現地の様子は。**

バックの子供達にソシアルダンスを教えに来たダンサーは、本当にとんでもない男だった。私、彼の姿をバックの家で見ましたよ。私が大学生の時に雑誌にバックの噂話《うわさ》が報じられて、それは凄く嫌だった。バックがそういう人ではないということを私は知っていたから、きっぱりと「それは違う」って決めていた。だから私は、そういう騒ぎに心を痛めることはなかった。結局、彼はお金が目当てだったと思う。バックとは年が違い過ぎるし、バックに近付くの、おかしいでしょう。でも、よく考えてみると、バックみたいな人がご主人を失った時、淋しくて誰か話し相手が欲しかったのだろうと思う。亡くなったご主人ウォルシュは、とっても温厚で良い人だったからね。バックのように有名になり過ぎた人は、真の友人ができなくて孤独なのよ。単にバックは孤独だったのだと思う。

▽お父様がアメリカに三回行かれた講演旅行の中で、最初の二回はＧＨＱ占領下の一九四八年と五〇年だった。ＧＨＱから圧力をかけられたことはなかったか。

特に日本国内で原爆の情報を広めたわけではないので、ＧＨＱから弾圧されたことはなかった。でも、アメリカで一時期ブラックリストに載せられていたみたい。アメリカ国内でも原爆に関する情報は微妙な問題だったわけだけど、父の講演旅行の目的は原爆の話をすることだったからね。

▽松本亨との関係。

松本さんと父とは仲良しでしたよ。一九四八年に父が戦後はじめてニューヨークに行った時、「ヒロシマの構想」について松本さんに話したら「じゃあ、パール・バックのところに行こう」ということになって。バックは中国で育ったから、当時、東洋の学生達の相談に乗ったり、彼らの支援をしていたのよね。松本さんのことをバックが可愛がっていたから、松本さんは父を連れて行ったわけです。

▽バックが関わった被爆者支援について詳しくお聞きしたい。

父が第一回目の講演旅行に行った時、「まず、原爆孤児になった子供達の支援」ということになったのは、バックが父に「まず子供達を救ってください」と言ったことで「精神養子縁組」がスタートすることになって。そしてケロイドを負った「原爆乙女」。その子供達と女性達のことを支援するために、アメリカで「ヒロシマ・ピース・センター・アソシエイト」というグループを作ったわけ。その先頭に居たのはバックよ。それから、ジョン・ハーシー。その他「リーダースダイジェスト」の社長とか、バックの人脈で名士の方々が力を貸してくれて。その後「自分は年を取り過ぎているし、もっと若い人もメンバーに居た方が良いから」って、バックが父に紹介したノーマン・カズンズが加わったんです。結局「子供達と原爆乙女」の支援を実際に進めたのは、バックのご主人の出版社「ジョン・デイ社」に拠点を置いた「ヒロシマ・ピース・センター・アソシエイト」だった。もし、父がバックに出会わなかったら、この組織は設立されていないでしょうし、広島の子供達や被爆女性の支援はできなかったと思う。父が常々「パール・バックが居なかったら無理だった」と言っていましたから。

▽ある時からアメリカ人が「日本が先に真珠湾を攻撃したじゃないか」と言わなくなった。

父がアメリカに講演旅行に行った頃は、必ず「日本が先に真珠湾を攻撃したじゃないか」「リメンバー、パールハーバー」って言われたものです。ところが、私が行くようになってからは、そういう声を全く聞かなくなった。私の友人にアメリカの大学教授が居たので、見解を聞いてみたら、「アメリカ人が原爆のことを、自分のこととして捉えるようになったからではないか」と言ったのです。

▽**国際養子縁組について。**

日本よりも海外で育った方が良いというケースが出てきた場合、依頼を受けて養子縁組をすることがある。今、日本でも多くの方々がだんだん養子を引き取ろうという動きが出てきたので、以前ほど多くの国際養子縁組は行っていない。今まで海外に送り出した子供は大体四十人位です。最初の頃は、国内で私の活動のことを知っている人が引き取って養子にしたケースもあった。父谷本清が「子供が家庭的な環境を必要とするなら、養子縁組をしようじゃないか」と始めた活動で、私がアメリカの大学で学んだ専門が社会学と心理学だったから、父を助けられるのならと思って手伝うようになって。父が亡くなった頃、当時の日本では、養子を引き取るのは親戚だけで、まったく血縁のない他人の子供を引き取るということは無かった。でも、そういう点では、海外の人の養子に対する感覚は違っていて、養子として引き取りたいという問い合わせが、海外からはたくさん来ていました。

実は、私が行った養子縁組の活動のことをバックは予測していたようです。「もし将来、紘子が養子縁組の活動を開始するようになった時は『ウェルカム・ハウス』の名前を使って良いから」と、私の両親に伝えていたんです。当時、私は二十代で、未だその予定は無かった頃でした。バックから生前に正式な書類で表明されていないから「ウェルカム・ハウス」という名前を使うわけにはいかなかったけど、それだけ凄く私のことを気にしてくれていたみたい。将来、私に子供達のための活動をして欲しいという気持ちがバックの方にも、あったのかもしれない。これは、後になって両親から聞いた話です。

▽**影響を与えた学生達。**

私は、二十五年間、アメリカン大学と立命館大学が行っている「ピース・セミナー」に参加して、大学生達と行動を共にしてきた。アメリカン大学が私の出身大学ということもあって、ピーター教授から私に関わってもらいたいという要望があったのです。そのセミナーで来日したアメリカ人大学生の中には、私の話を聞いてから進路を変えた子が居る。アフロ・アメリカンを研究していた大学院生が、研究課題をキング牧師に変更して、研究成果を書籍として発刊したんですよ。その中表紙に「近藤紘子に会えて、この道に進んだ」という文言が書いてある。もう一人、二〇二二年十月にノーマン・カズンズのはじめての評伝を出したアレン・ピエトロボンも、セミナーで来日した学生でした。彼の研究も、私の講演がきっかけとなりました。

あと、神戸市の「カナディアン・アカデミー」というアメリカ式のインターナショナルスクールがあって、そこには三十年位前から講演に行っているのだけど、新任の若いアメリカ人の先生が生徒さんに私を紹介する時、「私が中学三年生の時、近藤紘子さんの話を聞きました。今日は、その近藤さんを紹介します」って言って下さって。彼女は、中学三年生の時に、私のことを知って絶対に歴史の先生になろうと決意したそうです。嬉しいわね。その頃は、『ヒロシマ』がアメリカの学校の教材でしたからね。

▽父への感謝の気持ち。

以前、広島のテレビ局から「当時のカルテをＡＢＣＣ（原爆傷害調査委員会）から取り寄せて欲しい」と、頼まれたことがあって。本人にしか公開できないという事情があったから私に連絡が来たわけ。ＡＢＣＣに対する複雑な気持ちがあったけど、私が請求しました。すると、分厚いカルテのファイルが届いたので開いてみると、最初のページに、父がＡＢＣＣに問い合わせた手紙に対する返信が入っていたんですよ。それを目にした時に、あれほど多忙を極めていた父が、私のことを心配してくれていたことが分かって嬉しかった。私は、母から何も聞いていないし、全く知らされていなかったから。「精神養子縁組」一つ取っても、アメリカの養父母と子供達の手紙を父が一人で翻訳してあげていた。お金が無かったから秘書を雇うわけにもいかなかったしね。「クリスマスに十ドル送ったのに返事が来ない」というような催促の手紙が来たり、子供達の中には手紙が書くのが得意ではない子も居るし、父は苦労していました。

▽旧ＡＢＣＣへの要望。

検査で嫌な思いをしたので、私は、ＡＢＣＣとは二度と関わりたくないと思っていた。でも、私の検査データが、チェルノブイリの子供達のために役に立ったという話を聞いて、本当に嬉しかった。私は人様のために何もできないと思っていたから、山を一つ乗り越えたような気持ちになれたわね。

当時の「子供の被爆者の検査データ」を今でも全て保管しているのだから、世界中の研究機関に対して、全てを公開して欲しい。そして、世界中に向かって「原子力には、こういう害がある」ということを知らせて欲しいと思う。私は、ＡＢＣＣに対しては特別な思いがあるんです。

▽ハワイにて。

二〜三年前にハワイで行われたドキュメンタリーの撮影に呼ばれて、「アリゾナ号」だったか、その近くで撮影があった。その時、真珠湾攻撃で生き残った九十六歳位の元アメリカ人兵士に会ったんです。広島の佐々木貞子さんのお兄さんも来ていました。その元兵士のおじいさんは、機嫌が悪くてニコリともしなかったから、「私のような日本人と会うのが嫌なのかな」って私は思っていたの。真珠湾攻撃で沈没した船に乗っていて大怪我をして一年近く入院したそうで、退院後に乗った潜水艦で、また大怪我をして、それでも生き残った方でした。その人の機嫌が悪いからといって、私は黙ってはいられない。「今日は、いい天気で良かったですね」って話しかけたら、やっと口を開いてくれて、「誰も今日の撮影のことを説明してくれなかった」とおっしゃって。撮影をするスタッフが皆若いのを見て、彼に詳細が上手く伝わらなかったことが何となく想像できた。おじいさんが怒っていたのは、ハワイ暮らしだから普段着のショートパンツにハイソックスで撮影現場に来たことだったのよ。「ちゃんと知っていたら、長いズボンを履いてきたのに」って言うから、「でもね、大丈夫よ。今日の撮影では、胸から上しか映らないから」って言ってあげたら、「あっ、そうか」って、ニコーって微笑んで。

そして、おじいさんが言ったの。「とにかく、どんなことがあっても、戦争だけはだめだ」って。日本軍によって大怪我を負わされた、その元兵士のおじいさんが、日本人の私にそう言ってくれたんです。その方は、もう亡くなったそうですけど、彼はずっと「戦争はいけない」と、主張していたそうです。

▽**学校での講演会のエピソード。**

アメリカでキャプテン・ルイスに会った時、私は小学校五年生だったから、講演会に行くと、その時の体験を同じような学年の子供達を相手に話すことがあるんですよ。そして講演会の後に、子供達からの感想文が届くんです。

ある日、こんなことがあった。私の話が終わると、質疑応答に移って、一人の男の子がこう言ったの。「次に僕が手を挙げた時、近藤さんの顔を思い出すようにします」って。ちょっと意味が分からなかったのだけど、時間が無かったし、取りあえずそのまま講演を終えて。その後、校長室に通された時に、その男の子の学年の先生方も急いで来て下さったので「実はちょっと聞きたいことがあるんだけど。質問したあの男の子が言ったことが、どういう意味か分からなかったです」って言ってみた。すると、一人の先生が「あの子は私のクラスの子です」って言って目が潤んでいたわけ。私は心の中で、「紘子ちゃん、偉かったね、みんなの前であの男の子に聞かなくて良かった」って自分に言った。あの時、「それ、どういう意味?」って彼に聞いていたら、周囲の子達から「お前、何言ってるんだ」って言われて混乱したでしょう。彼に叩《たた》かれた子がいっぱい居たわけだからね。その子がいつまで、そういう気持ちを持ってくれるかは分からないけど、その気持ちになってくれたことが、私は嬉しい。その日一日かもしれないけど、私はそれでも良いと思っている。

▽なぜ、多くの人が広島へ行くのか?

「長崎よりも広島が取り上げられるのはなぜか?」と、学生達によく聞かれる。そういう時は、いつもこう答えます。「もしも、新幹線で東京を出て、広島よりも長崎の方が手前にあったら、みんな長崎に行くはずよ」って。広島は世界ではじめて原爆が落とされた都市だったからね。交通の利便性もあると思うけど、私は、「別に差別しているわけではない。原爆が落とされ、被爆者が出たっていうことでは、同じ経験をしたのだから!」って、いつも叫ぶのです。

(二〇二二年十一月二十三日)

ジュディ・オングさん

台湾に生まれ、三歳で来日。一九六一年、十一歳の時、バック原作の映画『大津波』で芸能活動開始。七九年「エーゲ海のテーマ～魅せられて」が大ヒットを記録し、「日本レコード大賞」をはじめ数々の賞を受賞。八〇年、台湾の国民栄誉賞にあたる「海光奨彰」を受賞。木版画家としても知られ、日展で数多くの入選歴を持ち、二〇〇五年に「日展特選」を受賞。またマルチリンガルとしての多彩さは広く知られている。一一年に起きた東日本大震災の際には、台湾や香港のイベントで義援金を募る等の多岐にわたる獅子奮迅の活動が、台湾から二百二十億円という巨額の義援金が贈られる一助となった。

ジュディ・オング
© Shoji Morozumi

現在ジュディさんは、開発途上国の子供達を支援する「ワールドビジョン・ジャパン」の親善大使の他、ポリオ根絶大使、「日本介助犬協会」の介助犬サポート大使を務めている。これらの社会貢献活動への尽力と、永年にわたる歌手としての活躍、そして、音楽を通じた国際交流等が「日本の芸術文化の進行に多大な貢献をした」として、二〇二二年十二月に「文化庁長官表彰」を受賞した。また「日本と台湾との相互理解の促進」に対して同年八月に「外務大臣表彰」も受賞した。

▽映画『大津波』（一九六二）**に主人公の妹「セツ」として出演。映画のオープニングパーティーのエピソードを語って下さった。**

オーディションには、主役たちの子供時代の応募者が集められ、その中からバックさんが自ら「セツの役はあの子」と、私のことを選んで下さいました。またミッキー・カーチスさんのことを「ジェームズ・ディーンに似ているから絶対に他の人は使わない」と、ダニールスキー監督が押し切っていたのを思い出します。エキゾチックな顔立ちのミッキーさんは、とにかく売れっ子で東京のテレビ番組に出ていたこともあり、私達みんなで「ミッキーさん待ち」をしていたこともありました。ロカビリーが流行った、あの頃のロックンロールスターでした。

音楽は若き頃の黛敏郎さんが担当していました。帝国ホテルで行われたオープニングパーティーの集合写真の中で、膝を抱えて絨毯《じゅうたん》にちょこんと座って映っていらしたのが印象的でした。パーティー会場にはバックさんの大親友の山口淑子さんもいらっしゃいました。その時、驚いたことがありました。和服を着ている山口さんとドレス姿のバックさんが、英語でも日本語でもなく流暢な北京語でお話ししていたのです。お二人の会話は、目をつぶって聞くと、とても外国人同士が話してい

左からジュディ・オング母、山口淑子、ジュディ・オング、パール・バック、ダニールスキー監督妻
映画『大津波』オープニングパーティーにて
㈱ヒーモリ様提供
「セツ（ジュディ・オング）、トオル、ユキコなど、子役の子は、みんな最高のパーティー服を着ていた。全配役を見てみると、私は満足感で胸がいっぱいになった」（『過ぎし愛へのかけ橋』原書）

るとは思えませんでした。そのドレス姿のバックさん、和服の山口さん、チャイナドレスの母、ダニールスキー監督の奥様と、そして私も加わって撮った写真は、物凄く印象的で、いまだに脳裏に焼き付いています。山口さんのような大女優が現れたので会場はわさわさしていましたよ。皆さんの鼓動が、幼かった私にも伝わってきました。後光が差すようなとても綺麗な方でしたね。大人になってから山口さんの写真を見て、なおその美しさに魅せられました。

▽映画『大津波』のロケ現場のバックの印象。

バックさんは何か物静かな方という印象を受けました。いつも真珠のネックレスをして、ワンピースかツーピースを着ていらしてパンツ姿は見たことがなかったですね。九州の日差しが強かったので、ロケ中はずっと日傘を持つか、または、スカーフを頭から被っていたのを覚えています。太陽に揺れるスカーフからのぞいていたプラチナの髪は輝いていて美しかったです。バックさんはスタッフ、キャストと同じホテルに宿泊して、お食事も大広間で皆と一緒に頂きました。いかに皆を大切にしていたのか分かりました。

▽ロケに参加した影の大物。

私達出演者のメークアップには「マックス・ファクター」チームが入っていて、あのメークアップ・アーティストのシュウ・ウエムラさんが私の担当をしていたんですよ。すごいメンバーね。後になってから「よお、ママ元気?」と、声をかけて下さいました。雲仙ロケで私に付き添っていた母のことを覚えていて下さり、当時を振り返りながら「あの時はママの方がジュディよりスターみたいだったよ」と笑いながらおっしゃっていました。

▽映画『大津波』の現存するフィルムについては先述の通りだが、二〇〇五年に雲仙のイベントで上映されたフィルムは、当時「川喜多映画文化財団」が所有していたもので、結果として、それが日本最後の上映会となり、その後、劣化が進み廃棄されている。

ジュディさんは、雲仙で行われた「雲仙市施行記念イベント」にゲストとして招待され、その幻の映画『大津波』を鑑賞された。その未公開映像についてお聞きした。

『大津波』では、当時としては非常に珍しいサメの襲来の場面も描かれていて、サメが近づくと海女さんたちは帯を解き長く伸ばし自分の身体を大きく見せることによってサメの危険から身を守る水中の演出がなされていました。とにかくCGのない時代に、あれだけの特撮ができたのは素晴らしいです。「津波」が立ち上がって黒い大きな壁のように押し寄せてくるシーンは圧巻でした。なんと雲仙の映画鑑賞会で、はじめて全編映像を観たんです。あの当時、こんなすごい映画に参加できたことを改めて感謝しました。劇中で私が童謡を口ずさむように、遊びながらずっと歌い続ける場面がありました。「つなみ、つなみ、つなみはどこなの?」という英語のフレーズを、子供の声で象徴的な場面に長く使われていた事が思い出されます。

フィルムが劣化したことは残念です。「川喜多映画文化財団」が所有していたフィルムが廃棄されたのは、財団を設立した方々が皆さん亡くなられたことと、麹町のビルの建て替えが影響したのではないでしょうか。この映像は本当にもったいないですね。

▽ジュディさんのハリウッドデビュー作となった『アメリカンパスタイム　俺たちの星条旗』（二〇〇七）に、日系アメリカ人の役で出演されている。話題は映画のストーリーから、「国籍」と「人種差別」の問題に。

この映画のストーリーですが。主人公たちは昨日まで、隣のアメリカ人と仲良く過ごしていたのに、突然、日本軍の真珠湾攻撃で家を追われ、小さなスーツケースに各自の必需品だけ持って、ぎゅうぎゅう詰めの列車でユタ州のトパーズという町の収容所に送られるんです。実際に収容所があった地域にロケセットを作り撮影が行われましたが、大変暑かったです。「パスタイム」というのは、アメリカ風に余暇を過ごすという意味があって、収容所生活で心が塞《ふさ》いでいた日系人が皆で野球チームを作り、週末に野球をすることで希望を見出していくという話です。日本からは私と私の夫役の中村雅俊さんが出演しました。ロケで人の居るところには大きなハエが沢山ブーンブーンと集まり、体のまわりを年中追い払っていましたね。あの時代もそうだったのでしょう。この「日系アメリカ人の収容所送り」に関して、バックさんは「アメリカの汚点だ」と、おっしゃっているのですね。

バックさんは「肌の色が何なのか」と、中国から帰国した時の「人種差別」について非常に深く考えていたと思いますね。山口さんとバックさんのお二人は、とても強い女性ですよ。バックさんは、自分が育つ過程で、中国人に大切にしてもらいながら、本当に善い中国人に会っていたのだと思いますよ。それを知っているがゆえに、差別に対して怒りを持たれたのだと思いますね。今でこそ黒人たちの「ブラック・ライブズ・マター」やレインボウを掲げて「オールジェンダー、オールカラーズ」と、差別に対して皆平等であることを訴える人が増えましたけど、過去には難しい時代がありましたよね。バックさんは、敏感な方だから、そういう意味で一番痛烈に感じていたでしょう。加害者側の方に立っていながら「これは間違っている」と。「中国で暮らした私は、この差別区別のない中で、大切に育ててもらっていました。これ以上はない位に、みんな素晴らしい人達だったのに、あなたたち、何やっているの?」ということですよね。バックさんは、よく闘われましたね。メディアにも批判的に書かれた時期もあったと聞いています。ほんの一握りの人達が批判を繰り返していたのかもしれないですが、バックさんは信念を貫いた女性ですね。

▽バックが小説に描いた「纏足」や「弁髪」、そして「一夫多妻」について、現在の日本で、目撃者や親族の体験を語れる人に出会うことは至難の業である。日本の生活が長いジュディさんがご存知かどうか、念のためにお聞きしたところ、ご自身の祖母様と祖父様を通した逸話を披露して下さった。

バックさんが中国で見て、その様子を書いたのは、まさしく、祖父母の時代そのものです。バックさんの身近に纏足をしていた小さい子がいたのでしょう。私の祖母も纏足していたので、足を見たことがあります。孫文が弁髪と纏足を廃止した時に、進歩的な祖母はすぐ纏足していた長い布を解き、足を自由にしました。しかし既に足の指は裏側に折り曲げられていたので、かかとと親指を寄せるような形になっていました。纏足は当時の良家のお嬢さんの条件だったそうです。「上手な人が施術すると指が動くのだけど、あまり上手ではない人がやると指が動かなくなってしまうのですよ。」と母が言っていました。祖母の場合は、三歳から纏足布を巻く専門家が来て上手に巻いてもらっていたので、とても小さな足でした。その小さな足の手入れをするのが、私の母の役目でした。祖母の足の甲の部分はツルツルでしたね。纏足を施されて、はじめて布を巻いた夜は痛くて眠れなかったと聞きました。纏足靴の先端が細くなっているのは、他の指が足の裏側に折れていて親指で立つのでその形になったそうです。そして、足の先と、かかとだけで歩くのだから大変ですよね。折り曲げた指の皮膚は足の裏のような皮膚組織ではないし、纏足では走れませんよね。纏足が何のためだったのか、未だに解らないです。祖母から聞いた話によると、赤ちゃんが生まれても足で立って抱っ子ができないから、ひざまずいて抱いていたそうですよ。親戚の中で有名な話では、お見合いの時に、マッチ箱の上に足を乗せたんですって。昔のパイプの絵がついたお得サイズマッチ箱です。祖母はしっかり教養も身に着けていました。習字をし、詩を詠み、新聞を毎日曽祖母に読んで差し上げていたそうです。教養を身に着けているということも祖母の結婚の絶対的な条件でしたからね。

祖母の家「劉家」には妻が三人いて、第一夫人の祖母は残念ながら子宝に恵まれませんでした。そこで祖母が自分で第三夫人を選んで、生まれた子の上から三人を献上させ、自分の子供として育て上げました。その中の二番目の女の子が私の母となりました。祖母は、最期に、自分の御棺をオーダーして、十年間毎年春に、その御棺に赤い漆を塗らせていたのを母から聞いています。

凄い時代でしたね。祖父母や母から、もっと詳しく色々な話を聞いておけば良かったです。

▽現在ジュディさんが行っている社会貢献活動について。

私は現在、「ワールドビジョン・ジャパン」親善大使、「日本介助犬協会」サポート大使、ポリオ根絶大使を務めています。例えば介助犬を例に挙げると、募金活動と共に「介助犬の存在」を知っていただくのも大切なんです。日本に推定一万五千人の方が介助犬を必要としているのに、未だ六十頭前後しか居ないんですよね。これからもお役に立てるようサポートを続けていきたいと思います。

（二〇二二年十二月十五日）

平野レミさん

料理愛好家として活躍中の平野レミさんは、その明るく自由奔放なキャラクターからお茶の間の人気者で国民的なタレントでもある。その行動や言動は、明らかに父の威馬雄の血筋であると思われる。父は、娘に負けず劣らず非常にエネルギッシュであり、翻訳家、作家として活躍する傍ら、混血児と母親の支援活動も行ったのである。

二〇二二年に新版として再刊された『レミは生きている』の、レミさんによる「(旧版)解説 父のこと」によると、父が面倒を見ていた混血児達が自宅に来た時には、母の手伝いをして子供達のためにご飯を作り、それが料理愛好家としての仕事に随分役立ったとのことである。またハワイ大学客員研究員の下地ローレンス吉孝は、同書の「新版解説」で「平野家に訪れた多くの子どもたちを、妻の平野清子氏、長女の平野レミ氏が料理をしてもてなした。孤独になりがちな日本社会の厳しい現実のなかで、温かい料理を囲む平野家での食卓は、かれらの拠り所となっていた」と述べ、「レミの会」の運営に協力したレミさん達家族を称えているのである。

第四章で記した活動について、新聞で娘の視点から次のように語り、テレビで目にする姿とは、また「一味」違った印象を受けるのである。

平野レミ

（語る　人生の贈りもの）「家なき子」を預かり大家族に（抜粋）「朝日新聞」二〇二一年四月七日

「父は一九五三年、異国にルーツを持ち「混血児」と差別される貧しい子どもたちを救う活動を始めたの。『家なき子』の主人公名にちなんで『レミの会』を結成し、うちでも十数人を預かった。私たち三人きょうだいと対等に扱い、ご飯も部屋も小遣いも一緒。就職が迫ると、父は自分の戸籍に入れて。ノーベル賞作家パール・バックさんも訪ねて来ました」。

▽パール・バックがご自宅に来訪した時の模様を教えて下さい。

バックさんと、ものすごい大人数の人が自宅に来たのは一九六六年十一月三日の文化の日でした。私は結婚する前は実家で両親と暮らしていたので、その日も自宅に居ました。菊の花が綺麗な季節だということで、父は大きくて細長いハート型で岩から垂れたような形に咲かせた懸崖造《けんがいづく》りの菊の花を用意して皆さんを迎えました。バックさんが垂れ下がっているその菊を「綺麗、綺麗」と言って、すごく喜んでくれました。何しろ大人数の人が来たから、とてもにぎやかで、お昼ご飯は私も母の手伝いをして大きな飯台に「ちらし寿司」をいっぱい作って御馳走しました。混血の子達と写真を撮ったり、バックさんは楽しそうに過ごしていて。英語だから何言っているのか良く分からなかったのだけど、バックさんは、私と目が合うとニコッと笑ってくれて心が通じ合っている感じがして、優しく素敵で品の良いおばあちゃんという感じの方でした。金のビー玉のような素敵なネックレスをパール・バックさんがしていて、母がそのネックレスに憧れて、思い出しては、その話をしていました。

▽ご自宅が「レミの会」の会場だったようですね。

自宅の門のところに大きな看板が打ち付けてあって「レミの家」だったか「レミの会」かもしれないわね、書いてあった。バックさんは「混血孤児の支援」という父の活動に共鳴してくれて、父が面倒を見ていた混血児の中から、バックさんの仲介で女の子を一人アメリカに留学させることができて、語学力を十分培って彼女は日本に帰国しました。彼女は今、とても幸せに暮らしている。父亡き後も彼女との付き合いは続いていて、父に対する感謝のしるしにと言って、私に対してクリスマスや誕生日にプレゼントを贈ってくれることがある。父が援助したのは、もう何十年も前のことなのに、父にすごく感謝しているみたい。その子に対して父は励ましの詩を書いて「寒い冬が春になり、花が咲き」という内容で、以前この詩を見せてもらった時は、「春が来て…って、その子に何も関係ないじゃない」って、私は詩の意味があまり理解できなかったけど、最近になって彼女の幸せを祈って深い意味を込めて書いた詩であることが理解できて、ある日、彼女に「父は、あなたの人生を詩に書いたのね」って話したところ、彼女も「平野先生の温かな詩に励まされ元気が出ます。先生のいたずらっ子のような目の動きや早口でいろいろなことを話してくれた姿が目に浮かびます。何もかも懐かしいです。感謝してもしきれません。この詩は私の宝物です。本当にありがとうございました。」って言ってくれたのですよ。当時の混血児の中には、もう亡くなった子も居る。いつも父が「うちの娘です」ってみんなに紹介しながら、連れて歩いていた女の子もその一人。家の中は、いつもごった返していて賑やかだった。父は、翻訳の仕事も抱えていたのだけど、混血児のことで悩みごとを抱えた人がよく自宅に相談に来ていて、沖縄からも来ていた。たくさんの混血児を沖縄から預かった時があったけど、母が偉かったんですよ、父の言う通りに何でもしてあげて。布団を干したり、枕を干したり。母は父のことを尊敬していましたからね。

父は「外国人の顔をして生まれても日本人なのだから、京都を知らなくてはダメだ」と言って、混血児達を京都見物に連れて行きました。父の知り合いの長楽寺にみんなで泊ったのは、いい思い出です。父は自分が混血児として生まれて、身をもって体験しているから、その子供達の気持ちが分かるので、全てをなげうって支援していました。その様子は、すごく強烈でした。父が亡くなった時、私は「お父さんは偉かった。お父さんは偉い人だったね」って大きな声で言ってしまいました。他の混血児の施設では政府からの援助を受けていたところもあったけれど、父は全部自腹でやっていました。

▽パール・バックが一九六六年に来日してから時間を置かずにお父様は沖縄に行かれました。きっかけは何でしたか？

沖縄に行ったきっかけは、混血児のお母さん達から父に届いた多くの手紙だった。手紙がバンバン届いて、当時はベトナム戦争の落とし子が沖縄にはたくさん居て。父が面倒を見ていた混血児二人も連れて、母と私が一緒に沖縄に行きました。

（沖縄では、ラジオ局の協力のもとに「混血児を抱えて苦労している母親」の呼びかけを行ったところ、多くの親子が平野の宿泊ホテルに押し寄せてきて、ホテル側が急遽、大きな部屋を会場として用意したほどだった。沖縄滞在中に「レミの会」として講演会を行い、演壇で平野が混血児として経験した自分の苦労話を始めると、会場に参集した混血児の母親達が声を出して泣き始め、平野は沖縄の窮状を知ることになったのである）

▽黒人系混血児との触れ合いについて、お父様は著作に書いていらっしゃいます。

バックさんが日本に来た頃の混血児達は、黒人系の子とフランス人形みたいな白人系とで、世の中の扱いが変わって来たんですよね。戦後間もなくの頃は、混血児みんなが差別を受けたのだけど、バックさんが来た頃は、世の中が段々と髪を染めたり、カラーコンタクトを入れたり、白人の外国人に似せようとする風潮が高まっていった時で、黒人系の混血児がすごく可哀そうだった。その黒い子達のために父は頑張って色々な支援をしていたけど、看護婦さんや事務員になりたい子が居ても、そういう表立ったところでは使ってくれなくて、「人目に付かないところで仕事をするなら雇います」というようなことがあって、父がすごく怒っていたの。その頃はそういう時代だった。

▽お父様が中高生だった頃、早稲田大学の創立者の大隈重信の自宅を訪問しましたね。

父が父の弟と二人で親戚の家に行っても、近隣の人達が木塀の節穴から、庭で遊んでいる混血の兄弟のことを見世物のように覗《のぞ》き見していたそうですよ。そういう時代だったんですよ。父が暁星の中高生だった頃に大隈重信が学校に来て「大和魂は大切だ」ということを話したことがあった。日露戦争で日本が勝利したことについて大隈重信が「日本という国は純粋で、日本人の持つ大和魂は素晴らしい」って話したら、友達みんなが父の顔を見て「お前は半分向こうの血が入っているから純粋じゃない」って言ったんですって。父は悲しくなって、アメリカで暮らしている父親に手紙を書いて、その出来事を報告したら、知人の大隈重信に「あなたは大和魂は純粋だと言ったそうだけど、うちの息子が嘆き悲しんでいる」って、アメリカから、大隈重信にブイおじいさんが手紙を送ったんです。そうしたら、大隈重信が父のことを自宅に呼んで「悪いことを言った。本当にごめんなさい。悪かった」とあやまってくれたんですって。その時の父は中高生だから「魂」は未だ小さかったかもしれないけど、父にとっては大きな悲しみだったんですよ。戦争中は、顔が外国人というだけでスパイ容疑にかけられて、父が受けた特高警察の拷問は、筆舌に尽くしがたいほど辛いことだったようです。今じゃ考えられませんよ。でも、そういう時代があって今が来たということを忘れてはいけませんよね。

このように父のことを取り上げていただいて、父は喜ぶと思います。

（二〇二二年八月十日）

おわりに

バックが社会運動家としての多彩な顔を持っていることを筆者が知ったのは、当初の修士論文のテーマとして「作家パール・バック」に関する研究を開始した二〇一九年春頃のことである。今思えば、バックとの出会いは筆者にとって、運命的な出来事であった。実は、修士論文をバックに絞りこむことになったきっかけは、山崎豊子の小説『大地の子』であり、『大地の子』に大きな衝撃を受けた筆者の「中国」と「戦争」の探究は、大学院入学後に加熱の一途を辿った。それは、満州国、戦争孤児、労働改造所、文化大革命、日中国交正常化、纏足、シベリア抑留者、ラーゲリー等々であり、授業で行うプレゼンテーションやレポートの大半は、それらのキーワードに繋がるテーマとなった。『大地の子』に筆者の心がここまで揺り動かされたのは、筆者が育った家庭環境に一因がある。例えば、戦時中に大学生だった父島田正就は学徒出陣しており、大隈講堂前に集った軍服を着た学生達の集合写真が自宅の居間にあり、丸眼鏡をかけた父がその中に写っている姿を、筆者はいつも見ていたし、銃弾を除去した父のふくらはぎの手術痕も痛々しく感じたものだった。お酒が入ると「終戦直後は、生きて帰って来たことが恥ずかしかった」と、複雑な胸中を家族の前で吐露し、軍歌や大学の校歌を歌い、「戦死したと思えば、何でもできる」が父の口癖だった。軍隊仕込みなのか、物事を常に迅速に処理し、遅刻を許さず、目標を定めたら猪突猛進《ちょとつもうしん》する父であった。一方、母は、東京大空襲の時、十七歳の女学校生で、大田区の自宅の防空壕《ごう》に避難し、母の表現を借りると「雨のように降ってきた焼夷弾《しょういだん》」の直撃は免れたが、「蓄音機やクラシックのレコードなど、大切にしていた全ての物が燃えてしまい、ショックのあまり涙も出なかった」といい、祖母と闇市へ買い出しに行った思い出話などを筆者に語った。「あなた達は良いわね。外国語を学べて、外国の音楽も自由に聴けるし書物も読めるのだから」と、筆者が謳歌《おうか》する自由を羨ましがり、たった一度の青春を戦争と共に駆け抜けた戦中派であった。また「広島に原爆が投下された時に被爆を免れた」と聞かされた大叔父島田兵蔵については、筆者は接触した記憶が無いにも拘わらず、「なぜ被爆しなくて済んだのか?」という疑問が、被爆地広島の地名と共に心に刻まれて、大叔父はずっと気になる存在だったのであり、戦争が筆者にとって非常に身近であったことを認識せざるを得ないのである。それに加え、中国人と筆者との縁がいくつかある。母の女学校時代からの親友の陳さんが台湾出身の中国人で、魅力的な女性だった。陳さんは筆者が出会った最初の外国人であり、聡明で笑顔を絶やさず、背の高い美人で薄い水色のスーツが良く似合う素敵な女性であった。また、筆者には仕事で海外赴任した経験があり、毎日のように職場で中国人スタッフと共に過ごしていたことも中国人を身近に感じる一因となっている。

世界中が経験したコロナ禍で、アメリカでアジア人に対する暴力が起きたが、本書の執筆中にロシアがウクライナに侵攻し、コロナ一色だったテレビニュースが突如として戦争映像に塗り替えられるという一大事が起きた。ウクライナから伝えられる情報をテレビで観るのが辛く、胸が締め付けられる日々であったが、筆者は、ふと、軍国主義日本が中国東北部に傀儡政権「満州国」を樹立し、それからというもの中国大陸で蛮行を繰り返した歴史を思い起こしたのである。例えば「一九三二年の日本軍の上海爆撃により市民が数百名犠牲になった」という、当時としては氷山の一角の事件を一つ取り挙げてみても、現在、目にするウクライナ情勢と何も変わらない残酷さが見えるのである。また、ウクライナのゼレンスキー大統領が米議会でのオンライン演説で「一九四一年の真珠湾攻撃を思い出して欲しい」と、アメリカ人に向かって訴え、実際に渡米もして援助を求めたことは、本書に記した歴史的な出来事と二重写しになった。

本書を書き進める中で出会った新聞記事の中に、目に留まった一文がある。[128] アイヒマン（Adolf Otto Eichmann 一九〇六〜六二）の死刑判決のあった一九六一年十二月十五日、バックがイスラエルのベン＝グリオン首相に対し電報を送り、次のように直訴したのである。

アイヒマンを助けておいて、なぜあのような人類退化の事件が起こったかを科学的に究明してください。心理学者などがこの研究に取り組めばこのような事件の再発を防ぐのに役立ちましょう

本書執筆の途上で、バックは、人の心を動かすのは国家でも為政者でもなく、草の根レベルの民衆であり、民衆による国境を越えた交流がいかに大切であるかを教えてくれた。またバックが生きた近現代の歴史の一端を学び直すことができたことも、非常に貴重な経験となった。世界平和への祈りは尽きないが、バックが世界ではじめて英訳した『水滸伝』の英語のタイトル『人間みな兄弟』をいつも胸に抱きながら、終わりなき探究を続けて行きたい。

本書を書くにあたり、多くの方々から応援とご協力をいただいた。「二十一世紀社会デザイン研究科」及び「立教セカンドステージ大学」を創設して下さった関係者の皆様に先ず、御礼申し上げたい。中でも両組織の創設者の北山晴一先生に心から感謝申し上げたい。現在でも学習し続ける「場」を提供して下さり、先生の指針「研究は一

生」を再確認する機会になっている。修士論文の指導教官、長有紀枝先生には大学院在学中から今日に至るまで渾身のご指導をいただき、本書を出版実現可能な方向へと導いて下さった。心より感謝申し上げたい。ウクライナ情勢に世界中が注視する中を、先生がシリア、ロヒンギャ難民など、困難に直面している人々にも配慮された姿勢を忘れません。

修士論文の書籍化を勧めて下さった副指導教官の大熊玄先生に感謝申し上げたい。長先生からお聞きして耳朶から離れなかった「出版」が急に現実味を帯び、本書執筆の原動力となった。また授業を通してご指導下さった萩原なつ子先生、中村陽一先生、亀井善太郎先生、宮本聖二先生、久保英也先生、稲葉剛先生、村尾るみ子先生、忍足謙朗先生、馬場公彦先生、平野泉先生、景平義文先生、菊池栄先生、寺中誠先生にも、この場をお借りして御礼申し上げたい。コロナ禍により修了式が中止になったが、大学院生活を通常通り修了できたことは幸いだった。「立教セカンドステージ大学」のゼミ担当教員、副島博彦先生と渡辺信二先生、苦楽を共にした九期生の皆様に感謝申し上げる。修了論文執筆に悲鳴を上げ、互いに励まし合った大学生活は、生涯忘れないだろう。

バックと交流した方々の生の声は、かけがえのない資料となり、「証言集」として巻末に収めることができた。インタビューに応じて下さったばかりでなく、貴重な写真のご提供にも御礼申し上げる。バックと交流され、すでに鬼籍に入られた皆様が、文献にバックの章を設け貴重な情報と所感を綴って下さったことに感謝する。その文献を紐解きながら、書き残すことの重要性を実感した。また、資料収集に協力下さった雲仙市、西宮市、「日本郵船歴史博物館」、「大磯郷土資料館」、「澤田美喜記念館」、「影山智洋写真事務所」、「遠江屋本舗」、近藤國泰様、SNSやブログに貴重な情報を掲載して下さった皆様、本書の完成を待ち続け励まして下さった先輩方と友人達、皆様に御礼申し上げる。病の床から心を寄せて下さった故大倉千賀さんと、学生生活を共に楽しんだ故武田隆一さんに本書を捧げ、心よりご冥福を祈念申し上げる。

奇遇にも同じ学び舎で大学院生活を送った弟島田久弥に感謝する。修士論文執筆に追われる中を、資料収集に協力してくれ、実家に所蔵されていた評伝『島田兵蔵』に目を通す機会を与えてくれた。原爆が投下された時、大叔父が「中国配電（現在の中国電力）」の島根支店長だったことが確認できた。親戚に問い合わせれば簡単に確認できたことであるが、本書執筆中に自力で確認できたことに意義がある。なぜならば、「広島在住だが、被爆していない」と、大叔父の実家が声高に言わなければならなかったとすれば、当時の「被爆者差別」という時代背景が垣間見えるからである。子供だった筆者の耳には、「被爆しなかった」という言葉ばかりが何度も聞こえたのだから。

アメリカ在住の姉山田淳子と義兄に感謝する。シアトルの図書館からバックの原書を借りて英文の確認作業を手伝い、日本では入手困難だった原書を送ってくれたことは、コロナ禍で渡米できなかった筆者を助けてくれた。

筆者の心に眠っていた向学心に火を灯してくれた三人の我が子に感謝したい。彼らの充実した学生生活が、どれだけ筆者に刺激を与えたことか。その結果、修了論文の提出が必修単位となっている「立教セカンドステージ大学」に出会い、大学院への架け橋となった。そのように始まった学生生活と本書の執筆中に、孫の顔を見せに来てくれた息子達夫婦にも感謝する。感謝のしるしに本書を捧げたい。修士論文から本書執筆までの長い期間にわたり多大な協力をしてくれた家族に感謝する。全ての家事仕事を担ってくれた夫。日々奮闘する父を救おうと何度も美味しい食事を作ってくれた長女。二人の助けが無ければ本書は産声を上げることはできなかった。心から感謝したい。

本書は二〇二〇年に立教大学大学院二十一世紀社会デザイン研究科に提出した修士学位論文「社会運動家パー

ル・バックとＧＨＱ占領下から日中国交回復期の日本人～バックが起こした社会運動を事例に～」に大幅な加筆・修正を加えたものである。最後に、本書の編集をご担当下さった国書刊行会の中川原徹様のご尽力に心より感謝申し上げる。

種々の問い合わせに対応して下さった「パール・バック国際財団」に感謝申し上げ、ここに連絡先を記しておく。ホームページは英語表記であるが、多くの美しい写真が掲載され、バックが晩年まで暮らした広大な敷地に建つレンガ造りの建物、庭の手入れなどを行うボランティアの満面の笑顔、アジア諸国での現在の活動状況、開催されているイベント等、沢山の情報を見ることができ寄付のページもある。

Pearl S. Buck International
URL : Pearl S. Buck International（pearlsbuck.org）
Address：520 Dublin Road, Perkasie, PA 18944 USA
Phone No.：（215） 249-10100

二〇二三年五月三日

佐川陽子

注記事項

（1）パール・バックという名前は、最初に結婚したアメリカ人農業経済学者ジョン・ロッシング・バック（John Lossing Buck 一八九〇－一九七五）の姓に由来する。ロッシングとは離婚しバックの作品出版を手掛けた男性と再婚したが、旧姓に戻す手続きの前に「ノーベル賞」を受賞したため戻せなくなり、著者名・財団名など全てにパール・バック名を貫いた。バックがデザインした墓石には「賽珍珠」という中国名だけが刻まれている。

（2）「読売新聞」一九三七年十一月十日。

（3）一九四〇年になってから、自宅に置いてきた絨毯をアメリカに送るように、南京で暮らす中国人の友人に依頼したところ、日中戦争の真只中に全くの無傷で早急に送られてきたことにバックは驚かされている。その絨毯はバックが北京で購入したもので、その絨毯を見ては、中国のことを想い出していたという。『大地』を執筆した書斎机も中国から帰国する時に船で送り、現在「パール・バック国際財団」の図書室に「大地机」として置かれている。

（4）バックが中国に渡った年齢を「生後三ヵ月」と多くの訳者や研究者が記すのは、バックのこの言説を参照していると思われる。『母の肖像』に「生後四ヵ月間アメリカに留まった」「上海に着いた時、すでに晩秋にかかっていた」と書かれ、またバックの妹フェイスによって出版された父が書いた自伝にも、具体的な季節が記されており「生後五ヵ月頃」であったことが推察される。春から秋まで、およそ七ヵ月過ごした雲仙生活を「日本で一年暮らした」「雲仙で数ヵ月過ごした」「日本で暮らした数年の間」と書いている例もあり、曖昧さが目立つ。

（5）バック一九七一。

（6）彩雲の名前は美雲、宝雲、貴雲と記されている著作もある。

（7）バック一九五八。

（8）纏足については「社会デザイン学会」の学会誌「Social Design Review Vol.12」の拙稿「ジェンダーに基づく暴力～中国における纏足を事例に～」に詳述した。

（9）チュートン民族（Teuton）は、古代、ユトランド半島に住んでいたゲルマン民族の一部族。紀元前二世紀に南下して、ローマの将軍マリウスに撃滅された。現在は、ヨーロッパのドイツ人をはじめゲルマン系諸民族・言語の称。

（10）西澤二〇一三。この新しい中国語訳聖書は、一九六三年にニューヨークにあるAmerican Bible Societyにパール・バックから寄贈された。

(11) アンドリュは晩年フェイスと山の上の別宅へ行き、二ヵ月間を旧友や孫達と楽しく過ごしたが、バックのもとへ帰る直前に赤痢にかかり、あっけなく亡くなった。それがケアリーとアンドリュの墓地の場所が異なる理由である。
(12) バック一九七三b。
(13) 鶴見一九五三。
(14) バック一九五八。
(15) 澤田一九八〇。
(16) ロッシングの無骨さと、純粋な伝道活動にはふさわしからぬ農学博士という資格が心配事の種となっていた。またアンドリュはロッシングの信仰心に疑いを抱いていた。
(17) コン二〇〇一。
(18) コン二〇〇一。
(19) Buck, Pearl S. 1992 'afterword' by Janice C. Walsh。
(20) 南京事件：日本軍が起こした南京大虐殺事件とは異なる事件。蒋介石率いる国民党の「北伐」が成功のうちに進み、中国の大部分を支配下に置いた。国民党の主力部隊が小軍閥を買収、征服、吸収しながら北へ進軍し、一九二七年三月に南京に達した。南京守備軍が敗れ、数百人の中国人と少なくとも六人の外国人の死者が出た。揚子江に停泊していた米英軍艦が、この争いに対し砲撃を行い終息させた。
(21) ロッシングは、そのまま研究を継続し一九四四年まで中国に留まり、現地の中国人女性と再婚し、健康な二人の子供を授かった。
(22) バック一九五八。
(23) 新居格「婦人」「読売新聞」一九三五年七月二十九日。
(24) 一九三五年六月十二日付の「ニューヨーク・タイムズ」は、この再婚劇を詳報した。離婚協定に出席したバックのファッションや、審問の間中タバコを神経質そうに吸っていた様子が報じられた。そして、バック夫妻の結婚は二十分以内に解消され、ウォルシュ夫妻の方は五分しか、かからなかったと書かれている。
(25) バック一九五八。
(26) アメリカのジャーナリストで、別名をニム・ウェールズといい、エドガー・スノーの最初の妻である。
(27) S.J. Woolf 1938。

(28) 渡辺二〇〇七。
(29) Buck, Pearl S. 1992 'afterword' by Janice C. Walsh。本書は、一九九二年にキャロルが死去した直後にアメリカで出版された改訂版『母よ嘆くなかれ』である。バックからキャロルの後見人を託されたジャニスが「あとがき」を寄せ、母の回想と最初の父親だったロッシングとの再会など、誰にも知らされていなかった秘話を明かした。なお、日本で一九九三年に出版された新訳版『母よ嘆くなかれ』は、一九五〇年の原書を再訳したものであり、ジャニスによる「あとがき」は挿入されていない。
(30) コン二〇〇一。
(31) 十九世紀後半から一九二〇年代にかけての第一波フェミニズムと、ウーマン・リブに影響された第二波フェミニズムをいう。女性解放思想、およびこの思想に基づく社会運動の総称。
(32) 一九六〇年代から始まった女性解放運動。
(33) 児玉二〇〇七。
(34) 纏足：中国の歴史において長期間に亘り続けられてきた風習で、女性の足を変形させて足裏の長さを十センチほどに小さくした上で、長い布で縛り上げ木靴などを履かせて一生過ごさせるもの。地域、民族、階級に偏りがあり、主に北部の漢民族の富裕層に多かったが、後に農村地帯にも拡がった。文学革命期の纏足廃止運動により政府も廃止に乗り出し、徐々に消滅していった。
(35) 児玉二〇〇七。「サガ」は長編大河小説の伝統といわれ、古くは英国国王を中心にした史劇、英雄物語。さらに遡れば北欧神話、ギリシャ・ローマの年代記などに起源をもつ。
(36) 本間一九七七。
(37) 渡辺二〇〇九。一九七〇年のユネスコの調査によると、海外における訳本の多さの第一位がバック、第二位がヘミングウェイ、第三位がスタインベックである。
(38) 受賞に関する公式の文書では、バックに賞が授与されたのは「中国における農民の生活の、豊かにして真実な叙事詩的描写と、彼女の伝記的諸傑作に対して」である。
(39) バック一九五八。
(40) 『ノーベル賞文学全集7』一九七一。
(41) 『ノーベル賞文学全集 別巻』一九七二。スウェーデン・アカデミー常任理事を務め、文学博士で作家のアンダーシュ・

エステルリングが「ノーベル文学賞」で論じた一節。ノーベルが持った「理想主義的傾向」について、「偉大かつ理想主義的で心を気高くする文学の影響により、人間や諸国家は、少しはエゴイズムの放棄、友情、寛容さを学ぶことができるという信条を、最後の挑戦として固執したものらしい」と述べた。

(42)『ノーベル文学全集 別巻』一九七二。発足後初めての受賞者が発表されると、「トルストイを世界の世論が無視した」という抗議の声が上がり、四十二人の作家や俳優達が署名運動を繰り広げた事例がある。

(43)阿部知二「パール・バック女史(本年度ノーベル文学賞を受く)」「朝日新聞」一九三八年十一月十二日。

(44)『ノーベル賞文学全集7』一九七一。

(45)由里幸子「(ノーベル文学賞 選考の地を訪ねて:上)栄冠へ 秘密の道のり」「朝日新聞」二〇〇六年十月四日。

(46)「北京で『大地』を上映禁止 臨時政府の映画統制に初犠牲」「朝日新聞」一九三八年二月十一日。

(47)松尾一郎「ディランさん『歌は文学か 素晴らしい答え』欠席メッセージ代読」「朝日新聞」二〇一六年十二月十三日。キプリング(一九〇七)、ショー(一九二五)、トーマス・マン(一九二九)、バック(一九三八)、ヘミングウェイ(一九五四)、アルベール・カミュ(一九五七)の名前が挙げられた(カッコ内は受賞年)。

(48)一九八九年に批評家ケアリー・ネルソンが文学書の盛衰を分析した上で述べた言葉。

(49)日本は『伝道再考』の調査対象国であったが、バック関連の記事としては日本では報じられていない。日本でバックの名前が知られるようになるのは『大地』の出版後であり「満州事変」直後に起きたこの騒動から三年も後のことである。

(50)GHQとはGeneral Headquarters (the Supreme Commander for the Allied Powers) の略。日本語では「連合国最高司令官総司令部」、通称「進駐軍」とも呼ばれた。

(51)「女性の大陸進出 普通教育刷新の四案」「朝日新聞」一九三八年十二月十五日。引用されたのは、三八年に発表した論文「中国の勝利」であろう。

(52)卓越した物理学者であるコンプトン博士は、戦時中ずっと科学顧問及び理事として活躍し、一九四五年、ローレンス、オッペンハイマー、フェルミと共に、日本に対する原子爆弾の軍事使用を勧める科学パネルに参加した人物で、「マンハッタン計画」の主導者。五八年に出された『福竜丸』の著者ラップも「マンハッタン計画」に参加した核物理学者である。

(53)この法律の名称を研究者が「排華法」と記述している例と、ルーズベルト大統領が、議会で述べた名称の翻訳が「移民排斥法」となっている例が見られるが、ここでは、「中国人移民制限法」として統一する。

(54)「ニューヨーク・タイムズ」一九四三。

(55) ブエノスアイレス十六日発同盟「英の没落必至 パール・バックの気迫」「朝日新聞」一九四三年九月十八日。
(56) コン二〇〇一。この施設の目標は他の施設が引き取りを渋っている混血児、私生児、身体障がい児などの特殊児童達のために里親を見つけることだった。一九五六年にエレノア・ルーズベルト元大統領夫人から「ニューヨーク身体障害児童救済協会賞」が授与されている。
(57) 「『歓迎の家』の十年、市民の偏見変る」「読売新聞」一九五八年八月四日。
(58) コン二〇〇一。
(59) 「フランスを訪れたパール・バック女史」「毎日新聞」一九五九年十月十六日。
(60) 沖縄返還から六年後となる一九七八年に、ペンシルヴェニアの「パール・バック財団」本部に番組制作のために出向いた日本テレビの取材班が、地図が貼られた壁に日本人の名前が書いてある子供の写真があり、その子供が沖縄在住の混血孤児であったことを確認している。またその場にいた職員から「いま私達で援助している沖縄の子は四百二十六人です」と聞いた。
(61) 日本の有名な学校と記しているのは、明治学院大学のことであろう。この時点で松本は「校長」という立場には就任していない。
(62) 鶴見一九七五。
(63) 新居格「文学と通信文学 (一) 南京を訪れて」「朝日新聞」一九三四年六月十八日。
(64) 新居格「婦人 両性問題の新態」「読売新聞」一九三五年七月二十九日。
(65) 谷崎潤一郎「翻訳小説二つ三つ」「読売新聞」一九三六年一月三十日。
室生犀星「春は闌は」「読売新聞」一九三八年四月九日。
小林秀雄「実物の感覚」「朝日新聞」一九三七年十一月十一日。
(66) ブエノスアイレス今井特派員「変ぼうする敵の『重慶観』」「朝日新聞」一九四三年十月十七日。
(67) パール・バック「平和の危機に面して『国際連合よ、民の声に耳を』」「世界」一九四八年四月号。この特集には、アインシュタインが「国際連合総会への公開状」という題名で四ページ、バックが「国際連合よ民の声に耳を」という題名で九ページにわたり掲載されている。アインシュタインは、『ヒロシマ』を二千冊購入し友人知人に配っている。亡命科学者としてナチスのユダヤ人弾圧に心を痛めていたアインシュタインは「ドイツの原爆使用を回避し、あらゆる戦争を廃絶するためにアメリカも原爆を開発するしかないこと」を他の亡命科学者達と確認し、ルーズベルト大統領にいわゆる「アインシュタインの手紙」を送った。これを生涯最大の過ちとして、その後の人生を平和運動に捧げた。

(68) ジョン・ハーシーは、当時三十一歳。背の高い面長の紳士だった。ハーシーの父は難民救済活動を行う宣教師で、父の宣教先の中国天津でハーシーは生まれ育った。従軍記者であった彼は広島にアーミーユニフォーム姿で現れたという。インタビューを受けた谷本は、ジョージア州アトランタ市のエモリー大学で神学を修め一九四〇年に大学院を卒業している。

(69) 広島の惨状をはじめて伝えたジャーナリストは、レスリー・ナカシマである。一九四五年八月二十七日に東京発としてUPI通信によって配信され、同三十一日の「ニューヨーク・タイムズ」にその記事が掲載された。日本では『ヒロシマ』が四九年に出版され、八五年に再来日して取材を行ったハーシーが同年に増補版をアメリカで出版した。日本では二〇〇三年に増補版が出版され、その後二〇一四年にその新装版、二〇二一年に新装版の第三刷が出版されている。

(70) そのメモの内容は、研究所や図書館などの研究機関、平和事業部やホステルなどの平和活動を展開する拠点や、青少年ホーム、病院、孤児院などの社会的リハビリテーション施設など、総合施設の建設に関する提案の走り書きであった。

(71) 旧ソ連が核実験を行ったため、トルーマン米大統領は請願書の受け取りを拒否し、広島の生存者十万名の署名簿は日の目を見ることはなかった。この署名簿は五冊に製本された合計十万七千八百五十四名の署名が綴じられたもの。本の表紙には金文字で「広島市民によるトルーマン大統領に対する世界平和請願書」と記され、一ページ目を開くと「世界初の原子爆弾戦争を体験した我ら広島市民は、アメリカ大統領に対し、国際連合を強化して、今後の戦争を防止し得るような強力な世界連邦組織を作ることを請願する」と書かれている。

(72) 谷本が多忙で鍬入れ式に欠席したため、父親の代理でシャベルを握ったのが、当時四歳だった谷本の長女紘子であった。もちろん紘子が鍬入れをできるようにしたのはカズンズである。

(73)「精神養子縁組」は原爆孤児を引き取って一つ屋根の下に住むのではなく、精神上の養子として家族に迎え入れ、その子の成長と育成を、全面的にサポートする。現在行われている類似のサポートとの相違点は「いくら出せばその子が学校に行ける」といったような金銭だけの支援ではなく、精神面でのサポートを主に行うことである。養育費の他に、里親は養子にクリスマスやお祝い事にプレゼントやカードを欠かさず贈り、人生のイベントを共に笑い、共に悲しみ、共に喜ぶためのもので、カズンズは「道徳的里親」と呼んだ。

(74) 笹森（旧姓新本）さんは、アメリカで新たな高等教育を受けるために残留し結婚したという。ロサンゼルスを拠点に平和運動にも取り組んだ。「朝日新聞」二〇一二年八月四日。

(75) 佐藤二〇一九。
(76) 社会福祉法人エリザベス・サンダース・ホーム二〇一八。
(77) 平野一九六九b。
(78) 平野一九六四。
(79) 終戦間もない頃、澤田が夜行列車に乗車していた時に忌まわしい出来事に遭遇したが、クリスチャンの澤田にはその時「日本国中のこうした子供たち（混血児）のために、母になってやれないのか」との神の声が聞こえたという。澤田は明治以来の大財閥・三菱合資会社社長の男爵岩崎久弥（弥太郎の息子）の長女として本郷で生まれた。財産税で国に物納されていた東海道線大磯駅前の元岩崎家別荘を、澤田は戦後に自力で集めた募金と清里の父ポール・ラッシュの紹介による借金で買い戻し、この施設を設立した。その時、手元の物で売却できる物をたくさん売り払ったという。その後もラッシュは、澤田にアメリカでの募金活動の手ほどきをし、無二の親友として生涯交流した。二人はキリスト教「聖公会」所属であり、戦前から知り合いだったことも一因である。
(80) 青木二〇一五。法律の改正に関する嘆願は「アメリカ人を父親としてGHQ占領下で生まれた子供に養子の受け入れ先がある場合、特別な移民割当をつくること」であった。
(81) 澤田の母は当時の津田英学塾出身の才媛であった。その縁なのか三人の兄達の英語の家庭教師は津田梅子であり、未だ五～六歳だった澤田は兄達の授業が終わると梅子と手をつないで庭を歩き、目に入る物全てを英語で教わり覚えた。覚え尽くすと、その単語をつなげる他の語句を教わり文章を組み立てる能力を身につけたという。その後は梅子の紹介で「恐ろしく厳しい英国人の女性教師」から英語の特訓を受けた。
(82) 「年ごろになった宿命の子ら」「読売新聞」一九五九年四月三日。
(83) 「聖ステパノ」は、澤田の戦死した三男のクリスチャンネームに基づいている。現在は一般募集し広く園児を受け入れている。
(84) 送り込まれた卒業生たちが農作業に従事したが、諸事情により一九七五年に澤田の判断で閉鎖され人手に渡った。
(85) 「いずみ」「読売新聞」一九五六年十一月十九日。バックはこの施設から八人の孤児をアメリカの里親に引き渡した。
(86) 「混血児に救援の旅」「朝日新聞」一九六六年十一月一日。平野は混血孤児のことを『家なき子』の主人公から取ったレミと呼び「レミの会」を立ち上げた。
(87) 平野一九六九a。

(88) 平野の父は、フランス系アメリカ人のヘンリー・パイク・ヴイ（武威）である。二十代でオランダ・ハーグの国際司法裁判所判事を務め、当時フランスの一流芸術家とも交遊しコンセールヴァトワールで作曲とヴァイオリン奏法を習得し、ゴンクール兄弟と日本浮世絵の共同研究を行い日本を高く評価した。「世界平和は理解し合うこと」を人生哲学として、自ら日本画、書道、茶道など日本古来の芸術を身につけ世界に紹介した。米国東海岸の移民がアメリカ人から迫害を受けると、彼らに職を与えるなど斡旋した。アメリカで排日運動が激化したので帰米し、一九二一年十二月二十三日、ニューヨークのカーネギーホールでの反対演説会の激しい抗議の演説中に壇上で急逝した。親日の功績により旭日勲二等を受けている。

(89) 「レミシリーズ」の中の『レミは生きている』は、「第六回サンケイ児童出版文化賞」を受賞し、その後、複数の出版社から再刊が続き、二〇二二年には「ちくま文庫」から復刻版が出た。

(90) 「混血児教育センター　私財三億余円でアジアにつくる」「毎日新聞」一九六七年五月二十三日。

(91) 平野一九六九a。

(92) 平野一九六二。

(93) 平野一九五九。

(94) 青木二〇一五。

(95) 「新刊」『母よ嘆くなかれ』「読売新聞」一九五〇年十二月二十六日。

(96) 現在は任意団体「全国手をつなぐ育成会連合会」として活動を継続している。

(97) 市町村や学校では別名の「手をつなぐ親の会」を名乗って活動したという。

(98) 『大地の子』は山崎が八年の歳月をかけて一九九一年に出版した長編大作。太平洋戦争の中国残留孤児となった主人公陸一心は中国人養父母の元で育てられた。しかし「文化大革命」などを背景に、日本人であるが故の筆舌に尽くしがたい迫害にあう。日本敗戦時に旧満州国で生き別れた実父との再会を通し、中国と日本という二つの祖国の間で揺れ動く主人公の心を描いている。現地での綿密な取材に基づき描かれたこの作品は、大きな反響を呼んだ。またNHKが開局七十周年記念、戦後五十年の節目の番組として、日中合作スペシャルドラマ『大地の子』を制作した。両国における有名女優俳優を起用し、現地での撮影を中心に制作され、毎週土曜に七回放送するという大作となった。その後、何度も再放送され、モンテカルロ国際テレビ祭において、最優秀作品賞を受賞した。

(99) 胡耀邦は一九八二年に総書記に就任し、中国の政治体制改革を進めようとしたが、上海や北京で民主化を要求する学生デモが起きる事態となり一九八七年に解任された。

(100) 山崎の訪中は、最初が一九八三年の「中国作家協会」の招きであり、二度目は八四年の「中国社会科学院外国文学研究所」の招きで、『華麗なる一族』の講義を半年間行っている。その講義期間中に『大地の子』のストーリーが閃き、現地取材がその年から始まった。

(101) 山崎二〇一二。

(102) 山崎が原稿を持ち込んだ時の担当者が、当時東京創元社編集役員の小林秀雄だった。

(103) 野上二〇一八。

(104) 山崎の恩人である新潮社の齋藤十一氏から「山崎さん、芸能人に引退はあるだろうが、芸術家にはない。書きながら棺に入るのが、あなたの宿命だ」と言われた。そして、この『約束の海』が絶筆となったのである。

(105) この番組は当時のアメリカでは誰もが知っている高視聴率番組『This is Your Life』である。谷本は番組出演のために訪米していたが、ルイスと谷本の家族が会場に来ていることは本人には極秘だった。番組が始まると谷本がアメリカに留学中に交流した懐かしい人々がステージに次々と現れ、谷本はタジタジしていたが、その後にルイスが登場し度肝を抜かれる。そしてケロイドの後遺症の治療に来た女性達がスクリーンに映されたシルエットと声で登場し、日本で留守番をしているはずの家族も突然現れるという構成だった。谷本の妻は着物を着て出演し、当時生後八ヵ月だった娘と被爆した模様を証言した。番組の視聴者は四千万人だった。この番組にはアメリカの「ヒロシマ・ピース・センター協力会」が関わっており、ケロイド治療の資金集めを目的として谷本の出演をセッティングしたのである。

(106) ルイスは一九八三年に亡くなったが、亡くなる前は精神病院に通う日々だった。最期にキノコ雲から涙のようなものが滴る彫刻作品を遺している。

(107) 当時、アメリカの高校では、ハーシーの『ヒロシマ』は社会科の副読本として授業に使用されていた。登場人物のタニモトのことを近藤が「私の父です」と言うと「そんなことを、冗談でも言うものではない！」と物凄い剣幕で叱られたというエピソードがある。それくらいタニモトは当時のアメリカでは知れ渡っていた。

(108) 「オバマ氏 広島での演説の全文」『日本経済新聞』二〇一六年五月二十八日。

(109) NHK『こころの時代』。二〇二〇年に続き二〇二一年にも「アーカイブ 人から人へ」として再放送された。

(110) 「この子らに啓発されて」NHK『こころの時代』一九九六年四月七日。

(111) 全米で一千三百万人の視聴者を有する人気番組の『ブッククラブ』司会者オプラ・ウィンフリーに『大地』が推挙され、

二〇〇四年にベストセラーリストに返り咲き、再出版もされた。
(112)「北京で『大地』を上映禁止　臨時政府の映画統制に初犠牲」「朝日新聞」一九三八年二月十一日。
(113) 松坂二〇〇八。
(114) 松坂二〇〇八。
(115) 田中一九六〇。
(116) 五十川倫義「米国人科学者『罪悪感いまも』原爆開発に従事　戦後、中国へ」「朝日新聞」二〇〇〇年九月二十一日。
(117) パール・バック著『神の火を制御せよ』の監修者、丸田浩氏から届いた補足説明をご紹介：マダムNの覚書（tea-nifty.com）二〇〇七年九月十九日。
(118)「『つなみ』紺野美沙子さん」「朝日新聞」二〇一二年六月十一日。
(119)「『つなみ』再生への励まし　いつか幸せになれる　パール・バック、六十年前の児童書」「朝日新聞」二〇一一年十月十七日。
(120) 鈴木二〇一八。
(121) 佐藤二〇〇六。
(122)「パール・バック女史、歌舞伎座へ　歌右衛門は美しい」「読売新聞」一九六〇年九月八日。
(123)「『津波』をもって津波とともに来日したパール・バック女史」「週刊公論」二（二十三）中央公論社一九六〇年六月。
(124)「ニューヨーク・タイムズ」二〇一三年五月二十二日。
(125) 戸田二〇一九。
(126) 一八九一年を起源とする「湯せんぺい」は、「雲仙と言えば『湯せんぺい』」と言われるほどの銘菓だったので、バックが購入した「せんべい」とは、おそらく「湯せんぺい」のことであろう（「雲仙湯せんぺい」遠江屋本舗調べ）。バックは著作に「湯せんぺい」と記述していないが、当時は他に豊富なおやつのない時代であり、「湯せんぺい」はバックが雲仙に連れてきた二人の小さな娘達には好適品であったと思われる。
(127)「パール・バック女史　死去」「朝日新聞」一九七三年三月七日。
(128)「短信：パール・バック女史、アイヒマンの助命訴う」「読売新聞」一九六一年十二月十七日。

引用・参考文献

〔日本語文献〕
青木冨貴子 二〇一五『GHQと戦った女　沢田美喜』新潮社
有賀夏紀 二〇一六『アメリカの二〇世紀（上）』中央公論新社
石垣綾子 一九五一『二十五年目の日本』筑摩書房
―――― 一九七二『さらばわがアメリカ―自由と抑圧の25年―』三省堂
―――― 一九八五『アメリカに学ぶこと―パール・バックの人生論―』岩波書店
―――― 一九九一『わが愛、わがアメリカ』筑摩書房
上野千鶴子編 一九八二『主婦論争を読むⅠ 全記録』勁草書房
江戸川乱歩編 一九六〇『世界短編傑作集』（宇野他訳）東京創元社
―――― 二〇一八『世界推理短編傑作集1』（丸谷他訳）東京創元社
河合敦監修 二〇一二『日本と世界を結んだ偉人　大正・昭和編』ＰＨＰ研究所
カズンズ、ノーマン　池田大作 一九九一『世界市民の対話―平和と人間と国連をめぐって―』毎日新聞社
川喜多かしこ 一九六〇「パール・バックと会って」「図書」（一三三）
川端康成他編 一九七一『ノーベル賞文学全集7』スウェーデン・アカデミー、ノーベル財団後援（佐藤他訳）主婦の友社
―――― 一九七二『ノーベル賞文学全集 別巻』スウェーデン・アカデミー、ノーベル財団後援（磯谷孝訳）主婦の友社
クイーン、エラリー編 一九八六『犯罪文学傑作選』（龍口直太郎訳）東京創元社
小池晴子 二〇〇九『中国に生きた外国人―不思議ホテル北京友誼賓館―』径書房
国際写真新聞（223）一九三九「パール・バック女史の『門戸開放』論」
児玉実英 二〇〇七『二〇世紀女性文学を学ぶ人のために』杉野他編 世界思想社
コン、ピーター 二〇〇一『パール・バック伝』（丸田他訳）舞字社
近藤紘子 二〇〇九『ヒロシマ、六〇年の記憶』徳間書店
佐川陽子 二〇二一「ジェンダーに基づく暴力～中国における纏足を事例に～」「Social Design Review vol.12」社会デザイン学会
―――― 二〇二一「社会運動家パール・バックとGHQ占領下から日中国交回復期の日本人―バックが起こした社会運動を事例に―」

「立教大学大学院 二十一世紀社会デザイン研究 第一九号」
佐藤真澄 二〇一九『憎しみを乗り越えて─ヒロシマを語り継ぐ近藤紘子─』汐文社
佐藤嘉尚 二〇〇六『潜る人─ジャック・マイヨールと大崎英晋─』文藝春秋
澤田美喜 一九六三『黒い肌と白い心─サンダース・ホームへの道─』日本図書センター
── 一九八〇『母と子の絆─エリザベス・サンダース・ホームの三十年─』ＰＨＰ研究所
芝均平 一九五一「パール・バック訪問記─全米を震駭させたインターヴューから─」「日本評論」二六巻
社会福祉法人 エリザベス・サンダース・ホーム 二〇一八『記念年譜 二〇一八』
鈴木紀子 二〇一五「幻の映画をめぐって：『大津波』日米合同映画製作とパール・バック」「Otsuma Review」（四八）
── 二〇一八「アメリカと日本の架け橋に─パール・バック『大津波』と戦後冷戦期日米文化関係─」「人間生活文化研究」（28）
精神薄弱児育成会編 二〇一二『手をつなぐ親たち─精神薄弱児をまもるために─』国土社
宝塚市 二〇一九「いま、語りつぐ平和への願いⅩⅣ」「平和を願う市民のつどい」二〇一七年度
武市一成 二〇一五『松本亨と「英語で考える」─ラジオ英会話と戦後民主主義─』彩流社
田中睦夫 一九六〇「パール・バック 人および芸術」「学鐙」五七（九）
鶴見和子 一九四九「パール・バック 人と思想」「青空」広島図書
── 一九五三『パール・バック』岩波新書
── 一九六〇「朝に命じよ パール・バックの原爆小説」「婦人之友」五四（二）
── 一九七五「（特集）パール・バックの人と作品 パール・バックの人間像」『英語研究の七〇年─もう一つの日本英学史一九〇八～一九七五─』研究社
戸田章子 二〇一九「没後四〇年、貸倉庫で発見された『大地』パール・バックの遺作」「週刊東洋経済」
西澤治彦 二〇〇一「パール・バックと江北農村─小説『大地』の舞台を巡って─」『中国：社会と文化』一六号
── 二〇一三「蘇北におけるプロテスタント宣教師の布教活動─アブサラム・サイデンストリッカーの中国における軌跡を中心に─」『武蔵大学人文学会雑誌』第四六巻第二号
日本テレビ 一九七九『子供たちは七つの海を越えた』日本テレビ放送網
日本郵船 貨物課編 一九三二「我社各航路ノ沿革」日本郵船
野上孝子 二〇一八『山崎豊子先生の素顔』文藝春秋

ハーシー、ジョン二〇一四『ヒロシマ　増補版』（谷本他訳）法政大学出版局
バック、パール一九三五『大地』（新居格訳）第一書房
――一九三九『愛国者』（内山敏訳）改造社
――一九四一『支那の空』（中里廉訳）青磁社
――一九四六『アジヤの友へ―アメリカ人の生活と国民性について―』（石川欣一訳）毎日新聞社
――一九四八「平和の危機に面して『国際連合よ、民の声に耳を』」「世界」四月号
――一九五二「手と手をつないで混血児の幸福を」「婦人公論」七月号
――一九五二『神の人々』（石垣綾子訳）毎日新聞社
――一九五三『黙ってはいられない』（鶴見和子訳）新評論社
――一九五三『男とは女とは』（石垣綾子訳）新評論社
――一九五八「私の歩んだ世界」『現代アメリカ文学全集一五』伊藤尚志編（吉武他訳）荒地出版社
――一九六三『過ぎし愛へのかけ橋』（龍口直太郎訳）河出書房
――一九六五『生きる葦』（水口志計夫訳）学習研究社
――一九六六『若き女性のための人生論』（石垣綾子訳）角川書店
――一九七〇『ケネディ家の女たち』（佐藤亮一訳）主婦の友社
――一九七一『私の見た中国』（佐藤亮一訳）ぺりかん社
――一九七三a『戦う天使』（町田日出子訳）芙蓉書房
――一九七三b『母の肖像』（佐藤亮一訳）芙蓉書房
――一九八六『ザ・マザー』（青山静子訳）菁柿堂
――一九九五『ドラゴン・シード―大地とともに生きた家族の物語―』（川戸トキ子訳）角川書店
――一九九七『大地（一）～（四）』（小野寺健訳）岩波書店
――二〇〇五『つなみ』（北面他訳）径書房
――二〇〇七『神の火を制御せよ―原爆をつくった人びと―』（小林政子訳）径書房
――二〇一三a『母よ嘆くなかれ〈新訳版〉』（伊藤隆二訳）法政大学出版局
――二〇一三b『私の見た日本人』（小林政子訳）国書刊行会

――二〇一四『隠れた花』（小林政子訳）国書刊行会
――二〇一九『終わりなき探究』（戸田章子訳）国書刊行会
――二〇二二「身代金」『世界推理短編傑作集6』戸川安宣編（柳沢伸洋訳）東京創元社
平野威馬雄 一九五九『レミは生きている』東都書房
――一九六二『レミよおもてに出ておいで』第二書房
――一九六四『のこされたレミたち』実業之日本社
――一九六六『レミははたち』読売新聞社
――一九六七『レミの母たち』白川書院
――一九六九a『ふるさとがない』講学館
――一九六九b『現代の差別と偏見―問題の本質と実情「混血児」―』信濃毎日新聞社編 新泉社
――二〇二二『新版 レミは生きている』筑摩書房
フォーリン・アフェアーズ・ジャパン 二〇〇一「極東における白人の未来」『フォーリン・アフェアーズ傑作選一九二二～一九九九―
　アメリカとアジアの出会い（上）―』（阿南友亮訳）朝日新聞社
ブルーム、M.M. レスリー 二〇二一『ヒロシマを暴いた男―米国人ジャーナリスト、国家権力への挑戦―』（髙山祥子訳）集英社
本庄豊 二〇一四『シリーズ戦争孤児②混血孤児―エリザベス・サンダース・ホームへの道―』汐文社
本間長世編 一九七七『世界の女性史一〇アメリカⅡ―新しい女性像を求めて―』評論社
馬暁華 一九九七「太平洋戦争期における米国の対中『精神援助』―ある親中派ロビイストと排華法の撤廃―」「お茶の水史学」一四号
　お茶の水大学文教育学部人文科学科比較歴史学コース読史会
松坂清俊 二〇〇八『知的障害の娘の母：パール・バック―ノーベル文学賞を超えて―』文芸社
山口淑子 一九六〇「幽雅のひと」「週刊公論」二一（一二三）
――他 一九八七『李香蘭 私の半生』新潮社
山崎豊子 一九八〇『華麗なる一族』新潮社
――一九八三『二つの祖国』新潮社
――一九九一『大地の子』文藝春秋
――二〇〇九『山崎豊子 自作を語る二、三』新潮社

―――二〇一二『作家の使命 私の戦後』新潮社
―――二〇一四『約束の海』新潮社
ラップ、E・ラルフ 一九五八『福竜丸』（八木勇訳）みすず書房
我妻洋・米山俊直 一九六七『偏見の構造―日本人の人種観―』日本放送出版協会
渡辺利雄 二〇〇九『講義アメリカ文学史 補遺版』研究社
渡辺祐子 二〇〇七「パール・バックの中国伝道論」「中国二一」二八号 愛知大学現代中国学会編

〔外国語文献〕

Buck, Pearl S.（1931）*The Good Earth*, London: Methuen & Co.
―――（1932）*Is There A Case for Foreign Missions?*, New York: The John Day Company.
―――（1932）*Sons*, New York: Grosset & Dunlap.
“*Pearl Buck Weds After Reno Decree*” The New York Times, June12, 1935.
S.J. Woolf “*Pearl Buck Finds that East and West Do Meet*,” The New York Times Magazine, Nov.20,1938.
“*Urges Exclusion Repeal / Pearl Buck Says Chinese Patience is Being Strained*” The New York Times, May 21, 1943.
Buck, Pearl S.（1952）*One Bright Day and Other Stories for Children*, London: Methuen & Co.
―――（1962）*A Bridge for Passing*, New York: The John Day Company.
―――（1966）*The People of Japan*, New York: Simon and Schuster.
―――（1976）*The Big Wave*, New York: Harper Collins Publishers.
―――（1992）*The Child Who Never Grew*, Bethesda: Woodbine House.
Spurling, Hilary（2010）*Burying the Bones-Pearl Buck in China*, London: Profile Books Limited.
“*Pearl Buck Novel, New After 4 Decades*” The New York Times, May 22, 2013.
Augustine, Jonathan（2014）“*THE HUMANISM OF PEARL S.BUCK : THE THREADS OF SORROW.*” Bulletin of Kyoto Institute of Technology 7.

〔インターネット〕
ＩＣＡＮウェブサイト「核兵器禁止条約」署名国と批准国数：https://www.icanw.org/signature_and_ratification_status
雲仙温泉観光協会：http://www.unzen.org
外務省「核兵器禁止条約」と日本政府の考え：https://www.mofa.go.jp/mofaj/gaiko/bluebook/2018/html/chapter3_01_04.html#T012
公開セミナー「核兵器と安全保障を学ぶ広島―ＩＣＡＮアカデミー―」：https://peaceboat.org/35181.html
鎮江市賽珍珠研究会：http://www.pearlsbcn.org/
西宮平和塔：にしのみやデジタルアーカイブス「平和塔除幕式」：https://archives.nishi.or.jp
――：阪急・阪神沿線文学散歩 https://seitar0.exblog.jp
パール・バック『神の火を制御せよ』監修者、丸田浩氏による補足説明：マダムＮの覚書（tea-nifty.com）
パール・バック国際財団（Pearl S. Buck International）：https://pearlsbuck.org/

年譜：パール・バックと日本

パール・バック	西暦（歳）	日本における出版と来日の記録等
6月26日アメリカで誕生．生後4-5ヵ月で父の宣教先の中国へ．揚子江沿岸の鎮江で育つ	1892（0）	
▶1894　日清戦争（～95年）日本勝利		
▶1899 「義和団の事変」山東にて勃発．各地で宣教師が殺害される		
中国人が経営する小学校入学	1902（10）	
▶1904　日露戦争（～05年）日本勝利		
上海　アメリカ系寄宿女学校入学	1907（15）	
渡米．ランドルフ・メイコン女子大学入学	1910（18）	
▶1911　辛亥革命．明治天皇崩御		
▶1912　孫文、中華民国樹立．ドイツ領有の青島を日本が占領		
▶1914　第一次世界大戦勃発（～18年）		
大学卒業．中国に戻る．中学校で英語の教員	1914（22）	
ロッシング・バックと結婚．華北宿州に移住	1917（25）	
▶1919　五四運動（新文学革命）		
長老教会の宣教師の地位に就く	1919（27）	
南京にて長女キャロル出産	1920（28）	
母死去．ロッシングが南京大学教授に着任．南京に転居	1921（29）	
「アトランティック」誌1月号に初論文「中国でも」掲載	1923（31）	
「ネイション」誌に「中国人学生の物の考え方」掲載． 渡米．ロッシングはコーネル大学で教鞭を取り、バックは修士研究の傍らキャロルの施設探し開始． 孤児ジャニスを養女に	1924（32）	
▶1925　孫文死去		

「フォーラム」誌に「中国の美」掲載．アメリカ帰国の船中で書いた「中国婦人かく語りき」を雑誌「アジア」に送る．コーネル大学及びイエール大学で英文学を研究	1925 (33)	
▶1926　大正天皇崩御		
「中国と西洋」の論文で受賞し賞金を獲得．コーネル大学で文学修士号取得後南京へ戻る．雑誌「アジア」に「中国婦人かく語りき」掲載	1926 (34)	
▶1927　「南京事件」―米英軍艦南京を砲撃、蔣介石が国民党結成		
「南京事件」に巻き込まれ暴徒に家を襲撃される	1927 (35)	九州・雲仙に疎開．雲仙の人々から過去に起きた津波災害の話を聞く．
南京へ戻る．二つの大学で英文学を講義	1928 (36)	
▶1929　孫文の国葬．世界大恐慌（～32 年）		
キャロル、ヴァインランド特殊学校入校．ジョン・デイ社と契約を結ぶ	1929 (37)	
小説『東の風、西の風』．小説『新しい道』	1930 (38)	
▶1931「満州事変」		
南京で執筆した小説『大地』アメリカで出版．ベストセラーとなる．父、死去	1931 (39)	
▶1932　日本、「満州国」建国．南京、日本軍の砲撃を受け外国人に避難勧告		
小説『大地』30ヵ国語以上に翻訳される．「ピューリッツァー賞」受賞．小説『息子たち』（『大地』第二部）．子供向け小説『若き革命家』．『大地』劇化されシアター・ギルドにより上演．アメリカに一時帰国し避難．パンフレット「海外伝道に大義はあるのか？」	1932 (40)	
▶1933　フランクリン・ルーズベルト、米大統領に就任		

エール大学で名誉文学修士号が授与される．ヨーロッパ経由で南京へ戻る．ロッシングに離婚の申し出．『水滸伝』の英訳本『人間みな兄弟』．短編集『第一夫人』	1933 (41)	
小説『母』．5月30日、ウォルシュとジャニスと共にアメリカへ帰国し永住	1934 (42)	
小説『崩壊した家』(『大地』第三部)．『大地』によりアメリカ芸術院「ウィリアム・ディーン・ハウェルズ賞」受賞．ロッシングと正式に離婚、ウォルシュと再婚	1935 (43)	小説『大地』第一部
ノンフィクション『母の肖像』、『戦える使徒』	1936 (44)	小説『母』
▶1937　南京陥落．日本軍による「南京大虐殺」．盧溝橋事件．日中戦争		
映画『大地』全米中で放映(MGM)．アメリカ、欧州、両方で桁外れの大ヒット	1937 (45)	映画『大地』全国で放映、大評判となる．小説『大地』第二部、第三部．ノンフィクション『戦える使徒』
小説『この心の誇り』．推理小説『身代金』．映画『大地』北京で上映禁止．「ノーベル文学賞」をアメリカ人女性作家として初受賞	1938 (46)	小説『東の風、西の風』．小説『新しきもの古きもの』．短編集『第一夫人』．小説『若き支那の子』．ノンフィクション『母の肖像』
▶1939　第二次世界大戦（ヨーロッパ）勃発		
小説『愛国者』．ノンフィクション『中国の小説』	1939 (47)	小説『愛国者』．短編集『王龍』
▶1940　アメリカ、原爆開発「マンハッタン計画」始動		
小説『よろずの神』．西ヴァージニア大学から名誉称号・ドクターが贈られる	1940 (48)	小説『この心の誇り』．小説『山の英雄』．小説『ありのまゝの貴女』
▶1941　12月7日（米時間)、日本軍真珠湾攻撃、太平洋戦争へ突入（～45年8月)		
小説『支那の空』．ノンフィクション『男とは女とは』．選集『今日と永遠』．「東西協会」設立．雑誌「アジア」買収．「中国救済連合」の議長就任．在米中国大使・胡適から「翡翠の勲章」授与	1941 (49)	小説『支那の空』．短編集『天使』

<table>
<tr><td colspan="3">▶1942　2月　アメリカ大統領令により日系アメリカ人約11万2千人を国内10ヵ所の収容所に収容</td></tr>
<tr><td>小説『ドラゴン・シード』．子供向け小説『お隣の中国のこどもたち』．評論『アメリカの統一とアジア』．人種差別撤廃運動．男女同権法運動．中国移民制限法の撤廃運動．日系アメリカ人の収容所送りの解除運動</td><td>1942（50）</td><td></td></tr>
<tr><td>子供向け小説『水牛飼いの子供たち』．小説『約束』．ノンフィクション『アメリカは私にとってどんな意味を持つか』</td><td>1943（51）</td><td></td></tr>
<tr><td>子供向け小説『龍の落し子』．映画『ドラゴン・シード』</td><td>1944（52）</td><td></td></tr>
<tr><td colspan="3">▶1945　ルーズベルト大統領、急死．トルーマン、米大統領昇格．8月広島と長崎に原爆投下．
ソ連の参戦．「満州国」崩壊．8月15日　日本が無条件降伏しアメリカ占領下に入る．国共内戦開始</td></tr>
<tr><td>小説『結婚の横顔』、『カンザスへ来た男』．ノンフィクション『白黒の中国』、『ロシアについての対談』、『大衆に告ぐ』．子供向け小説『ユーラン：中国の飛行士』．『支那の空』（RKO）映画化</td><td>1945（53）</td><td></td></tr>
<tr><td colspan="3">▶1946　国共全面内戦へ（～49年）</td></tr>
<tr><td>「アジア」誌廃刊．小説『愛の苦悩と放浪』</td><td>1946（54）</td><td>ノンフィクション『アジヤの友へ』</td></tr>
<tr><td>子供向け小説『津波』．小説『怒れる妻』．選集『遠きと近き』．ノンフィクション『いかにナチスは台頭するか』</td><td>1947（55）</td><td></td></tr>
<tr><td>小説『牡丹の恋』</td><td>1948（56）</td><td>『世界』4月号（岩波書店）「平和の危機に面して」と題し「ユナイテッド・ネーションズ・ワールド」に掲載された二つの論文を特集
①A・アインシュタイン「国際連合総会に対する公開状」
②バック「国際連合よ民の声に耳を」</td></tr>
</table>

▶1949　10月1日　中華人民共和国成立宣言．9月、旧ソ連が第二の核保有国となる		
「ウェルカム・ハウス」設立．ノンフィクション『黙ってはいられない』．小説『郷土』．小説『永遠の愛』．ノンフィクション『娘たちに愛をこめて』．子供向け小説『津波』に対し米国児童研究協会から「児童文学賞」授与	1949 (57)	(1951年までGHQ許可制により出版) 小説『郷土』．子供向け小説『水牛飼いの子供たち』
▶1950　6月　朝鮮動乱勃発（1953年7月休戦）		
「東西協会」閉鎖．ノンフィクション『母よ嘆くなかれ』．子供向け小説『輝ける一日』	1950 (58)	ノンフィクション『母よ嘆くなかれ』．小説『竜子』．子供向け小説『津波』
▶1951　サンフランシスコ講和条約締結（1952年4月28日発効）		
アメリカ芸術アカデミー会員に選ばれる．小説『神の人々』	1951 (59)	小説『牡丹の恋』
小説『隠れた花』．小説『輝かしい行列』．ノンフィクション『女』	1952 (60)	小説『神の人々』
小説『来たれ、愛する者よ』．小説『家の声』．子供向け小説『中国を変えた人：孫文』．ウォルシュ倒れる	1953 (61)	ノンフィクション『男とは女とは』．『黙ってはいられない』．『女』
▶1954　毛沢東を国家主席に選出		
自伝『私の歩んだ世界』．子供向け小説『ジョニー・ジャック』．子供向け小説『さよならなんかいや』	1954 (62)	小説『大地』第一部．小説『この心の誇り』．子供向け小説『若き革命家』．ノンフィクション『男と女』．山口淑子、アメリカABCのTVドラマ『津波』に出演
	1955 (63)	小説『愛の苦悩と放浪』．小説『東の風、西の風』
小説『女帝』．アメリカ人気TV番組“TheAlcoaHour”で『大津波』放映、好評を得る．「ニューヨーク身体障害児童救済協会賞」受賞	1956 (64)	小説『結婚の横顔』
小説『北京からの便り』．子供向け小説『三つの小さなクリスマス』．アメラジアン（アメリカ人とアジア人の混血児）というバックの造	1957 (65)	

語で混血児の救済活動を積極的に行う．TVドラマ『The Enemy』アメリカCBS		
日米混血孤児（ちえ子8歳）バックの養女に． 「作家協会」会長に就任	1958（66）	ノンフィクション『私の歩んだ世界』．小説『北京からの便り』
戯曲『ある砂漠の出来事』ブロードウェーで公演．小説『神の火を制御せよ』．ノンフィクション『親友へ』．核兵器廃止運動に取り組む	1959（67）	
▶1960　日米安保条約改定・成立		
夫、死去．ノンフィクション『学習の喜び』．子供向け小説『さよならなんかいや』．日本と韓国へ	1960（68）	日米合作映画『大津波』の映画化のため戦後初来日
▶1961　ケネディ、米大統領に就任（1963年11月暗殺される）		
ノンフィクション『過ぎし愛へのかけ橋』．選集『十四話』	1961（69）	終戦記念日に『敵』を放映NTV．（ドラマ化の権利譲渡に山口淑子が尽力）
ケネディ大統領主催「ノーベル賞」受賞者晩餐会に列席．小説『サタンは眠らず』．同作映画化	1962（70）	
小説『生きる葦』．子供向け小説『さあ、いらっしゃい』	1963（71）	ノンフィクション『過ぎし愛へのかけ橋』
▶1964　ベトナム戦争、北爆開始（73年に休戦）．中国　初の原爆実験成功		
ノンフィクション『養子養女』『子供たちの喜び』．子供向け小説『大きな戦い』．「ウェルカム・ハウス」による養子斡旋事業に対しフィラデルフィア「ギムベル賞」受賞し千ドルの賞金を受ける．国際孤児団体「パール・バック財団」設立	1964（72）	
「パール・バック財団」韓国支部開設．小説『城中の死』．ノンフィクション『贈物：精神薄弱児』	1965（73）	小説『生きる葦』
▶1966　中国　文化大革命始まる		
ノンフィクション『日本の人々』．ノンフィクション『大空』．子供向	1966（74）	ノンフィクション『若き女性のための人生論』．

け小説『マタイ、マルコ、ルカ、ヨハネ』．ギャロップの世論調査「尊敬すべき米国婦人」ベストテンでバックが第二位		来日．「パール・バック財団」による混血孤児救済
韓国・ソウル近郊に混血孤児教育センター「オポチュニティー・センター」設立．「パール・バック財団」沖縄支部、台湾支部開設．ベトナム戦争反対を宣言．小説『正午の鐘』	1967 (75)	来日（韓国の往復に立ち寄る）
小説『新年』．「パール・バック財団」フィリピン支部、タイ支部開設	1968 (76)	
▶1969　ニクソン、米大統領に就任（74年、辞任）		
小説『梁夫人の三人娘』．選集『善行その他』．内部スキャンダルにより、財団の業務一時停止命令が下る．バーモント州へ移住	1969 (77)	
▶1970　中国　毛沢東がニクソン訪中を歓迎すると語る		
小説『まんだら』．ノンフィクション『ケネディ家の女性たち』、『私の見た中国』．「パール・バック財団」ベトナム支部開設	1970 (78)	ノンフィクション『ケネディ家の女性たち』
▶1971　中国　林彪クーデター未遂事件．飛行機でソ連へ逃亡途中、モンゴル領で墜死． 米国　キッシンジャー米大統領補佐官、秘密裏に訪中し周恩来首相と会談		
ノンフィクション『ストーリー・バイブル』．子供向け小説『中国の噺家』	1971 (79)	ノンフィクション『私の見た中国』
▶1972　ニクソン大統領訪中．米中国交回復． 田中首相訪中．日中国交正常化．日中共同声明、同時に日華条約存在意義失効表明．沖縄返還		
小説『愛に何を求めるのか』．ノンフィクション『中国：昔と今』．ノンフィクション『オリエンタル料理ブック』．短編集『わが心のクリスマス』． 中国へ入国ビザ申請、拒否される	1972 (80)	小説『日中にかける橋』、『よろずの神』．ノンフィクション『ストーリー・バイブル』．短編集『わが心のクリスマス』

3月6日、死去、享年80．全米著名婦人聖堂（ホール・オブ・フェーム）に入る．小説『全ては天国の下』．子供向け小説『スターリング夫人の悩み』	1973	新聞各社、バック死去を報じる．小説『愛になにを求めるのか』
小説『虹』．詩歌『愛の世界』	1974	
▶1975　中国『水滸伝』批判運動始まる		
選集『東洋と西洋』	1975	
▶1976　周恩来、死去．第一次天安門事件勃発．毛沢東、死去＝文化大革命終焉．「四人組」逮捕・失脚		
短編集『愛に生きた女たち』	1976	
	1977	小説『身代金』．子供向け『さよならなんかいや』
▶1978　北京で日中平和友好条約調印		
父執筆による自伝『我が生涯と中国伝道』（妹フェイスによる編集）	1978	短編集『愛に生きた女たち』．子供向け小説『三つの小さなクリスマス』
▶1979　中米国交樹立		
バックの養子達、裁判勝訴．遺産を取り戻す	1979	
▶1981 胡耀邦、華国鋒に代わり党主席に就任		
	1981	ノンフィクション『聖書物語』（旧約編）（新訳編）
▶1982　胡耀邦、総書記就任		
	1983	ノンフィクション『娘たちに愛をこめて』
▶1985　中国「南京大虐殺記念館」開館		
▶1986　胡耀邦、政治体制改革の必要語る．上海、北京で民主化要求学生デモ起こる		
	1986	小説『ザ・マザー』
▶1987年1月　胡耀邦解任．盧溝橋に「中国人民抗日戦争記念館」落成		
	1988	子供向け小説『大津波』
▶1989　冷戦終結．昭和天皇崩御 胡耀邦死去、追悼と民主化要求の学生デモ、第二次天安門事件（六四）		
母校ランドルフ・メイコン女子大学、生誕百年を祝い大々的なシン	1992	

ポジウム開催．キャロル死去、享年72．『母よ嘆くなかれ』		
アメリカ公営テレビ局　パール・バックの伝記番組『東風・西風』放送	1993	ノンフィクション『母よ嘆くなかれ』新訳版
「ウェルカム・ハウス」「パール・バック財団」合併．名称を「パール・バック国際財団」に改称	1994	
	1995	小説『ドラゴン・シード』
ピーター・コン『パール・バック伝』	1996	
	1999	短編集『わが心のクリスマス』
	2001	ピーター・コン『パール・バック伝』
	2005	イベント「ルネッサンス雲仙2005」において『パール・バック回顧展』開催．雲仙市施行記念事業として映画『大津波』上映．子供向け小説『つなみ』復刊
『大地』の原稿が見つかる．（1960年代半ばに秘書が盗んで秘匿していたもの）	2007	小説『神の火を制御せよ』
▶2011年3月11日　東日本大震災、犠牲者約2万人		
テキサス州貸倉庫の荷物の中から未発表作品原稿みつかり、交渉の末、バック家族が買い取る	2012	子供向け小説『つなみ』NHKラジオで3月5日から12日間、毎朝15分間女優・紺野美沙子により朗読．小説『神の火を制御せよ』がNHKラジオで7月30日から55回、俳優・橋爪功により朗読
小説『終わりなき探究』	2013	ノンフィクション『私の見た日本人』．ノンフィクション『母よ嘆くなかれ』新装版
	2014	小説『隠れた花』
▶2017　7月7日　国連「核兵器禁止条約」採択		
▶2019　上皇の生前退位により新天皇即位		
	2019	小説『終わりなき探究』

▶2021「核兵器禁止条約」発効		
	2022	推理小説『身代金』

（筆者作成）

著者略歴

佐川陽子（さがわ　ようこ）

1957年神奈川県生まれ。田園調布学園旧女子短大英語英文科卒、立教セカンドステージ大学専攻科、立教大学大学院博士前期課程修了。

社会デザイン学修士。

大手総合商社にて海外勤務を経験。帰国後に、テレビ朝日「ニュースステーション」に出演し、海外向けラジオ番組でアグネス・チャンさんと対談。

「社会デザイン学会」、一般社団法人「キリマンジャロの会」会員。

研究論文に「社会運動家パール・バックとGHQ占領下から日中国交回復期の日本人―バックが起こした社会運動を事例に―」、「ジェンダーに基づく暴力～中国における纏足を事例に～」。

パール・バックと日本《にほん》――日本人《にほんじん》が知《し》らないパール・バックとその世界《せかい》

2023年5月25日　初版第1刷発行

著　者　佐川陽子

発行者　佐藤今朝夫

発行所　株式会社 国書刊行会

〒174-0056 東京都板橋区志村1-13-15

TEL 03（5970）7421　FAX 03（5970）7427

https://www.kokusho.co.jp

装　幀　真志田桐子

カバー画像　Shutterstock

印　刷　創栄図書印刷株式会社

製　本　株式会社難波製本

ISBN 978-4-336-07387-7